본드인생과
박쥐인생

# 본드인생과 박쥐인생

1판 1쇄 발행 | 2008년 8월 25일

지은이 | 이용해
발행인 | 이선우
펴낸곳 | 도서출판 선우미디어
　　　　등록 | 1997. 8. 7 제2-2416호
　　　　100-846 서울 중구 을지로3가 104-10
　　　　신성빌딩 403 ☎ 2272-3351, 3352 팩스: 2272-5540
　　　　sunwoome@hanmail.net

Printed in Korea ⓒ 2008. 이용해
값 10,000원

※ 잘못된 책은 바꿔 드립니다.
※ 저자와의 협의하에 인지 생략합니다.

ISBN 89-5658-191-6  03810

이용해 여섯번째 수필집

# 본드인생과 박쥐인생

선우미디어

# 자연으로 돌아가게 하는 신풍속도

유혜자

(사)한국수필가협회 이사장

이 박사의 「별을 아름답게 남겨 둡시다」(세번째 수필집 『그의 이야기』에 수록)를 보면 별은 아름다움의 상징이고, 성취이기 힘든 일을 '하늘에 별 따기'라고 하는데, 요즈음엔 전과자에게 별을 달았다고 하는 등 본질과 다르게 오염된 언어와 사회를 비판하고 있다.

자신이야말로 이민 가서 하늘의 별따기인 성형외과 전문의로 성공하고 30여 년만에 은퇴를 했다. 난관에 부딪칠 때마다 신앙인의 기도로 절망의 어둠을 헤쳐 왔지만 오랫동안 눌러왔던 출중한 필력이 용수철처럼 튀어나와서 최근엔 누구보다도 다작의 작가이기도 하다.

그는 억지로 꾸미고 가꾸는 것보다 자연을 사랑한다. "착하게 산다는 것은 자연에 따라서 산다는 것과 같은 말이 되는 것이다."고 한 L.A 세네카의 말대로 무료진료소를 세워 가난한 이를 돌보고 가난한 이의 학비도 대주었고, 은퇴 후에도 무보수로 봉사하니 자연에 따라 사는 것이다. 그러나 자신이 의도한 대로 살아보고 인생의 지극히 본질적인 것만 보려고 숲속을 찾아들어가려는 은둔자는 아니다. 문명사회에 염증을 느낀 도피는 더욱 아니다. 자연이 자연스럽지 못하게 파괴되고 변하는 것을 싫어한다. 성형외과 의사지만 조작하거나 억지로 꾸미려는 것보다 상처를 자연스럽게 복원하여 환자들에게 긍정적인 의지와 삶의 기쁨을 찾아주는 목적으로 일해 왔다. 이 박사가 섬기는 창조주가,

의사 일만 하기엔 해학적이고 재치 있는 그의 글 솜씨가 아깝고, 글만 쓰기에는 사랑의 인술을 구현하는 충직한 손이 한가한 것을 허락하지 않는 것 같다. 그래서 은퇴한 지금도 지구상에서 마지막 순수함이 보존된 몽골의 울란바토르에서 의료선교사로 활동하게 하셨나보다.

그는 이웃과 친구를 좋아하고 지하철과 시장에서 만나는 동포들을 포함한 조국을 사랑한다. 그들이 상식에서 벗어났거나 전통적인 미풍을 잊었을 때 날카롭게 비판하지만 그건 사랑에서 비롯된다. 관대하거나 이해심이 많아서가 아니라 이 땅에 함께 있어서 무디어진 감각과 흐려진 시각의 사람들이 스치고 지나갈 법한 일들을 그는 정확하게 짚어낸다. 이 박사의 글을 읽은 이라면 의아하지 않고 다행스럽게 생각할 것이다. 탐험하면서 결코 노엽지 않은 목소리로 세태를 묘사하고 풍자하여 따끔한 일침을 가한다. 아마 시간이 지나면, 짤막하게 대지위에 폈다가 사라지는 덧없는 우화 같은 이야기가 훗날 이 시대의 풍속도로 남을 수 있을 것이다.

일찍이 월남하여 홀로서기로 우뚝 섰지만 어두운 그림자가 없다. 그의 글은 외유내강의 유연한 대인관계처럼 부담 없이 다가온다. 기막히게 글을 잘 써보려는 의도로 독자의 긴장을 강요하지 않는다.

꿈은 잘 때만 꾸는 것이 아니고 "우리의 앞날에 희망을 가지고 그 희망의 그림을 그려보는 것이 꿈입니다."라고 조용하게 말하는 음성이 담겨 있다. 끝없는 탐구와 기지로 빚어내는 언어들이 「별을 아름답게 남겨 둡시다」에서처럼 오염된 가운데에서 희망을 안겨 주기도 할 것이다. 별의 본연의 아름다움을, 별을 아름다운 희망으로 남겨두자고 한 메시지가 이번 작품집에도 담겨 있다.

재외동포들에게는 고국소식의 상큼한 창이 될 것이고 우리 수필계에도 해학수필의 가능성을 다져주는 계기가 되었으면 한다.

# 길을 찾는 지혜

**김정기**
재미 시인

이용해 박사님의 여섯 번째 책 서문을 쓰며 감회가 깊습니다.

지난 번 책이 나온 지 이제 육 개월이 조금 넘어섰는데 벌써 원고가 모아지고 출판이 가까워 오고 있으니 놀랍고 자랑스럽습니다.

지금은 몽고에서 열악한 환경과 싸워가며 사역을 감당하고 계십니다.

질박하고 아름다운 책 이름을 하나 둘씩 호명하며 여기까지 온 길도 아득했지만 책 속에서 찾아갔던 즐거움은 여섯 송이의 열매가 되었습니다. 보람을 받으러 길을 나서는 자에게만 '길'은 열릴 것이라 했습니다.

이용해 박사님의 작품에는 날카로운 시선과 경험이 잘 발효되어 독자를 끌어당기는 매력이 있습니다. 가벼운 터치에서 심오한 목소리를 담아서 술술 읽히는 수필입니다. 재미와 깊이, 그리고 새로운 정보를 주는 수필이면서 진솔한 문장, 설득력 있는 예화, 공감이 가는 의미화로 글의 품격을 높이고 있습니다.

「아이스케키를 사먹는 대통령후보」에서는 고국의 현실과 가난했던, 아리고 아픈 과거가 적당한 곳에 끌어들여서 오히려 낭만적인 분위기를 만들어갔습니다. 「열병의 추억」은 어릴 때 병에 얽힌 체험을 들추며 깨달음의 의미를 그려낸 작품입니다. 나이와는 상관없이 아직도 눈처럼 고운 심성을 소유하고 계시기에 이런 글이 나온다고 생각합니다. 「허장성세」에 나타난 작가의 위트와 기지(奇智)는 더욱 빛나서 공감과 문학적 장치를 돋보이게 합니다. 더구나 「엄마야 누나야 강남 살자」와 같은 작품에서는 서울의 모습을 해학(諧謔)으로 그려서 해외에 있는 동포들에게는 속시원한 청량제가 될 것입니다.

작품 한 편 한 편을 읽는 동안 기분까지 상쾌하게 되고 잘 익은 삶의 모습들을 투영시키고 있음은 가장 근원적이고 인간적인 삶의 원천을 실천하고 계시기 때문이라고 사료됩니다.

작품 하나하나가 호기심을 끌고 궁금증이 일어 그냥 지나칠 수가 없이 독자를 끌어당겨서 글에서 눈길을 뗄 수 없게 하고 있습니다.

뉴욕의 많은 독자들은 이용해 박사님의 수필집을 기다리고 있습니다. 작품 모두가 삶의 향기가 진하게 우러나는 수필이고, 수필이 심적 나상이라는 말에 잘 어울리는 작품이기 때문입니다. 일상을 넘나드는 솜씨가 예사롭지 않고 감성적 문장이 부드러우면서도 주제를 잘 살리고 있습니다. 정이 흠뻑 밴 예화를 소재로 삼으니 독자의 가슴마저 훈훈해지고 감동의 물결로 출렁이게 만들고 있습니다.

이용해 박사님은 황량해지지 않는 희망의 길을 계속 찾아 가면서 길어진 앞길을 의미 있게 만드는 법을 터득하고 있습니다. 그 일은 저절로 이루어지는 것이 아님을 분명히 지적하고 계십니다.

탐욕과 욕망을 버린 영혼의 빛이 지혜로운 길을 가고 있는 작가의 글에서 발견되고, 세상을 살면서 중요한 것이 무언지 생각해보게 합니다. 사소한 것 하나 하나에 느끼고 표현하고 소중하게 기록하시는 이용해 박사님!

더욱 건강하시고, 이제 긴 여정을 접고 뉴저지 자택으로 돌아오셔서 계속 귀한 글을 보여주시기 기대합니다.

이용해 여섯 번째 수필집

# 본드인생과 박쥐인생

| 차례 |

## 2부 무료진료소의 꿈

## 3부 본드 인생과 박쥐 인생

## 4부 인심은 조석변이인데

# 5부 서울이나 미국이나

## 책을 내면서

# 감사의 표현

# 감사의 표현

"감사는 인격의 표현이다. 천박한 사람은 감사를 표현할 줄 모른다." 고 사무엘 존스라는 사람이 이야기를 했다고 한다. 또 얼마 전 신문에서는 경제적으로 상류층의 사람들이 미안하다는 말과 감사하다는 말을 통계적으로 많이 한다고 했다.

우리가 영어에서 처음 배우는 말이 'Thank You'와 'I am sorry'나 'Pardon me'인 것을 보면 아무래도 영어권 사람들이 아시아권 사람들보다 경제적으로 여유가 있거나 문화적으로 승화되었는지도 모른다. 그런데 아시아권 사람들 중에서도 일본 사람들은 '고맙다'는 말인 '아리가도오' 하는 말을 입술에 붙이고 산다.

미국사람 믿지 말라는 말을 어려서 많이 들었지만 정말 미국 사람들의 속을 알 수 없다. 그저 자기 몸의 30센티 근처에만 가도 'I am sorry'이고 테니스를 치면서 공을 집어 주어도 'Thank You'이다. 그러면서도 자기들의 옆에는 얼씬 못하게 한다.

내가 사는 플로리다에서는 백화점이나 사무실에서 뒤에 들어오는 사람을 위하여 문을 잡아 준다거나 뒤에 오는 사람을 위하여 엘리베이터를 잡아주면 꼭 "Thank You Very Much."라고 인사를 한다.

그런데 그렇게 정이 많다는 한국 사람들에게서는 '감사합니다' 또는 '고맙습니다'라는 말을 듣기가 그리 쉽지 않다. 물론 잘 아는 사람들끼리야 '감사합니다' '고맙습니다'는 말을 수없이 듣지만 거리에서 병원에서 백화점에서는 그런 표현을 하는 사람들이 드물다.

지하철을 타고 가다가 자리에 앉지 못해 안달을 하는 아주머니에게 자리를 양보해도 한번 쳐다보고는 그냥 앉아 버린다. 감사하다는 말은 고사하고 '자식 xx 같이 싱겁기는' 하는 표정이다. 병원에서 승강기를 타다가 뒤에 오는 사람을 위하여 문을 잡아 주어도 타면서 얼굴 한번 휙 쳐다보고는 말이 없다. 고맙다는 말은커녕 늦게 온 젊은 사람이 문을 잡아 준 내 앞을 떡 가로막고 장승처럼 서 있기가 일쑤이다.

한국은 세계에서 경제적으로 8위니 11위니 하고 세계 선진국이라고 자랑을 하지만 이런 문화에서는 아직도 멀었다는 생각을 한다. 서울에서 경제적으로 가장 앞서 간다는 압구정동의 현대백화점이나 소공동의 롯데호텔에서도 마찬가지이다. 앞사람이 문을 열고 들어가면서 뒤에 사람이 오거나 말거나 그대로 문을 놓아 버린다. 그러나 그것이 습관이 안 되어서 문을 좀 잡고 있으면 뒤에서 오는 사람이 다시 문을 잡고 다음 사람을 기다리는 법이 없다. 그리고 내가 백화점의 문을 잡고 있는 도우미로 보이는지 많은 사람이 지나가면서 고맙다는 인사를 하기는커녕 내가 문을 놓아 버릴까 봐 더욱 날쌔게 지나가 버린다.

이런 일은 사무원 차림의 젊은 남자나 모양을 잔뜩 낸 여자들일수록 더욱 그렇다. 어떤 때는 내가 문을 열고 들어가려고 문을 잡아 다니면 어느새 그 틈으로 날쌔게 빠져 나가는 젊은이들도 꽤 많다. 어째서 그럴까. 그들은 나보다도 젊고 기운이 있어 보이는데 내가 문을 잡고 있는 틈새로 빠져 나가는 것이 그의 삶에 얼마나 보탬이 될까. 그렇게 바쁘다면 문을 잡고 있는 나에게 '고마워요'라고 한마디 하면 입술이라도 부르튼다는 말인가.

한번은 친구가 문학상을 탄다고 하여 서울 시청 옆의 언론회관인가 하는 곳에 갈 일이 있었다. 그곳에 드나드는 사람들은 그래도 한국의 최고의 문화인일 거라고 생각했는데 감사함을 표시하는 데는 전혀 문화적이지 않았다. 나는 사람들이 여러 명 몰려 오길래 문을 열고 다음 사람이 문을 잡아 주려니 하고 기다렸다는데 10여 명이 아니라 20여 명이 지나가면서도 고맙다는 말도 문을 잡아 주려는 사람도 없었다.

나는 어쩌나 보려고 들어오는 사람들이 끝날 때까지 문을 잡고 기다려 보았다. 아마도 30여 명이 들어오고 나서야 문을 놓을 수 있는 여유가 생겼다. 요새는 돈이 많아 언론회관에서 정장을 한 문잡이를 고용한 것으로 착각을 한 모양이다.

TV연속극에서 남녀가 서로 사랑하면서도 사랑한다는 말을 하지 못하여 사랑이 깨어지고 이별을 하는 젊은이들을 본다. 물론 사랑을 고백하기 어려웠던 사정이 있겠지만 사랑을 고백하기 전에는 그 남자가 나를 사랑하는지 미워하는지 알지 못한다. 말을 안 하면 귀신도 모른다지 않는가.

한국 사람들처럼 똑똑하고 말을 잘하는 사람이 세계에 그리 많지 않다. 그런데 어째서 서울 사람들은 감사하다는 말을, 고맙다는 말을 하지 못할까.

예수님이 열 명의 문둥병 환자를 고치셨다. 그런데 9명은 좋아서 그런지 어디로 가버리고 오직 사마리아인 한 사람만이 다시 찾아와 고맙다는 인사를 했다. 예수님은 "내가 열 명을 고치지 않았느냐. 그런데 아홉 명은 어디에 갔느냐"고 하시고는 "네 믿음이 너를 사하였다"고 인정해 주시지 않았던가.

아무리 좋은 노래라도 부르기 전에는 아름다운 노래가 아니고 아무리 명품인 악기라도 연주를 하지 않으면 악기가 아니다.

아무리 가슴속에 뜨겁고 아름다운 사랑을 품고 있어도 사랑한다는 말을 하기 전에는 사랑이 이루어지지 않고 아무리 감사한 마음을 가슴에 품고 있어도 감사하다는 말을 하기 전에는 감사는 존재하지 않는다.

서로 어깨를 툭 치고 지나갈 때 서로 노려보지 말고 '미안합니다' 하는 말 한마디를 하고 백화점의 문을 잡아 주는 사람에게 '고마워요'라는 인사를 한마디 할 수 없을까.

어린이들에게, 학생들에게 감사하다, 미안하다는 말을 가르치자. 그래야 우리 사회의 앞날이 좀 평안하고 평화로워지고 문화적인 사회가 될 것이다.

이 몇 마디 말을 하는데 5초도 안 걸릴 것이다. 그리고 '미안합니다' '고맙습니다'라는 말을 많이 하는 사회는 지금보다 훨씬 따뜻하고 살기 좋은 사회가 될 것이다.

# 미국차가 없는 뉴욕 거리

내가 이런 말을 하면 "무슨 남자가 간이 살구씨만 하냐?" 하고 비웃으시겠지만 뉴욕 시내에 차를 몰고 가는 것은 겁이 납니다. 물론 신호와 표지판을 보고 가면 못 가기야 하겠습니까만 길에서 달려드는 폭탄 택시들도 무섭고 배 째라 하고 겁 없이 덤벼드는 젊은이들의 차들, 그리고 툭하면 가운데 손가락을 치켜들고 욕을 하는 친구들도 신경이 쓰입니다. 또 뉴욕은 도시의 크기에 비해 턱 없이 모자라는 주차시설 때문에 32가에 있는 식당에서 10불짜리 점심을 먹고 20불을 주차비로 내야 하는 억울한 상항이라 나는 뉴욕에 갈 때 버스를 타고 가는 일이 많습니다.

우리 집 앞에서 버스를 타고 약 40분만 가면 42가 타임 스케어까지 갈 수 있고 요금도 경로 할인으로 1불 55전이면 갈수 있습니다. 차를 가지고 가면 6불씩 하는 링컨 터널의 통행료도 절약이 되기 때문에 일석이조입니다.

며칠 전에도 버스를 타고 뉴욕에 가면서 멍청하게 창문 밖을 내다보며 지나가는 차들을 보다가 갑자기 '미국이 어쩌다가 이렇게 되었는가 생각했습니다.

버스 옆으로 지나가는 차들을 보면 미국에서 생산하는 차는 별로 없고, 대부분이 일본과 독일 그리고 한국에서 온 차들입니다. 나는 정신을 바짝 차리고 옆을 지나가는 차와 마주 오는 차들을 세어가며 그 중 미국에서 생산이 되는 차가 몇 개나 되는지 세어 보았습니다.

하나, 둘, 셋, 넷 헤아리며 미국산 차를 볼 때마다 종이에 표시를 해가며 계산을 했습니다. 그러다 문득 이런 쓸데없는 일에 신경을 쓰고 있는 나 자신이 한심하다는 생각을 했습니다. 아마 270여 대를 헤아린 것 같은데 미국산 차는 50대가 채 되지 않았습니다. 눈에 가장 많이 띄는 것이 일본차인 도요타와 혼다였습니다. 그리고는 멜쩨데스, BMW, 렉서스, 아우디, 인피니티, 니싼, 미쯔비시, 폭스바겐, 싸브, 재규어, 현대, 대우, 기아차 등이 거리를 누비고 가끔 포르쉐도 지나갑니다. 미국산 GM이나 포드, 크라이슬러의 차들은 드문드문 합니다.

1970년대만 해도 미국 하면 자동차 왕국으로 생각했고, 돈 있는 사람들은 양식집에 살며 중국음식을 먹고 미제차를 타고 다니는 것이 당연한 것으로 알았습니다. 거리에서 외국차를 보는 것은 흔하지 않았습니다. 돈이 있는 사람도 멜세데스나 BMW를 타지 않고 캐딜락이나 링컨 컨티넨탈을 타고 다녔습니다.

저는 그때 미시간에 있는 디트로이트에서 몇 년을 살았는데 미시간 주 전체가 GM 회사와 포드 회사 때문에 살아간다고 해도 과언이 아닐 정도로 자동차산업이 미시간을 뒤덮고 있었습니다. 디트로이트 시에서 제일 크고 화려한 건물이 GM 회사 건물이었고 디아본이나 버밍햄, 반 다이크에는 GM 건물들도 가득 찼습니다. 여기에 질쏘냐고 포드 회사의 사옥도 으리으리했고 또 크라이슬러의 사옥도 웅장 했습니다.

그런데 1960년대와 1970년대에 자동차 노조의 투쟁이 격렬했습니다.

큰 트럭으로 회사와 공장 입구를 막아 놓고 직원들의 출근을 못하게 하는 격렬한 파업이 계속 되었습니다. 그러면서 노동투쟁에서 노조가 승리를 하고 노동자의 임금은 올라가고 노조간부들은 새로운 귀족 계급으로 등장했습니다. 그러다보니 자동차의 질은 떨어지고 이때를 틈타서 일본차들이 들어오기 시작했습니다. 처음에는 도요다나 니싼 차들이 슬금슬금 들어오더니 해가 갈수록 길에 다니는 그들의 차가 늘었습니다.

사람들은 비싸고 고장이 잘나는 미국차를 외면하고 외국차를 쓰기 시작했습니다. 한동안 미국차를 타자는 시민운동도 있었고 노동자들이 외국차들이 많이 주차된 병원의 의사 주차장에 계란을 던지고 가는 일도 종종 있었습니다.

그러나 미국 차는 계속 질이 떨어지고 값이 비싸니 외할머니 떡도 싸야 사먹는다고 비싸고 질이 나쁜 미국차에 등을 돌리는 소비자들의 마음을 돌이킬 수 없었습니다.

이제는 뉴욕 시내에 굴러다니는 차중에 미국산이 20% 밑도는 비극을 맞게 되었습니다. 제가 살던 오하이오에도 패커드 전기회사가 있는데 GM 자동차의 전기부품을 생산하는 공장으로 한때는 3만 명의 종업원을 고용하고 현대자동차의 직원들이 연수를 오곤 했는데 이 회사가 지금은 고용인이 2천 명도 안 되는 공장으로 전락하고, 쉐보래의 차종을 생산하던 공장은 아예 문을 닫아 버리고 말았습니다. 버려진 공장 건물은 마치도 죽은 공룡의 시체처럼 녹이 슬고 유리창이 깨어지고 먼지에 둘러싸인 폐허의 건물로 흉측하게 버려져 있습니다.

나는 가끔 신문에서 현대자동차 노조의 파업을 보면서 전락한 미국의 자동차산업을 생각합니다. 물론 일을 하는 사람들은 일을 덜 하고 월급은 많이 받으려고 할 것이고 일을 시키는 사람은 적은 월급으로 일 많이 시켜서 많은 이익을 남기는 것이 좋겠지요. 그러나 노사측이 모두 정도가 있을 것입니다.

민주노총 산하 현대자동차노조가 파업을 했을 때 신문에는 이런 기사가 실렸습니다. 민주노총 산하의 노동자들의 월급은 5백만 원에서 6백만 원을 받는다고 합니다. 그리고 파업하는 동안도 월급을 꼬박꼬박 받고 수당도 따로 받는다고 합니다. 의과대학의 조교수의 경우 약 5백만 원에서 6백만 원의 월급으로 생활을 합니다. 그들은 6년 동안 의과대학을 다니고 5년의 수련의 생활을 했습니다. 그리고 전문의 시험에 합격을 한 후 다시 휄오쉽을 2년 합니다. 그동안 석사 학위를 받고 박사 학위를 받은 사람들도 많이 있습니다. 그리고 강사로 3년을 근무해야 조교수로 진급을 합니다. 그동안 논문을 쓰고 해당 점수도 받아야만 합니다. 그리도 일반 대학 조교수들은 그보다도 적은 월급을 받습니다.

미국에서 박사학위를 받고 서울의 대학에서 시간강사를 하는 사람들은 한 달에 300만 원이 좀 넘는 월급을 받으며 새벽부터 밤늦게까지 일하고 연구하고 학생들을 가르칩니다. 얼마 전 신정아씨와 물의를 일으킨 변양균 대통령보좌관의 월급이 약 7백만 원이라고 보도되었습니다.

그런데 거의 장관 월급을 받고 의과대학의 조교수들의 월급보다도 더 많이 받으시는 노조 간부들이 월급을 더 달라고 죽창을 들고 거리에 나서고 공장 문을 닫는다고 하면 사람들이 무엇이라고 할까요.

지난여름 연세대학교의 세브란스 병원에 노조파업이 있었습니다. 그런데 "내가 환경미화원으로 일을 한 지가 18년이 되었다. 그런데 내가 받는 월급이 의과대학을 졸업한 지 10년도 안 되는 병원의 강사와 같아서야 되겠느냐?"고 월급을 더 달라고 하는 환경 미화원의 요구가 정당한지 모르겠습니다.

그런 논리라면 세상에는 공부할 필요도 없고 기술을 배울 필요도 없습니다. 민주노총의 노동자가 청와대에 찾아가 "내가 노동자가 되어 이 일을 한 지 20년이 되었는데, 당신은 청와대에 들어온 지 2년밖에 안 되면서 어째서 나보다 월급을 많이 받느냐?"고 따져야 할 것입니다. 새로 온 장관을 보고 말단 사무원이 내가 문화관광부에서 일한 지가 20년이 되는데 문화관광부 장관으로 온 지가 한 달도 안 되면서 어째서 나보다 월급을 많이 받느냐고 주장하는 사회가 되어야 할 것입니다.

옛날 공돌이와 공순이를 착취하여 폭리를 남기고 재벌이 된 자본가들을 옹호할 생각은 없습니다. 그러나 이제는 그런 시대가 지나가지 않았습니까.

물론 아직도 외국인 노동자들을 데려다가 낮은 임금을 주고 가혹한 처우를 하면서 일을 시키는 한국 기업들이 있기는 합니다. 그러나 민주노총의 사상가나 지도자들은 이들을 거들떠보지도 않습니다. 지금 우리나라는 일본, 러시아, 중국에 둘러싸여 있습니다. 일본은 저만큼 우리보다 앞서 달리고 노동자들의 파업이 없어진 지 오래 되었습니다.

러시아는 공산정권이 무너지고 새로운 자유시장 체제로 전환하며 공짜로 생긴 오일머니로 경제 부흥을 외치고 있습니다. 그리고 곰처럼 물불을 안 가리고 돈을 향해 달려들며 싼 것을 만들어내는 중국이 옆에 바짝 붙어 있습니다. 아직 중국 자동차가 시장에 눈에 띄지 않지만 중국산 차들이 거리에 나오기 시작만 하면 매해 한두 번씩 파업을 하며 수천 억의 손실을 보는 한국의 자동차 산업이 살아남을 수 있을는지 문외한인 나도 걱정스럽습니다.

자동차 왕국이던 미국의 도시 뉴욕에 미국산 자동차가 사라지고 있는 것처럼 서울 시내에 중국차들이 활개 치면서 달리게 되는 날 우리의 설자리가 어딜지 하는 걱정이되어 간이 살구씨만한 남자를 고민하게 합니다.

# 숫자를 세지 마세요

옛날에는 유대인들이 똑똑하다고들 하더니 요새는 한국 사람들이 똑똑하다는 이야기들을 많이 합니다. 나는 한국 사람들이 똑똑하다는 말에 동의합니다.

그럼 똑똑하다는 말은 무엇일까. 물론 학교에 다닐 때는 공부를 잘한 다는 말이고 직장에서는 일을 똑 부러지게 한다는 말이고 장사에는 이익을 잘 남긴다는 말입니다.

그럼 그 똑똑함의 바탕은 어디에서 생겨날까요. 그것은 계산을 잘한 다는 말일 것입니다.

이어령 선생의 「숫자의 비극」이라는 글에서처럼 우리는 항상 숫자와 더불어 살아 왔습니다. 어렸을 때부터 "너 몇 살이니?" 하고 물으면 "세 살." 하고 대답을 해야 똑똑한 어린애이고 "형제는 몇이니?" 하면 "형이 둘, 동생이 하나, 누이가 하나." 하고 대답을 해야 어른들은 만족을 했습니다. 그러다가 좀 더 자라면 집 주소와 전화번호를 외워야 하고 학교에서는 수학을 잘해야 했습니다.

고등학교에 가면 수학을 잘해야 공부 잘하는 학생 측에 낄 수 있습니다. 요새는 영어와 논술이 중요한 모양이지만 제가 학교에 다닐 때는 수학을 잘해야 성적을 올릴 수 있었습니다. 영어는 한 과목이지만 수학 과목은 대수, 기하, 해석기하, 미분, 적분을 해야 하고 물리와 화학도 푸는 문제가 많았으므로 수학을 잘해야 여러 과목의 성적을 올릴 수 있었습니다.

군대에 가면 계급이 문제가 되겠지만 계급이 같은 그룹에서는 군번이 몇 번인가 훈련소 몇 기 졸업생인가 하는 것이 문제가 되고 밥을 먹을 때 앞에 서는지 뒤에 서는지가 정해지게 됩니다.

이런 환경에서 자란 한국 사람들인지라 숫자에 대한 개념이 철저 합니다.

또 한국의 화폐단위는 딴 나라에 비해 높습니다. 요새는 일 달러에 936원을 하지만 한 동안은 일 달러에 1250원까지 하기도 했습니다. 그러니까 많은 숫자에 대한 계산도 빠르고 정확합니다. 초등학교 학생도 몇 만 원씩은 가지고 다니니 계산력이 빨라지고 머리가 좋아질 것은 당연합니다. 몇 억은 그냥 용돈 정도이고 아파트 한 채에는 몇 십 억이고 사업을 할 때나 땅을 살 때는 몇 백 억입니다. 정치를 하는 사람이나 북한에 돈을 보내는 사람은 천 억이나 몇 조를 쉽게 말합니다. 요새는 억을 넘어 조가 심심치 않게 나오고 이제는 경이라는 낱말까지도 듣게 되었습니다. 제가 사는 미국 사람들은 십만 불을 계산하기가 쉽지 않으며 백만 불이라고 하면 고등수학에 속합니다. 그러니 미국보다 많은 숫자를 가지고 고등수학을 잘하는 한국인이 똑똑할 수밖에 없습니다.

이어령 선생은 이렇게 말합니다. 영국 사람은 만나면 직업을 묻습니다. 그리로 러시아 사람은 종교를 묻습니다. 그러나 한국 사람은 만나면 우선 나이를 묻습니다. 그러나 요새는 직접 나이를 묻지는 않습니다. 여자의 나이를 묻다가는 두 번 말을 붙이기 전에 따귀를 맞지 않으면 "뭐 이런 빙신이 있어!" 하고 망신을 당하거나 무안을 당할 것이기 때문입니다. 그러나 처음 만난 사람끼리도 상대방의 나이를 탐색하느라고 눈동자를 굴릴 것은 틀림이 없습니다. 나보다 나이가 많은가 적은가, 그래서 내가 말을 놓아야 할 것인가 아니면 존대를 해야 할 것인가를 가늠해야 똑똑한 사람이 되고 일을 능률적으로 할 수 있습니다. 물론 요즈음은 출신 학교를 묻습니다. 그것은 자연스럽게 졸업 년도를 묻고 그 숫자로 선후배를 정하려는 작전이기 때문입니다.

목사님들은 만나면 교인수가 얼마나 되느냐고 묻고 교인수가 1,000명인 목사님은 교인이 300명인 교회의 목사님 앞에서 목을 세우고 교인이 적은 교회의 목사님은 기가 죽습니다.

여자들은 만나면 강남에 사느냐 강북에 사느냐가 문제가 되겠지만, 강남에 사는 사람이 강북에 사는 사람과 만나는 일이 별로 많지 않으니 몇 평짜리 아파트에 사느냐가 문제가 됩니다. 그래서 30평짜리 아파트에 사는 사람은 자연히 40평짜리 아파트에 사는 사람에게 꿇리게 되고 70평짜리 아파트에 사는 사람은 50평짜리 아파트에 사는 사람 앞에서 목을 세웁니다. 그리고 비슷한 아파트의 평수가 나오면 몇 억짜리 아파트에 사는가가 다음 문제입니다.

젊은 여자들이 만나면 누가 몸짱이냐고 따지게 되고 자연히 키는 얼마? 몸무게는 얼마? 체형은 36-28-36이라고 대답을 해야 되고 키가 작거나 체형이 여기 맞지 않는 사람은 기가 죽게 마련입니다.

학생들은 몇 과목의 과외를 하는가에 따라 신분의 계급이 정해지고 학교에서 성적이 몇 등에 속하는가에 따라 계급이 정해집니다. 연말이 되면 수능 점수가 몇 점인지를 가지고 일류, 이류, 삼류의 인생을 정합니다.

남자들은 물론 연봉이 얼마냐에 따라 계급이 정해지고, 공무원이면 몇 급 공무원이냐에 따라 순서가 정해질 것입니다.

골프장에 나가면 자연히 핸디캡이 얼마냐에 따라 계급이 정해지고 여자들이 대학 동창회에 가면 손가락에 몇 캐럿의 다이아반지를 끼었는가에 따라 신분이 정해집니다.

자동차는 메르세데즈 280이냐 320이냐 아니면 S500이냐 S600이냐를 가지고 계급이 정해지고 이 숫자에 따라 골프장과 호텔 로비에서의 대우가 달라집니다. 물론 BMW도 300대냐 500대냐 700대냐에 따라 달라지지만……

이렇게 사람을 만날때 마다 마치 도박을 하는 것처럼 당신이 가진 카드가 몇 끝이냐를 끊임없이 비교하며 살아가는 것이 한국 사람들입니다.

가만히 나를 돌아다봅니다. 나는 사는 집도 크기를 자랑할 수 없을 만큼 작은 집입니다. 자동차는 숫자를 이야기할 수 없는 수바루이고 키는 160㎝가 될까 말까 합니다.

아내가 가진 반지는 결혼할 때 수련의 일 년 월급에 해당하는 돈이었지만 좁쌀만 해서 우리 같은 노인들의 눈에는 잘 보이지도 않습니다.

골프는 쳤다하면 100이상을 쳐야 하고 이제는 연봉도 없는 퇴역병입니다.

그래서 나도 이어령 선생의 말대로 "주여 숫자로 환산하는 자들을 불쌍히 여기소서. 지금이 몇 시냐고 묻는 자들을 용서해 주소서. 주소를 묻는 자와 월급으로 인간을 판단하는 자들을 구원해 주소서." 하는 기도에 동참을 하고 싶습니다. 그리고 숫자를 세지 않는 세계로 향하고 싶습니다.

그리고 지금 나에게 내가 사는 아파트가 몇 평이냐고 묻는 사람을 싫어합니다. 나더러 몇 살이냐고 묻는 사람과 이야기 하고 싶지 않습니다. 어떤 차를 타고 다니느냐고 묻는 사람과 이야기를 하거나 사귀고 싶지 않습니다. 은행에 얼마의 저축이 있느냐고 묻는 사람을 경멸합니다. 내가 디오게네스처럼 작은 통 속에서 산다고 할지라도 그가 내게 해줄 아무것도 없고 내가 그에게 줄 아무것도 없기 때문입니다.

그냥 서로의 마음속에 숫자로 계산할 수 없는 사랑을 나누려고 한다면 모르겠지만……

이민 와서 아주 친하게 지내던 친구가 2001년 1월 2일에 죽었습니다. 그리고 나는 그보다 현재 6년을 더 살고 있습니다. 그러나 그것이 아무런 자랑도 아닙니다. 그리고 아무런 행복도 아닙니다. 다만 먼저 간 친구를 생각할 때마다 '그가 살았을 때 좀 더 잘해줄 걸' 하는 미안한 마음과 '내가 정말 보람 있는 삶을 살고 있는 것일까'를 생각하게 될 뿐입니다.

언젠가 나도 죽을 때는 20년을 살았거나 50년을 살았거나 아니면 120년을 살았는지는 아무런 문제가 아닙니다. 우리가 얼마나 오래 살았느냐가 문제가 아니라 어떤 삶을 살았느냐가 문제입니다.

한국은 부자 나라입니다. 그들의 생활수준은 세계에서 5위에서 8위를 왔다 갔다 한다고 합니다. 그러나 우리들이 느끼는 행복지수는 높지 못합니다. 그것은 끊임없이 숫자를 가지고 만나는 사람들마다 비교를 하기 때문입니다

이제는 숫자를 잊어버리고 행복의 질, 인생의 질을 느끼면 살 수는 없을까요.

# 아버지와 아들

시대가 변한다고 아버지와 아들의 정이 변할 리가 있겠습니까만 아무래도 아버지는 무서움과 권위의 대상은 될지언정 사랑의 대상은 아닌가 싶습니다.

옛사람들이 부르던 「사모곡」이란 노래에도 "호미도 날이언마난 낫가치 드실리 있으리이까. 아버지도 어버이마라난 어머니가치 괴시리 있으리이까" 하며 아버님은 어머님처럼 사랑의 대상은 아니라고 노래하고 있습니다.

가시고기라는 물고기는 암놈이 새끼를 낳으면 새끼들에게 애비 물고기가 자기의 살을 뜯어 먹히며 죽어간다고도 하고 새 중에서도 암놈이 알을 낳고 날아가 버리면 수놈이 알을 품고 새끼 새가 알에서 깨어난 후 자립할 때까지 먹이를 물어다 먹여 주며 기르는 새가 있다고도 합니다.

요새 같은 여성 상위시대에는 남자들이 기저귀 가방을 들고, 여자 뒤를 따라 다니고, 아이 기저귀를 갈아주는 것이 너무도 당연한 일인 현대 가정들이 흔한 시대입니다.

여자가 직장에 나가면 남자가 가사 일과 애들을 키우는 일이 드물지 않은데도 자식들의 사랑을 말할 때면 어머니의 사랑을 이야기 하고 아버지 하면 밖에 나가 술이나 퍼먹고 집에 들어와 애들을 때리거나 집안을 때려 부순다는 전설 같은 이야기가 오늘도 전해져 내려오는 모양입니다.

남자들이 여자들보다 많이 가지고 있다는 테스토스테론은 역시 힘의 상징일 뿐 여성의 호르몬인 에스트로겐처럼 사랑의 호르몬이 아니어서 남성 호르몬을 가지고 있는 아버지를 어려서부터 생리적으로 싫어했는지도 모릅니다.

옛날 사람들이 이렇게 복잡한 생리적인 기전을 알았겠습니까만 희랍의 신화에 나오는 '에디프스 컴플렉스(살부혼모)'라는 전설도 아마 이 테스토스테론이 원인이 아닐까 합니다.

물론 요새 아들 하나 딸 하나를 낳아서 기르는 시대에 외아들이 아닌 남자들이 몇이 있겠습니까만 나의 아들도 4대 독자입니다.

나의 할아버지대의 이야기야 알 수 없지만, 우리 아버님은 3형제 중 가운데 분이셨습니다. 그런데 큰아버님은 아들 하나 딸 하나를 두셨는데 그 아드님이신 사촌 형님은 목사님이 되시더니 딸 하나만 두시고 돌아 가셨습니다. 우리 아버님이 3형제를 두셨는데 내 형님은 해방 후 북한에서 반정부 운동을 하시다가 공산정부 경찰에 끌려가신 후 소식이 없으시고, 동생은 딸만 둘을 두었습니다. 우리 작은아버님은 딸만 셋을 두었으니 내가 낳은 아들 하나가 우리 집 남자의 계보를 잇는 소위 4대 독자가 되었습니다.

아내가 아들을 낳자 우리 집에서는 경사가 났다고 집안이 떠들썩했습니다. 아버님과 장인께서는 서로 경쟁과 의논 끝에 '상준'이라고 이름을 지었습니다. 친척들이 찾아와서 축하를 해주고 아버님과 어머님은 아들을 보석처럼 여기며 우리 집의 왕자라고 불렀습니다. 아들 녀석은 할머니의 품에서 자랐고 내 아내조차 마음대로 만져 보지 못할 정도였습니다. 우리 집에 찾아오는 친척들은 아버님, 어머님에게 선물을 사가지고 오기보다는 상준이의 선물을 사가지고 와야 점수를 딸 정도로 호사를 했습니다. 2년 후 딸을 낳았지만 미안하게도 부모님은 아들과 딸의 차이를 많이 아주 많이 두셨습니다.

딸이 아들의 장난감을 만지기라도 하면 할아버지와 할머니가 야단을 쳐서 우리 딸 수정이는 장난감을 가지고 별로 놀아보지도 못했고 "이거 우리 오빠 꺼야." 하는 말만 입에 배어 있었습니다.

우리가 미국에 온 후 아버님과 어머님은 편지마다 상준이가 보고 싶다고 말씀하시고 야단치지 말고 잘 기르라고 부탁을 하셨습니다. 아버님이 중풍으로 쓰러지신 후 돌아가시기 전에도 "상준아!" 하고 부르셨다는 이야기를 들으며 나는 그토록 사랑하는 손자를 할아버지의 품에서 비정하게 빼앗아 미국으로 온 불효자라고 자책하기도 했습니다.

나는 아버님에게 효도를 하는 마음으로 아들을 키웠습니다. 이는 내 아들이 아니라 우리 집의 보물이고 아버님의 유언이라는 생각으로 나는 K마트에서 10불짜리 신발을 사 신으면서 아들은 60불짜리 콤비를 백화점에서 사 신기었습니다. 더욱이 내가 개업하고 돈을 벌면서 정말 그는 왕자와도 같은 대접을 받았습니다. 그가 원하는 것이면 아버지의 명령이라고 생각하고 옷도 고급으로, 먹는 것도 그가 원하는 것으로 먹였으며, 그가 원하는 것이라면 무엇이든지 들어 주었습니다.

그는 아버지의 소망을 들어 주었던지 공부를 잘했습니다. 고등학교 때 IQ Test를 하여 146이라는 놀라운 숫자를 보여 주었고 학교에서 2, 3 등의 성적도 올렸습니다.

그가 대학에 합격하였을 때 나도 정신 나간 아버지가 되어 BMW 차를 사주고 일 년의 의무기간이 끝나자마자 혼자 공부를 하라고 비싼 독방 아파트도 얻어 주었습니다.

그는 MBA를 하고 법과대학을 졸업하고 변호사가 되어 아주 좋은 회사의 기획실에 취직을 했습니다. 그리고는 좋은 집 규수와 결혼을 해서 처갓집 근처로 이사를 갔습니다. 그는 장가를 갔습니다.

우리는 아들과 며느리, 손녀들을 잘해야 일 년에 한번 만날 정도이고 더욱이 내가 서울에 나가 있던 지난 4년간은 거의 한 번도 보지 못했습니다. 물론 옆에 사는 처갓집에는 이틀이 멀다 하고 가는 모양이고 장인과 장모의 사랑을 받는 모양입니다.

어쩌다가 우리가 아들네 집에 가면 장인 장모가 주인이고 나와 아내는 손님대접을 받습니다.

물론 상준이는 한국말을 못합니다. 그리고 대학을 졸업하고 집을 나간 후에는 식생활이 바뀌어 한식은 별로 먹지 않습니다. 그러니 어머니와 말이 잘 통하지 않겠지요. 그리고 의사인 나와는 이야깃거리가 별로 없고 같은 경제계통 출신인 장인과는 나눌 이야기가 많겠지요.

아들은 일주일에 한번이나 두 주일에 한번 전화를 합니다. 그러나 그 정도로는 아내는 섭섭합니다. 요새 젊은이들이 제일 듣기 싫어하는 "내가 너를 어떻게 키웠는데…" 하면서 섭섭함을 표시합니다. 그러나 어쩝니까. 사람의 마음을 억지로는 못하는 것을……

물론 아들이 불효자라는 것은 아닙니다. 남자이기 때문에 딸보다 알뜰살뜰하지 않다는 것 뿐이지요.

우선 말이 우리보다는 장인과 잘 통하지요. 음식도 처갓집 음식이 입에 맞지요. 거리도 가깝지요. 제 아내가 집에 가서 애들을 돌보아 주는 것보다는 장모가 와서 도와주는 것이 며느리에게 편하지요. 그리고 손녀들도 사돈집 식구들과 더 잘 통하지요. 물론 그럴리야 있겠습니까만 장인이 저보다 훨씬 잘살지요. 그리고 장인이 자기의 출세에 도움이 되지요. 그러니 아무래도 가까운 데 있는 사람 손을 잡지, 비행기를 바꿔 타고 하루가 걸려야 갈 수 있는 우리의 손을 잡겠습니까?

그래서 나는 "그래 아들이 장가 잘 갔지 뭘… 장가 간 아들을 자꾸 생각하면 무엇 하누." 하면서 요새 유행하는 조크를 들려주었습니다.

아주 잘난 아들은 나라의 아들이래. 그래서 박지성이나 박태환 같은 아들을 둔 사람은 자기 아들을 마음대로 보지도 못한대. 그리고 돈 잘 벌고 잘 나가는 아들은 장모님 아들이래. 돈도 잘 벌고 출세를 하면 장모가 놓아주지를 않는대. 마지막으로 못나고 돈도 못 벌고 취직도 못하는 아들만이 영원한 내 아들이래.

그러니 우리 아들은 나라의 아들은 못되지만 장모의 아들은 되니까 그만하면 잘난 것 아니냐… 하고 스스로를 위로해보지만 나의 마음은 허전하기만 합니다. 지금 저의 아버님과 어머님이 살아 계셨다면 무어라고 하실까.

# 뭘 봐

내게는 좀 바보스러운 데가 있습니다. 그것은 무엇을 빤히 쳐다보는 습관입니다. 물론 사람만 빤히 쳐다보는 것이 아니라 나무나 꽃을 한참 쳐다볼 때도 있고 밤하늘의 달이나 별을 한참씩 쳐다볼 때도 있습니다. 그렇게 넋을 잃고 한참씩 쳐다보다가 아내에게 핀잔을 맞는 때가 많이 있습니다.

학교에서 강의를 들을 때나 교회에서 설교를 들을 때면 선생님이나 목사님을 계속 쳐다보는 것이 말씀하시는 분들에게 좋은 일이지만, 그 냥 일상생활에서 사람을 계속 쳐다보면 실례가 되는 모양입니다.

대학에 다닐 때 우리 반 학생 중 멋쟁이가 있었는데, 늘씬한 친구가 회색바지에 짙은 곤색 양복을 입고 곤색 바탕에 붉은 줄이 간 넥타이를 매고 앉아 강의를 듣는 모습이 참으로 멋이 있었습니다. 나는 무슨 생각이었던지 한참을 쳐다보았습니다. 그 친구가 내 시선을 느꼈던지 "야 너 왜 그렇게 나를 쳐다보니?" 하고 물었습니다. 나는 "그냥 너의 옷과 모습이 너무 멋이 있어서…" 라고 대답했습니다.

그 친구는 "자식 싱겁기는…" 하고 다시 돌아앉았습니다.

거리에 지나가다 사람을 쳐다보는 일도 많이 있는데 어떤 때는 걸음을 멈추고 쳐다보는 경우까지 있어서 아내의 주의를 받고서야 '아차' 하고 곤혹스러움을 느끼는 때가 한두 번이 아닙니다. 그래도 지하철을 타고서 앞에 앉은 사람들을 물끄러미 쳐다보는 때가 제일 편하고 많지 않을까 싶습니다. 뉴욕의 맨해튼에서 후러싱에 가는 F Train 을 타면 정말 여러 종족의 사람들을 관찰할 수가 있어 흥미롭습니다. 얼굴색이 흰 사람, 검은 사람, 붉은 사람 그러다가 우리들처럼 누런 사람들이 모두 섞여서 웃고 이야기를 합니다. 먼 곳을 쳐다보는 척 하면서 쳐다보면 코가 큰 사람, 납작한 사람, 주먹코, 코가 있는지 없는지 모를 정도로 작은 사람, 독수리의 부리처럼 생긴 사람 등 정말 다양합니다.

그렇다고 서울의 지하철에서는 볼 것이 없는 것이 아니라 서울의 지하철에도 볼거리가 많이 있습니다. 더욱이 요새는 쳐다볼 일이 많은 세상이 아닙니까.

지금처럼 다양하고 화려했던 시대가 없을 정도로 사람들의 시선을 끄는 형형색색의 의상을 입고 거리에 다니는 시대가 없었을는지 모릅니다. 그렇다고 옛날 귀부인들이나 왕족이 입던 그런 화려한 옷이 아니라 전통을 파괴하고 개성을 살려 남의 시선을 끄는 복장들이 주위에 가득합니다.

전철을 타고 안을 한번 훑어보면 남자들의 옷이야 비슷비슷 하지만 여자들의 의상은 같은 옷을 입은 사람이 눈에 띄지 않을 정도로 다양합니다.

검은 색깔의 투피스로 정장을 한 커리어 우먼, 진바지에 티셔츠를 걸친 대학생, 한복을 입은 아주머니, 등산복으로 무장을 한 여자 등산인, 크나큰 자외선 차단 장치의 바이저로 중세기의 기사처럼 얼굴을 거의 가리다시피 한 아주머니, 기다란 원피스에 세타를 걸친 아주머니들은 거의 어디에나 있습니다. 그런데 마치 옛날 누님들이 입던 잠옷(슈미즈) 같이 하늘하늘한 옷을 걸치고 그 위에 아주 짧은 조끼 같은 것을 걸쳐 입고 그 위에 이것은 브래지어라고 할 수밖에 없는 가슴띠를 한 여자들이 더러 있습니다. 내가 무식한지는 모르겠지만 그런 가슴띠는 옷 속에 걸치는 것으로 알고 있는데 구태여 밖에 한 이유를 잘 모르겠습니다. 외설스러운 생각이긴 하지만 그러한 복장을 한 여인은 브래지어를 겹으로 하고 다니는 건지 궁금하기도 합니다. 잘못 물어보았다간 성추행으로 경찰의 신세를 지겠지요.

옛날에는 여자의 종아리만 쳐다보아도 외설스럽다고 했는데 이제는 나이 어린 소녀로부터 중년 아주머니에 이르기까지 배꼽을 훤히 내어 놓고 벗겨질까봐 내 마음이 조마조마하게 치마나 바지를 걸치고 다닙니다. 그리고 맨 배꼽만으로는 남의 시선을 끌기가 무엇하였던지 배꼽에 귀걸이 같은 장식품을 붙이고 다니기도 합니다. 가끔 배꼽 속에 낀 때도 보일 때가 있습니다.

미니스커트라고 하던 짧은 치마나 바지는 더욱 짧아져서 요새는 핫팬츠라고 하는, 치마와 바지의 길이가 한 뼘이 채 되지 않는 옷을 입고 다니며 자리에 앉으면 치마 밑으로 속옷이 보이고 바지도 아슬아슬하게 느껴지는 옷을 입고 다닙니다. 그런 옷을 입은 사람은 한결같이 지하철에 앉을 때에 책이나 가방으로 허벅지를 열심히 가리느라고 야단입니다. 옆의 사람들을 힐끗힐끗 쳐다보면서……

또 위 셔츠는 헐렁하다 못해 한쪽 어깨가 완전히 벗겨지고 브래지어의 끈이 보이는 것은 물론 한쪽 가슴이 훤히 들여다보이도록 그야말로 걸치고 다닙니다. 그런 사람은 몸을 움직일 때마다 가슴이 거의 들여다보입니다.

발은 양말도 신지 않은 맨발에 슬리퍼를 신고 울퉁불퉁한 발가락에 갖가지 색깔로 페디큐어를 했습니다. 내 생각에는 아무리 아름다운 여자라도 발가락을 자랑할 만큼 발가락이 잘생긴 사람이 거의 없을 텐데 무좀으로 상한 발톱에 페디큐어를 하고, '자 여기 보시오' 하고 노출을 시키는 현대 여인들의 강심장이 정말 무섭기까지 합니다.

그런데 이런 옷을 입고 다니는 것까지야 입는 사람의 자유이니 자유국가인 대한민국에서 제가 무어라고 하겠습니까만, 가끔 옆의 사람을 치한으로 몰고 가는데 문제가 있습니다.

얼마 전 전철이나 버스에서 성추행이 많다는 기사가 신문과 TV에 보도되었습니다. 사람이 많을 때 여자들에게 접근하여 만지는 남자들이 있다고 비난을 했습니다. 이런 행위는 비난을 받아 마땅하지만 어떤 여자는 남자들이 지하철 맞은편에 앉아서 계속 자기를 끈적끈적한 눈으로 쳐다본다는 것입니다. 저는 그 끈적끈적한 눈길이 어떤 것인지 알 수 없지만 나 같이 간이 작은 사람은 지하철을 탈 때마다 시선을 어디다 두어야 할지 당황스러울 때가 많이 있습니다.

나는 여자들이 몇 시간씩 앉아 화장을 하고 옷을 몇 벌을 내어 놓고 골라 입는 것은 밖에 나가 사람들에게 보이려고 하는 것이 아닌가 생각을 합니다. 그렇게 사람들의 눈길을 끌도록 화장을 하고 좋은 옷으로 차려 입고 나와서 사람들이 쳐다본다고 불평을 하고 쳐다보는 사람들을 치한으로 취급하는 심사를 이해할 수가 없습니다.

물론 여자들은 그렇게 말하겠지요. "그렇다고 너더러 쳐다보라는 거냐 하고…" 그럼 어떤 사람들에게 보이려는 것인지 의도를 밝혀야 하지 않겠습니까?

가슴에 이런 팻말을 달고 다니든가 말입니다. '30세 이하의 남자로서 대학을 졸업하고 연봉이 일억 이상이고 강남에 아파트 한 채정도는 있고 키가 170cm 이상인 미혼 남자에게 한하여 1분간만 보도록 허락한다'

하고 말입니다.

　요새는 이상한 말을 인쇄한 T-셔츠를 입고 다니는 여자들이 많은데 혹시라도 그 말이 무슨 말인지 읽어 보려고 시선을 집중시켰다가는 꼼짝도 없이 성 추행범으로 몰릴 판입니다. 그냥 궁금한 채로 지나쳐야지요.

　얼마 전 지하철에 서 있는데 앞에 앉은 여자의 셔츠는 한쪽 어깨와 가슴이 거의 드러나서 가만히 있어도 가슴이 훤히 들여다보이는 옷을 입고 있었습니다. 마침 사람이 많아 자리를 옮기기도 무엇하여 그대로 서있었는데 그 여자는 가끔 나를 쳐다보며 내 시선이 어디에 가 있는지 감독을 하는 것이었습니다.

　나는 눈을 감고 있다가 옆에 여유가 생겨 자리를 옮겼지만 하마터면 치한으로 취급 받을 뻔 했습니다. 나는 왜 사람들이 지하철만 타면 눈을 감고 자는 척 하는지 이제는 좀 알 것 같습니다. 서서 가는 나이 많은 사람에게 자리를 양보 안하고 앉아 가자니 미안하기도 하고 잘못하면 나처럼 치한 취급을 받을 염려도 있고 바로 눈앞에서 부둥켜안고 야단을 치는 젊은 연인들을 쳐다볼 필요가 없기 때문일 것입니다.

　내가 남의 집 안방을 들여다보며 여자들의 옷 입는 것을 훔쳐본다면 이는 성도착증에 걸린 치한에 속하겠지만 자기들이 그렇게 내놓고 다니면서 그것을 쳐다본다고, 끈적끈적한 눈으로 쳐다본다고 불평을 하는 것은 자기들의 자유만 주장하고 남의 자유를 속박할 뿐만 아니라 눈에 아무 이상이 없는 건강한 남자들을 소경으로 만드는 폭력적인 행위라고 생각합니다.

　이렇듯 속이야 어떻든지 또 남이야 어떻게 생각하든지 포장만 잘해 놓으면 된다는 생각이 사회에 만연하고 또 많은 거품을 만들어 냅니다. 속에 든 생각이나 실력이 어찌 되었든지 '얼짱'이면 된다는 생각과 실력이야 어찌 되었든지 이력서만 근사하면 된다는 생각 때문에 신정아, 김옥란, 장미희 같은 여류 명사가 가짜 학위와 가짜 이력서를 가지고 대학 교수가 되고 문화기관의 회장이 되고 활개 치는 사회가 되지 않았는가 싶습니다.

그리고 '뭘 봐! 누가 너더러 보라고 화장하고 치장했는 줄 알아' 하고 도끼눈을 뜨고 반격을 합니다.

"뭘 봐! 누가 너더러 보라고 이력서를 쓰고 가짜 학위를 만들어 내느라고 고생했는 줄 알아." 하는 사회가 슬퍼지기만 합니다.

# 열병의 추억

만약 지금 말라리아(학질)를 앓는 사람이 서울이나 뉴욕에 있다면 희귀한 병으로 신문에 날 것이고 감염내과 학회 잡지에 소개될지도 모른다. 물론 동남아의 좀 가난한 나라들이나 아프리카의 어린이들은 아직도 말라리아를 앓는다고 하지만…….

그러나 내가 어릴 때는 우리나라에도 말라리아(학질)를 앓는 어린이들이 많이 있었다. 한번 걸리면 잘 낫지 않는 병이어서 '학질 뗀다'라는 말이 생겼듯이, 한번 말라리아에 걸리면 고생을 많이 하고 쉽게 떨어지지 않는 병이었다.

잔병이라면 거의 종합병원이라고 친구들이 놀릴 정도로 두루 섭렵하였으므로 말라리아가 나를 비켜갈 리가 없었다. 아마도 내가 중학교 일학년 때이었을 것이다. 말라리아는 모기가 극성을 부릴 때 유행을 했으니까 아마도 9월 초였을 것으로 생각된다.

아직도 여름이 완전히 가지 않았을 때니 추울 때가 아니지만 오후 한두 시쯤 되면 몸이 으실으실 춥기 시작하여 한 시간쯤 지나면 사시나무 떨듯이 춥고 떨린다. 햇빛이 손수건만큼 드는 쪽마루에 쭈그리고 앉아있다 견디지 못하여 차가운 방바닥이지만 방으로 들어가 이불을 있는 대로 다 뒤집어쓰고 몸을 새우등처럼 잔뜩 꼬부린 채 한참을 떨고 나면 땀이 온몸으로 흐르면서 몸은 나른하고 몽롱한 채로 기운이 쭉 빠져 일어날 기운조차 없다.

한 번 열이 오르기 시작을 하면 30촉짜리 전등불은 노랗고 희미하게 보이고 전등불 주위에는 달무리 모양의 무지개가 둘러싸이고 천장 벽지에 붙은 꽃무늬는 하늘에 떠도는 구름모양 둥 둥 떠다니기도 하고 사각형인지 육각형인지 가늠할 수 없었다. 그리고 온몸이 마치도 구름에 떠다니는 것처럼 떴다 갈아 앉았다 하는 것 같았다. 아마 이런 때는 헛소리를 하기도 했나 보다.

"아니야 그건 아니야. 엄마 그건 내가 그러지 않았어. 나는 그냥 형의 책상에서 책을 보았을 뿐인데…" 등등.

해방이 되면서 아버님은 공산정권 밑에서는 못살겠다고 어느 날 밤 서울로 혼자 떠나가셨고 살림을 도맡으신 어머님은 아침에 나가시면 밤늦게 돌아오시곤 해서 학질을 앓으면서도 혼자 앓아야 했다.

입은 마르고 타서 껍질이 벗겨지고 이 껍질을 손을 떼고 나면 피가 나곤 했다. 목이 마른 것 같았다. 물을 마셨으면 좋겠다는 생각이 나기는 했지만 내가 부엌에 나가 물을 떠먹기에는 너무도 힘이 들었다. 몸이 나른하여 움직일 수조차 없었다.

비몽사몽이라는 것이 이런 것이었을까. 서늘한 손으로 나의 이마를 짚어 보고 입에 물을 대어 준 여인이 있었다. "이러다가 죽을지도 모르지. 가엾은 것"이라고 중얼거리는 말을 들은 것도 같고 아닌 것도 같다. 아마도 나의 헛소리를 듣고 들어온 옆집의 아주머니였던 것 같다. 그리고 물을 마시고 한두 시간 누워 있다가 간신히 일어나면 기운이 하나도 없어 집안일을 할 수가 없었다. 입었던 옷은 땀에 젖어 축축하고 젖은 옷 때문에 으실으실 춥기까지 했지만 지상 천국이라던 김일성 치하의 평양에서는 갈아입을 옷조차 없었다.

이런 날이 그 다음날도 그 다음날도 반복이 되었다. 며칠 계속 되자 얼굴은 점점 노랗게 변색이 되고 그렇지 않아도 작은 몸은 점점 더 작아 동생의 친구들보다도 작았다. 며칠을 기다리다가 어머님은 바쁜 시간에 내 손을 끌고 동네 병원으로 갔다. 의사는 별로 진찰을 하지도 않고 말만 듣더니 "말라리아군 학질이라는 거야." 하고는 몹시도 아픈 주사를 한 대 궁둥이에 찔러 주고는 약을 한 봉지 주었다. "하루에 세 번씩 빼놓지 말고 먹어." 그러고는 가난한 환자라서 다시 오라는 말도 없이 내 등 뒤로 문을 탕하고 닫아 버렸다.

내 손에 든 노란 알약의 이름도 몰랐다. 다만 산신령이 나를 살리기 위하여 내려 주는 신약으로 알고 하루에 세 번 시간을 지켜 먹었다.

조그만 알약, 얼마나 쓴 약이던가. 물에 녹기 전에 빨리 넘겨야지 조금만 늦어 입안에서 녹기만하면 견딜 수 없이 썼다.

빈 속에 약을 넘기면 얼마 있다 토하는 수도 있었는데 토하기 시작하면 그야말로 쓴물이 입안에 가득하여 속에 든 것이 없는데도 뱃속에 있는 노란 물까지 다 토할 때까지 '왝 왝' 거려야 했다.

많은 세월이 흘러 내가 의사가 된 후 그 약이 키니네(금계랍)라는 것을 알았다. 자살하는 사람들이 많이 먹는다는 키니네. 나는 인턴 때 키니네를 먹고 자살을 기도한 사람들의 위세척을 하면서 '나도 이 약을 많이 먹었더라면 내 삶은 그 때 끝날 것이었구나' 하고 생각을 했다. 물론 약도 되지만 독도 되는 약을 나는 열심히 먹었던 것이다.

오후의 시간이 되어 몸이 오슬오슬 추워질 때면 마치도 암말기 환자들이 아픈 것이 무서워 진통제를 찾아 먹는 것처럼 나도 그 약을 허겁지겁 찾아 먹었다. 그리고는 이불을 뒤집어쓰고 온 몸을 떨었고 땀을 흘렸고 혼미한 상태로 헛소리를 하면서 하늘을 오르락 내리락 했다. 그럴 때면 나는 주일학교에서 배운 기도를 중얼거렸다. "예수님! 내가 죽는 것일까요. 내가 죽으면 어머니는 바쁘고… 동생들은 누가 돌봐야 할까요." 하고

어느 날이었다. 우리와 한마당을 쓰고 있는 주인집 딸이 마루에 멍하게 앉아 하늘을 쳐다보는 나에게 다가와 내 손에 대추를 한 주먹 쥐어 주고 갔다. "이젠 그만 앓아라 얘." 하는 말과 환한 미소를 나에게 남겨 두고……

나는 손수건만한 햇빛을 쫓아 쪽마루 한쪽에 쭈그리고 앉아 그 대추를 한 개 한 개 입에 넣었다. 달콤하고 새콤한 과일이 입속에 퍼졌다. 나는 씨에 붙은 대추 살이 완전히 없어질 때까지 아껴가면서 한 개씩 입에 넣었다. 내 손에서 그 대추가 다 없어질 때까지.

그런데 웬일일까. 그날 오후에 매일처럼 찾아오던 오한이 찾아오질 않았다. 마치도 준비하고 기다리는 싸움처럼 오한이 올 거라고 잔뜩 웅크리고 앉아 노려보고 있는데 그 날은 오한이 오지 않았다. 그리고 그 다음날도……

그럼 그 대추가 내 병을 고친 것일까, 아니면 소박한 나의 기도를 하나님은 들어 주신 것일까.

이어령 선생은 감기를 앓아 보지 않은 사람과는 말도 하지 않는다고 했다. 헛소리를 할 만큼 열병을 앓아 보지 않은 사람과는 악수도 하지 않고 차 한 잔도 나누지 않고 대문의 빗장도 열어주지 않으리라고 했다.

왤까. 그런 열병의 환각 속에서는 누구도 미워하지 않고 무엇을 좀 더 가지겠다는 욕심도 없었고 누구와의 사랑 때문에 가슴이 아프지도 않았다. 누구보다 잘났다는 생각도 나지 않고 누구에게 당한 것이 억울

하다는 생각도 없었다. 다만 죽음과 삶속에서 빛과 어둠 사이를 왔다 갔다 하면서 허공인지 꿈속인지를 오갔을 뿐이었다. 그래서 30촉 전등에서 달무리를 보았는지 모른다. 그래서 집 천장의 무늬 속에서 아름다운 꽃을 보았는지 모른다. 그리고 물 한 그릇 떠다준 옆집 아주머니의 얼굴에서 천사를 보았는지 모른다. 그리고 하늘을, 천국을 떠 다녔는지 모른다.

　열병을 앓으며 모든 것을 버리고 아득한 하나님만을 본 체험. 모든 것을 해탈하고 깨달음을 얻은 체험이 지금은 전설이 되어버린 학질을 앓으며 얻은 깨달음이라고 한다면 사람들이 웃을까.

# 헥켄섹과 내이풀의 DMV

오래 전에 기자 생활을 하던 이몽룡 씨가 쓴 『미국은 없다』라는 책에 'Welcome to Hell'이라는 대목이 있습니다. 뉴저지에 있는 DMV, 즉, 운전면허 발급소에 대한 이야기인데 미국에서 주민소득이 제일 높은 주라는 뉴저지의 관청의 실태를 정확하게 기술했습니다.

오하이오에 살다가 뉴저지로 이사를 오니 운전면허도 바꾸고 자동차 등록도 뉴저지로 옮겨야 했습니다. 그래서 오하이오에서 하는 것쯤으로 생각하고 일을 시작했는데 이것이 장난이 아니었습니다.

우선 운전면허를 받으려고 잉글우드에 있는 운전면허 등록소에 찾아 갔습니다. 크지도 않은 사무실에는 사람들이 가득 줄을 서 있었습니다. 접수창구는 여섯 개쯤 되는데 사람이 있는 창구는 서너 개밖에 되지 않았습니다. 그래도 한번 겪어야 하는 일이려니 하고 40분이 넘게 기다리다가 내 차례가 되었는데 서류를 받아든 흑인 여인은 성의 없이 서류를 훑어보더니 퉁명스럽게 뉴저지에 산다는 거주 증명을 해오라며 서류를 도로 밀어 버렸습니다. 그래서 거주 증명을 어떻게 만드느냐고 다시 물었더니 뉴저지에서 전기세나 전화비를 냈다는 영수증을 2개

이상 첨부해야 한다는 것이었습니다. 나는 생전 처음 이런 경우를 당해 보았지만 칼자루는 이 사람들이 쥐고 있는지라 군소리 없이 집으로 와서 책상을 뒤져 전기세와 전화요금을 낸 영수증들을 한주먹 찾아 다시 DMV의 사무실을 찾았습니다.

다시 줄을 서 30여 분을 기다려서 서류를 내밀었더니 타주에서 온 사람의 운전면허는 여기서 취급을 안 한다고 했습니다. 그러면 어디로 가야 하느냐고 물었더니 운전면허 시험장으로 가라고 말하고는 'Next' 하고 다른 사람을 불렀습니다. 나는 운전면허 시험장이 어디냐고 물었으나 '헤켄섹' 하고는 돌아서 버렸습니다.

나는 '헤켄섹'이 무슨 소리인지 알아듣지도 못하고 밀려 났습니다. 이것은 불친절한 정도가 아니라 독재국가의 관청 같았습니다. 처음부터 잘 가르쳐 주었으면 두 번, 세 번 헛걸음을 칠 필요가 없는데…….

나는 기분이 상하여 AAA에 전화를 걸고서야 '헤켄섹'이 껌을 씹다가 목에 걸린 소리가 아니라 운전면허 시험장소가 있는 동네 이름이라는 것을 알았습니다.

예감이 좋지 않아 시험예상 문제집을 구해서 붉은 줄을 쳐가면서 35년 전에 공부했던 것을 다시 복습하고는 시험장으로 갔습니다. 여러 번 물어서 간 헤켄섹의 운전면허 시험 장소는 사무실도 지저분하고 값싼 플라스틱 걸상이 몇 개 있는, 사무실 안은 도떼기시장처럼 북적거렸습니다. 왠지는 모르지만 운전면허시험을 보러 온 사람은 거의가 피부색이 검은 중동인, 인도인, 히스패닉 사람들이었고 백인은 거의 볼 수 없었습니다.

역시 창구는 여러 개 있었으나 직원이 있는 창구는 두세 개정도밖에 안 되었고 접수를 하는 흑인 여자는 앞의 사람은 보지 않고 옆의 직원들과 수다를 떠느라고 정신이 없었습니다.

내 서류를 접수한 흑인 여자는 손톱이 길다 못해 꾸부러져 있는데 손톱 때문인지 몰라도 서류를 한 장 보는데 한 2, 3분은 걸리는 듯, 하기 싫은 일을 억지로 하느라고 몸이 뒤틀리는 모양입니다. 운전면허를 바꾸러 왔다고 했더니 오하이오 운전면허를 달라고 빼앗아 집어넣더니 시험을 볼 수 있는 쪽지 하나를 주고 턱으로 저쪽으로 가라고 시험장 쪽을 가리켰습니다. 오하이오 운전면허까지 빼앗겼으니 괜히 시험을 보러 왔다가 떨어지는 날엔 운전면허가 없어 차를 가지고 집에 갈 수도 없는 막다른 골목에 몰렸습니다.

시험장에 들어가니 허름한 방에 컴퓨터가 30대 정도 있는데 컴퓨터는 20년은 되었음직한 낡은 고물들이었습니다.

흑인 경찰 비슷한 사람이 가리키는 컴퓨터 앞에 앉아 내가 가진 쪽지의 번호를 기입하고 시험을 보기 시작했는데 화면에 손가락을 채 대지도 않았는데 답안에 불이 번쩍하고 들어 왔습니다. 아마도 나의 체온이 화면을 자극한 모양입니다. 그래서 처음에 3문제나 틀린 답에 점이 찍혔습니다. '야 이러다간 운전시험에 떨어지는 기록을 창조할지도 모른다.' 싶어서 다음은 손가락을 등뒤까지 돌렸다가 맞는 답에 폭격을 하듯이 내리찍었습니다.

이렇게 문제를 다 풀었더니 컴퓨터에 "축하합니다. 합격이 되었습니다."라는 화면이 나오고 여기에 프린트된 쪽지를 들고 다시 줄을 서서 기다려 쪽지를 접수시켰더니 다시 사진을 찍는다고 기다리라고 하고 사진을 찍고 면허증이 완성될 때까지 기다리라고 하여 아침 8시에 집을 나가 오후 1시가 넘어서야 면허증을 받았습니다.

미국에 와서 운전면허를 몇 번 받아 보았지만 이번처럼 괄시를 받고 시간이 오래 걸린 일은 처음입니다.

그런데 한 달 후에 플로리다로 오니 다시 운전면허를 바꿔야 한다고 합니다. 세금을 적게 내려고 플로리다 주소를 주거지로 정했더니 플로리다의 운전면허를 받아야 한다는 것이었습니다.

나는 뉴저지의 악몽이 다시 살아나 한심했습니다. 그런데 플로리다주의 운전면허증 재발급과정은 그렇게 편할 수가 없었습니다. 운전면허 발급소는 마치 보험회사의 사무실처럼 쾌적하고 사람도 별로 없었습니다. 들어가서 내어 주는 서류를 적어내고 뉴저지의 운전면허를 주었더니 시력 검사를 하고 사진을 찍고 20분도 되지 않아 면허증을 발급해 주었습니다.

신기하게도 플로리다의 운전면허 발급소에는 백인들뿐이었고 유색인종은 나밖에 없었습니다. 그리고 직원들은 그렇게 친절할 수가 없었습니다. '같은 미국인데 어째 이리도 차이가 있을까.' 참으로 기이하고 이해 할 수가 없었습니다.

주민들이 그렇게 수입이 높다는 뉴저지주의 불친절하고 성의 없는 직원들과 플로리다의 친절한 직원들이 모두 같은 공무원인데 어째서 그렇게도 차이가 있는지 모르겠습니다. 어째서 헥켄섹이나 잉글우드의 직원들은 마치도 형무소의 형리 같은 고압적이고 불친절하며 일에 성의가 없는 것일까요.

어디선가 미국의 한쪽 벽이 무너져가는 소리가 들리는 듯합니다.

# 아프가니스탄 납치사건을 보면서

　　지난여름 비오는 날이 많아서 더운 날이 많지는 않았지만 그래도 며칠은 40℃를 육박하는 습한 더위가 서울을 뜨겁게 끓였습니다. 그런데 날씨보다도 더욱 뜨거운 열기로 서울을 휩쓸었던 것은 아프가니스탄에 한국인 23명이 납치되었다는 뉴스였습니다. 분당에 위치한 샘물교회의 교인을 중심으로 한 간호사들과 직장인들이 폐허의 나라 아프가니스탄에 사랑을 나누어주러 갔다가 이슬람교의 과격파인 탈레반에 납치되어 배형규 목사와 심성민씨는 살해되고 나머지도 생명의 위협을 받으며 40여 일을 고생하다가 가까스로 풀려 난 사건이 2007년도의 중요 사건으로 떠올랐습니다.

　　신문과 네티즌은 일제히 그들을 비난하고 샘물교회와 개신교를 비난하기 시작했습니다. 지난 5월에 외무부에서 위험지역이니 가지 말라고 경고를 하고 그들의 여행을 정지시켰을 때, 그들이 여행의 자유를 막는다고 정부에 항의를 하고 유서까지 써서 맡기고 제3국을 통해 들어갔다는 이야기가 퍼져 나오면서 비난의 폭격은 더욱 심해졌습니다. 네티즌들은 그들을 석방하기 위하여 사용한 경비를 그들에게 물려야 한다는 이야기로부터 정신 못 차리고 선교를 한답시고 이 나라 저 나라를 휘젓고 다니는 개신교 교인들에게 본보기를 보이기 위해서라도 그들을 구출해주지 말아야 한다는 극언까지 나왔습니다.

그러자 교회는 꼬리를 내리고 선교라는 낱말을 싹 지워버리고 봉사 목적으로 그들이 아프가니스탄에 간 것이라고 발표했습니다. 샘물교회 박은조 목사님은 기자회견을 열어 고개를 숙여 사죄했으며 교회의 원로 목사님들은 회의를 열고 개신교회 교인들이 반성을 해야 한다고 자아비판을 했습니다.

나는 그들이 완전무결하게 잘했다고 이야기 하지는 않습니다. 그들에게도 여러 가지 실수는 있었습니다. 그들이 처음 갈 때는 의료 선교 봉사를 목적으로 갔다고 합니다. 그러나 그들의 일행 중 의사는 한 명도 없었고 간호사만 5명이 있었습니다. 그러므로 의료봉사를 한다고 할 수는 없었습니다. 또 선교 봉사를 위해서 갔다면, 공개적으로 선교를 못하게 하는 이슬람 국가에 간다는 것이 위험하기 짝이 없는 일이었습니다. 그러므로 그들이 표방하고 간 목적이 좀 불분명하고 잘못된 것이기는 합니다.

외무부에서 가지 말라고 했을 때 다른 나라를 선택하든지 아니면 아프가니스탄 정부의 협조를 요청했다면 좋았을 것이었습니다.

그러나 그들이 놀러 간 것은 아닙니다. 이유야 어떻든지 이웃을 사랑하라는 예수님의 가르침을 실천하려고 자기들의 귀중한 휴가를 노는 것에 사용하지 않고 아까운 돈을 써 가면서 고생스러운 일을 자청했습니다. 대부분의 사람은 직장과 자영업을 하는 넉넉지 못한 생활을 하는 사람들이었습니다. 부모님이 주는 돈으로 강남의 백화점에서 명품이나 사들이고, 비싼 술집에서 술이나 마시고, 거리에 나와 말썽을 일으키는 청년들이 아니라 열심히 일하고 푼푼이 돈을 모아 전쟁으로 파괴되고 헐벗은 사람들에게 사랑을 나누어 주고자 나갔던 사람들입니다. 더욱이 두 여자가 먼저 석방이 될 때, 자기는 몸이 아파 석방이 될 수 있는 기회를 남에게 양보한 이지영이란 봉사자의 위대한 행동은 아무나 흉내낼 수 없는 용감한 행동이었습니다. 더욱이 배형규 목사와 심성민이라는 여러 발의 총을 맞고 죽어 자기들도 언제 죽을지 모르는 위급한 상황에서 자기의 살 수 있는 기회를 남에게 양보한다는 것은 기독정신의 봉사자들이 아니면 볼 수 없는 귀한 모습입니다.

지하철에서 단 5분 동안의 거리를 앉아 가겠다고 얼굴을 붉히고 아귀다툼을 하는 서울 사람들이 이런 봉사자들과 희생자를 비난한다는 것은 말이 되지 않는 현실입니다. 나는 누가 뭐라고 비난을 해도 그들의 희생정신, 봉사정신에 존경과 감사를 표하고 같은 기독교인으로서 자랑스러움을 느끼며 변명을 했습니다.

지난여름 몽고에 갈 일이 있었습니다. 인구가 100만정도 되는 수도 울란바토르에는 곳곳에 한국에서 온 봉사단들의 현수막들이 쳐져 있었고 가는 곳마다 한국 사람들을 만날 수 있었습니다. 그리고 우리가 돌아오는 날 공항에 나갔다가 깜짝 놀랐습니다.

울란바토르 공항은 제주도 공항보다도 작은 공항인데, 이 공항에 한국 사람들로 가득 찼습니다. 영남대학교, 경북대학교, 세원대학교 봉사대원들 백여 명이 짐을 부치느라고 북적대고 여러 교회 봉사단들이 줄을 서서 수속을 하느라고 xx 집사님, xx 장로님하고 떠들썩했습니다. 공항이 한국 봉사단으로 가득 넘쳐났습니다. 남녀 학생들은 몰려다니며 손가락으로 V자를 그리며 사진을 찍고 큰소리로 떠들어댔습니다. 나는 '이 많은 사람들이 어떻게 작은 비행기를 타고 가나' 하고 걱정을 했습니다. 그런데 대한항공에서는 가장 큰 비행기와 또 특별기까지 준비하여 모두 서울로 데려다 주었습니다.

나도 처음에는 이렇게까지 해야 하나 하는 거부감을 느꼈지만 곧 마음을 고쳐먹었습니다. 그래도 그들이 남에게 봉사를 한다고 오지 않았습니까. 그래도 벽돌 한 장이라도 날라주고 연필 한 자루라도 갖다 주지 않았습니까. 서울 시내에서 술을 먹고 난동을 부리거나 모터 싸이클을 타고 고속도로에서 폭주를 하는 젊은이들보다 얼마나 아름다운가를 생각하니 그들의 등이라도 두드려 주고 싶은 마음이었습니다.

그럼 어째서 국민의 대다수는 이프카니스탄에 갔던 봉사단원들에게 비난을 하고 국민의 63%가 개신교에 거부감을 가진다고 할까요? 그리고 시비를 걸다 못해 그들이 들고 들어오는 주머니를 보며 두바이의 면세점에서 쇼핑을 했다는 말까지 만들어 비난을 하는 것일까요?

지난 10여 년간 교회 수는 늘어 가는데 개신교의 교인의 수는 줄었다는 최근 통계가 있습니다. 이러한 현상은 개신교회에서 무언가를 잘못하고 있기 때문입니다. 교인의 수는 줄었는데 교회의 수는 늘다보니 교인들을 확보하기 위하여 공격적인 전도를 하는 것입니다.

사람들에 밀려 제대로 걸을 수도 없는 명동 한복판에 마이크를 크게 틀어 놓고 제대로 맞지도 않는 곡조로 찬송을 부르고 '예수 천당 불신 지옥'이라고 악을 쓰며 소리를 질러대고 장애인 거지에게 백 원짜리 한 장 주지 않는 전도인들이 몰려다니며 툭 툭 치는 등 지나가는 사람들에게 거부감을 심어 줍니다. 사람들이 꽉 차서 움직일 수 없는 자하철에서 성경구절을 외어가며 사람들을 밀치고 다니는 노방전도원은 승객들에게 불편과 거부감을 심어줍니다.

한 번에 수만 명이 넘게 모인다는 대형교회에서 주차장이 없어 주일이면 주위의 음식점이나 길들이 불법주차로 골치를 앓는 주민들에게 기독교인들은 거부감의 대상일 것 입니다.

주택가에 자리를 잡은 교회에서 밤낮으로 크게 떠들어대는 소음이 주위 사람들에게 거부감을 줍니다.

가짜학위를 조사하면서 인가도 안 된 가짜 대학에서 박사를 받은 사람들 중에 목사님들이 제일 많다는 기사를 보며 기독교인을 조롱합니다.

기독교 TV의 예배의 모습 속에 내용은 별로 없이 악을 쓰며 설교를 하는 목사님에게 말끝마다 '아멘' '할렐루야'를 외치고 찬송을 부를 때 두 손을 들고 춤을 추듯이 소란을 떠는 교인들을 보면서 사람들은 채널을 돌려 버립니다.

지금 이 글을 쓰면서 틀어 놓은 TV에서는 교회건축을 위해 돈을 바치겠다고 약속을 하고 나간 김 집사님 배에서는 방어가 2,000여 마리가 잡히고, 돼지머리로 고사를 지내고 간 다른 사람들 배에는 고기가 잡히지 않았다는 이야기와 사업을 하다가 실패를 하여 자살까지 생각하던 어떤 교인이 열심히 기도를 하면서 예수님을 뵙고 십일조를 바치기로 약속을 하고 난 후에는 사업이 잘되어 많은 헌금을 하게 되었다는 설교를 목사님은 소리 높여 하고 있습니다.

물론 예수님을 잘 믿으면 현세에도 축복이 있습니다. 그러나 그보다는 우리가 보는 이 세상이 아니라 하나님 나라에서의 복이 크다고 성경은 말씀하시지 않았습니까.

예수를 믿으며 고생을 하다가 죽은 많은 사람들, 심지어 순교를 한 사람들은 예수를 잘못 믿어 벌을 받았다는 이야기입니까. 그렇습니다. 개척교회를 하실려니까 교회운영을 해야 하겠고 돈이 필요하시겠지요 그러나 교인들에게 '십일조' '십일조' 하시면서 십일조를 바쳐야 축복을 받는다고 설교를 하지 마시고 이제는 목사님들도 초대교회로 돌아가 직업을 가지셔야 할지 모르겠습니다. 바울처럼 천막을 기우고 베드로처럼 고기를 잡으면서 생활로 전도할 때 많은 사람들에게 감동을 주고 사랑을 받을 수 있을지 모릅니다. 지금 미국교회의 많은 목사님들이 학교 선생, 스쿨버스 운전자로 직업을 가지고 있습니다.

이 비난 받는 기독교인들 속에 내가 서 있습니다. '나는 얼마나 많은 사람들에게 거부감을 주는 교인이었을까?' 생각을 합니다. 그리고 이번에 좋은 일을 하고도 남의 비난을 받고 고개를 숙여야 했던 아프가니스탄의 봉사대원분은 나처럼 못난 기독교인들 때문에 욕을 먹고 비난을 받는 것입니다. 용서해 주십시오.

# 허장성세

　요새 연일 미얀마의 민주화 운동의 기사가 TV와 신문의 중요기사를 장식합니다. 붉은 황토색의 가사를 입고 슬리퍼를 신은 승려들이 어색하게 팔을 휘두르며 무어라고 외치고 있고, 마주 선 경찰과 군인들은 마치도 우주선을 타고 온 외계인처럼 검은 헬맷을 쓰고 총과 몽둥이로 무장을 했습니다.

　벌써 3,000명이 죽었느니 5,000명 이상이 죽었느니 하고 언론들은 떠들지만 실지로 얼마나 많은 사람들이 죽었는지 모릅니다. 그런데 이런 사태를 사령부의 발코니에서 내려다보고 있는 군사정부의 권력자인 탄 슈웬 장군(74세)의 모습이 인상적입니다.

　금테를 두른 군모를 쓰고 훈장이 가슴 가득히 붙은 군복이 화려하여 붉은 황토색깔의 천으로 몸을 두른 승려들과는 아주 대조적입니다.

　미얀마는 세계에서 몇째 안가는 군사독재국가로 민주지도자이며 노벨평화상을 받은 수지 여사가 십년이 넘도록 연금이 되어 있는 폐쇄적인 국가입니다.

　그리고 보면 독재자들은 화려한 군복 입기를 좋아하는 것 같습니다.

옛날 알젠틴 페론도 화려한 군복을 입고 대중 앞에 나서기를 좋아했고 군인 출신이 아닌 스탈린이나 히틀러도 가슴에 훈장을 단 군복입기를 좋아 했습니다.

물론 다른 부류의 독재자들도 있습니다. 집권초기에는 김일성도 조선민주주의 인민공화국 국장이 달린 원수의 군복을 즐겨 입더니, 언젠가 군복을 벗어버리고 누런 군복에 깡통으로 찍어 만든 보기에도 싸구려 훈장들을 가득히 달다 못해 가슴에 도배를 하다시피 빈자리가 없도록 단 군인들을 거느리고는 자기는 아무런 장식도 없는 혁명복이라는 옷을 입고 다녔습니다. 이러한 복장은 중국의 모택동이 입기 시작한 것 같고 비슷한 공산독재국가인 쿠바의 카스트로와 김일성을 세습한 김정일도 이런 옷을 입고 다니고 있습니다. 그러나 그들은 군복에 금테를 두르고 가슴에 많은 훈장을 단 장군들을 대동한다는 공통점을 가지고 있습니다. 금테를 두르고 옷소매에도 금테를 붙인 정복이 한국에서도 군사정부 시대에는 멋이 있어 보이더니 민주사회가 되고는 패션 감각이 달라졌는지 요새는 그런 복장들이 존경과 멋의 대상에서 위상을 잃었습니다.

지금도 군인의 정복이라든지 항공사 승무원, 철도국원. 배의 항해사들에게는 금테를 두른 제복이 남아 있지만 일반 사회에서는 별로 인기가 없습니다.

지금은 모자에 금테를 두르고 금줄을 두른 옷을 입고 있는 사람들이 그리 선망을 받지 못하는 직종의 사람들입니다. 백화점의 주차 안내원들, 술집의 안내원들, 아파트의 경비원들이 모두 금테를 두른 모자에 옷소매에도 금테를 붙인 옷을 입고 있습니다. 그리고 서울에서 그런 금테를 두른 옷을 입은 사람들은 평양의 장군님들의 옷보다 훨씬 세련되게 보입니다.

몇 년 전 러시아를 여행 했을 때 수척하고 늙은 노인들이 후줄근한 군복을 입고 가슴에 녹슨 훈장들을 주렁주렁 달고 다니는 것을 보았습니다. 그리고 지나가는 나를 보고 '5 달러' 하면서 가슴의 훈장을 가리켰습니다. 나는 5불을 주고 붉은 별이 있는 훈장을 하나 샀습니다. 돈을 받고 가슴에서 떼어낸 훈장 뒤에는 2차 대전 때 레닌그라드의 전투에서 받은 훈장이라고 적혀 있었습니다.

이차대전의 승패를 결정지은 전투, 수십만 명이 죽었다는 전투에서 살아남아 전공을 세우고 받은 훈장을, 전쟁을 구경도 하지 못한 나 같은 사람에게 샌드위치 한 개 값인 5달러에 팔다니… 이제는 금테를 두른 모자나 훈장이 달린 군복이 값을 잃은 시대가 되었습니다.

아마도 김정일은 눈치가 빨라서 그런 사람들과 차별화하려고 아무런 장식도 없는 혁명복으로 바꾸어 입었는지도 모릅니다.

그리고 보니 얼른 성화들에서 본 그림들이 기억이 납니다. 바리새인이나 율법사들, 레위인들과 제사장들은 금줄로 장식이 된 예복을 입고 금으로 장식이 된 모자를 쓰고 다녔습니다. 그리고 사무엘이나 엘리야 같은 선지자, 모세나 여호수아 같은 지도자들이 입은 옷은 미안마의 승려들과 별로 다름이 없는 소박한 옷들이었습니다. 물론 예수님과 그 제자들은 말할 필요도 없지요.

그러면 독재자들이 금테를 두른 모자와 훈장을 단 옷을 입고 존경을 받으려 하지만 사람들은 그 옷을 입은 이에게 존경을 표하지 않는다는 것이 너무도 분명합니다.

우리의 일상생활에도 마찬가지입니다. 비싼 옷을 입는다고 모든 사람이 존경을 표하는 것이 아닙니다. 물론 아름다운 여자가 자기 몸에 맞게 옷을 입으면 '멋이 있구나' 하고 봐주지만 그 사람의 행동이 입은 옷을 따르지 못하면 그 입은 옷은 화가 되어 도리어 보기 싫은 모양으로 변합니다. 남자들도 마찬가지입니다. 키가 크고 멋있게 생긴 친구가 양복을 잘 차려 입으면 '야, 참 멋이 있구나' 하고 쳐다보지만 그 행동이 옷처럼 세련되지 않으면 그 옷의 값만큼 추락하고 마는 것입니다. 사람은 옷을 입는 것으로 대접을 받는 것이 아니라 그 사람의 머리와 가슴속에 무엇이 들어 있는가에 따라 대접을 받는다는 말입니다.

얼마 전 신정아라는 희대의 사기꾼이 청와대의 권력을 가진 비서관의 힘을 빌려 온갖 나쁜 짓을 하다가 비난의 대상이 되었습니다. 그런데 여자들은 신정아라는 여자가 얼마나 나쁜 짓을 했는가 하는 데는 별로 관심이 없고 그 여자가 입은 T셔츠와 진바지, 들고 있는 가방에 온 관심을 쏟으며 백화점에 몰려가 신정아의 셔츠와 진바지와 가방을 사느라고 난리를 쳤다니 아직도 여자들은 입은 옷이 그 속에 들은 사람보다 더 중요한 모양입니다.

사람들은 여자의 마음을 바람에 날리는 갈대라고 합니다. 바람에 날리는 갈대는 흔들릴지언정 구름처럼 자리를 옮기지는 못합니다. 그러니 왔다갔다 하면서도 제자리걸음입니다. 옛날이나 지금이나 대부분의 여자들은 겉을 보고 사람을 판단합니다.

그래서 얼짱의 남자가 돈이 있으면 그 이상 더 볼 필요가 없다고 생각합니다. 대부분의 미혼인 여자들에게 어떤 남자가 좋으냐고 물으면 가슴이 넓고 자상한 남자가 좋다고 하지만 그 속에는 벌써 돈 많고 잘생긴 얼짱은 기본이고 필수라는 조건이 붙어있는가 봅니다.

오늘 미얀마의 뉴스와 그 속에서 군복을 입은 탄 슈웬 장군을 보면서 어째 엉뚱하게 이런 생각이 드는 건지요.

# 서울의 무법자 오토바이

서울에서 살면서 미국에 있는 딸을 초청한 일이 있습니다. 서울에 약한 달간 머물다가 미국으로 돌아가기 전 딸에게 서울의 인상이 어떠냐고 물었더니 "서울은 깨끗하고 좋은데 사람들이 거칠다."고 했습니다.

그 말을 듣고 가만히 생각을 하니 정말 서울은 거칠은 도시입니다. 물론 큰 도시는 거친 맛이 있습니다. 뉴욕이나 시카고는 내가 살던 오하이오보다 불친절하고 거칩니다. 그리고 런던이나 북경, 파리도 도시의 거친 맛이 있습니다. 그러나 아무리 뉴욕이 거칠다고 하더라도 길을 가는데 어깨를 탁 치고 가거나 백화점의 문을 열어주는데 인사도 없이 휙 지나가거나 줄을 서 있는데 서울의 지하철처럼 창문 앞에서 새치기를 하며 표를 받아가는 사람은 없습니다. 옛날 오하이오에 살 때 뉴욕에 와서 무례하고 불친절한 사람들을 경험하고는 "여기는 미국이 아니고 지옥의 입구다." 하고 혼자 중얼거린 일이 여러 번 있습니다.

그런데 서울 사람들의 거친 행동이 뉴욕 사람들보다 더하면 더했지 덜하지 않습니다. 처음에 이런 경험을 하였을 때는 화가 나고 욕이 나왔지만 지금은 그저 씩 웃고 맙니다.

물론 고급 백화점이나 고급 음식점, 골프장이나 공항의 티켓 사무실은 친절하지만 남대문시장이나 길가의 노점들, 5천원짜리 음식점에서는 친절 값이 포함이 안 되어서 그런지 친절이란 말을 모릅니다. 을지로 3가의 을지면옥에서는 냉면그릇을 테이블에 탁 탁 놓아서 냉면 국물이 튕기기가 일쑤이고 길가의 노점에서는 물건을 3번만 집었다 놓으면 "살 테면 사고 말테면 말지 왜 남의 물건을 들었다 놨다 해." 하는 핀잔이 날아옵니다.

버스는 자리에 앉기도 전에 출발을 하여 준비도 안 된 춤을 추어야 하고 명동칼국수 집에 가면 음식을 시키기 전에 돈부터 내야 합니다.

지하철역이나 건널목에서는 나같이 작은 사람이 핑 돌아가도록 어깨를 치고 가면서도 뒤를 돌아보는 일도 없습니다.

서울에서 살다 보니까 앞에서 오는 사람들을 요령 있게 피하면 어깨의 타박상을 덜 받을 수 있습니다. 바쁘게 오는 젊은 남자나 아주머니를 피해서 미국의 풋볼 선수처럼 요리조리 피해 가면서 사는 것이 나처럼 작은 체구를 가진 사람의 생존 방법입니다. 그런데 피할 새가 없이 달려드는 것이 있습니다. 바로 서울의 무법자 모터싸이클 입니다. 오토바이라고 부르는 괴물인데 이는 언제 어디서 갑자기 나타나서 나를 공격해 올지 예측할 수가 없습니다. 서울에 제일 많은 오토바이의 종류는 배달용입니다. 청계천에 가면 철물을 배달하는 오토바이가 많고 주택가에 가면 중국음식이나 식료품 배달이 많습니다. 남대문에 가면 그 많은 사람들 사이로 붕 붕 하며 오토바이에 상품들을 잔뜩 싣고 누비고 다닙니다. 물론 그런 배달을 하는 고달픈 삶을 살려니 모든 일에 신경질이 나고 또 속히 배달을 해야 손님이나 주인에게 야단을 맞지 않을 테니 그야말로 목숨을 걸고 총알운전을 안 할 수가 없을 것입니다.

실제로 중국음식점에서는 30분 내에 배달이 안 되면 돈을 받지 않겠다고 선전을 하는 곳도 있으니 요리하는 시간을 빼면 5분이나 10분 안에 그 복잡한 길을 뚫고 배달을 해야 할 것입니다. 이 오토바이에는 인도도 없고 차도도 없습니다. 이들은 파란불이나 빨간불이나 상관없이 길을 건너고 달리고 또 건널목에 사람들이 있어도 그대로 돌진을 합니다. 나는 차들이 물결치는 거리에 이리 저리 곡예를 하는 것처럼 달리는 오토바이를 보면 대체 저 친구들은 목숨이 몇 개나 되길래 저처럼 무모하게 운전을 하는가 걱정이 됩니다.

인도에서나 골목으로 달려드는 오토바이에 깜짝 놀란 사람들이 욕을 합니다. "야! 이 ××야 눈이 없어!" 하고 욕을 할라치면 벌써 저만큼 도망을 간 뒤이고 욕을 먹어도 뒤를 돌아다보는 일이 없습니다. 너무 빨리 가서 욕이 들리지 않는지 아니면 오토바이를 운전하기 전 "욕을 먹으면 노래 소리로 알아들어라." 하는 교육을 받았는지도 모릅니다. 화정에 있는 로데오 거리에는 차들이 들어오지 못하게 되어 있는데도 오토바이는 서부의 무법자처럼 종횡무진 달립니다. 차가 못 들어오는 길이라고 안심을 하고 걷다가 옆이나 뒤에서 갑자기 붕 소리를 내면서 달려오는 오토바이에 치일 뻔 하거나 배지도 않은 애 떨어질 뻔하게 놀란 일이 한두 번이 아닙니다.

그런데 이런 일을 하는 사람들이 운전면허도 없고 자동차 보험도 없다는데 문제가 있습니다. 어떤 경우에는 운전면허증을 받을 나이가 아닌 어린 학생들이 아르바이트로 이런 일을 하고 있습니다. 그러니 이런 오토바이에 치이면 운전자는 보상은커녕 보행자가 잘못 되었다고 우기거나 '내 배 째라'고 버팁니다.

실제로 오토바이에 치어 병원에 입원한 사람들을 많이 보았는데 오토바이 운전자가 병원비를 냈다는 이야기는 거의 들어 본 일이 없습니다.

그저 오토바이 운전자는 거의 면허도 없고 보험도 없어서 며칠 동안 유치장에 갔다 나오면 그뿐 병원에 입원한 환자만 손해입니다. 입원한 환자 중 많은 사람이 "글쎄 나를 치인 운전수가 병원에 와서 한번이라도 미안하다고만 해도 덜 분하겠다."고 분통을 터트리는 것을 많이 보았습니다.

그러나 오토바이 운전자가 자동차에 의해 다치기라도 하면 이는 '왔다'입니다. 그들은 고달픈 사람이 병원에 입원했으니 이런 때 한몫 봐야겠다고 웬만큼 치료가 되어도 퇴원할 생각을 하지 않습니다.

이건 완전히 일방통행입니다. 자동차를 운전하다가 오토바이가 오면 핸들을 꽉 잡고 마치도 화약고 옆을 지나가듯이 조심 조심을 합니다. 또 오토바이 운전자치고 안전모를 쓰고 타는 사람도 거의 없으니 사고가 나면 생명이 위험할 정도의 중상을 입은 운전자들이 많이 있어서 '그들의 삶이 얼마나 고달프고 위험할까' 하는 마음이 있지만 거리에 나가 오토바이에 치일 뻔 하거나, 붕 붕 하는 소리에 깜짝 놀라면 그때는 화가 치밉니다.

단 만원어치 자장면이나 교촌치킨(튀긴 닭)을 배달해야 하거나 쌀집의 쌀 한 자루를 배달해 주어야 하는 젊은이들, 이들이 이렇게 자기들도 위험하고 남의 생명을 위협하는 총알 운전을 하지 않도록 하는 사회를 만들 수는 없을까요.

그래서 나 같은 어리숙한 촌늙은이가 길을 좀 편안하게 걸어 다닐 수 있는 나라를 만들어 줄 수 있는 사람을 대통령으로 뽑을 수는 없을까요.

이런 생각을 하고 골목길을 걷는데 갑자기 '붕' 하고 내 혼을 빼고 오토바이가 지나갑니다.

"아니 저런 나쁜 자식이…"

# 2

## 무료진료소의 꿈

# 워랜과의 만남

1970년 6월 24일 나와 아내, 3살 반 된 아들과 만 두 돌이 며칠 지난 딸을 데리고 노스웨스트 항공기를 타고 고국을 떠났습니다. 미국에서 수련을 받은 후 서울로 돌아와 부모님을 모시고 산다는 것이 당초의 계획이었으나 이것이 부모님과 또 조국과의 영영 이별이 될 줄은 생각하지 못했습니다.

지금처럼 탑승 게이트가 있는 것이 아니어서 공항 문을 나서서 비행기로 걸어가면서 돌아본 김포공항 이층 환송대에는 어머님, 여동생은 손을 흔들고 아버님은 장승처럼 서 계셨습니다. 어머님의 울음에 감염이 되어 나도 울고 아내도 울고 덩달아 아들과 딸도 흐르는 눈물을 닦느라고 바쁘게 얼굴을 문질러대면서 비행기에 올랐습니다.

울음이 끝날 무렵 비행기는 동경 나리타공항에 내려 두 시간 지체를 했습니다. 나는 갑자기 측은해진 아들과 딸에게 장난감을 한 개씩 사서 들려주고 의자에 앉아 기다리면서 앞일을 어떻게 풀어 나가야 할지 근심과 두려움에 하늘이 개었는지 흐렸는지도 가늠이 되지 않았습니다. 다시 비행기로 밤새도록 가서 새벽 알래스카의 앵커리지공항에 도착하였고 그곳에서 입국 수속을 하게 되었습니다.

　대사관에서 받은 비자, 여권, 누런 봉투의 X-레이 사진 등 한 보따리의 서류를 내놓고 기다리니 뚱뚱하고 무섭게 생긴 입국 심사원은 쇠로 된 도장을 쾅 쾅 찍고 따로 줄을 세워 사진을 찍더니 플라스틱으로 된 푸른 카드를 한 장씩 주었습니다. 이 카드가 많은 사람들의 간을 졸이게 했던 영주권이란 것을 그 후에야 알았습니다. 6월의 여름인데도 창밖으로 보이는 앵커리지의 산은 눈에 덮여 있어 그렇지 않아도 심란한 마음을 더욱 심란하게 만들었습니다.

　또 다시 비행기를 타고 몇 시간을 갔는지 모릅니다. 오후 4시, 시카고의 비행장에 도착하였는데 서울에서 연락을 했던 신광승 형과 부인이 비행장에 마주 나와 주었습니다. 우리는 공항에서 두어 시간 이야기를 나누면서 클리브랜드행 비행기를 기다렸습니다.

　다시 비행기를 타고 한 시간쯤 더 가서 클리브랜드에 도착하여 짐을 찾아 밖으로 나오니 밤 10시가 되어 있었습니다. 일생 처음 해외로 나가는 비행기를 타고 왔으니 완전한 촌놈인데 공항에는 아무도 마중 나와 있지 않았습니다.

　나는 포터에게 그 많은 짐을 맡기고 "내가 호텔로 갔으면 하는데 어떻게 하면 좋은가?" 하고 물었습니다. 학교에 다니면서 영어를 공부하고 원주 기독병원에서 선교사들과 같이 일하고 그들이 환자를 볼 때는 통역까지 하던 처지라 영어에는 어느 정도 자신이 있었는데 이 흑인 포터는 내 말을 알아듣지 못하겠다는 듯이 어깨를 으쓱하더니 짐을 가지고 택시 정류장으로 성큼성큼 가지 않겠습니까.

　나는 짐을 잃어 버릴까봐 두 애를 데리고 오는 아내를 재촉하며 포터를 따라가서 택시에 짐을 실었습니다. 그리고는 호텔로 가자는 지시를 했습니다. 어느 호텔에 가느냐고 하는데 생각나는 호텔이름이 쉐라

톤밖에 없었습니다. 하여간 쉐라톤 호텔에 짐을 내리고 접수구에 가서 방을 달라니 짐은 많고 비행기에서 토한 음식물이 그대로 붙어 있는 애들을 둘씩이나 데리고 온 동양인이 이상했던지 방이 없다는 것이었습니다.

그래도 내가 대한민국 군의관 소령이었고 육군사관 학교 교관 이었는데 이 정도에서 기가 죽을 줄 아느냐고 생각하며 매니저 사무실로 쳐들어갔습니다. 그리고는 내가 한국에서 왔는데 워랜 오하이오에 가는 길이다. 호텔 예약은 못했지만 방을 하나만 주선해 달라고 부탁을 했습니다. 매니저는 지금 여기에서 회의가 있어 방이 꽉 찼으니 다른 호텔을 찾아 주겠다고 하여 맨저호텔로 가라고 쪽지에 적어 주었습니다. 그리고 호텔의 셔틀버스를 내주었습니다.

우리는 다시 버스를 타고 맨저 호텔로 갔는데 그레이하운드 버스 정거장 옆의 허름한 호텔이었습니다. 호텔 방은 그럭저럭 잘만한데 애들이 둘 있으니 애들 침대를 갖다 준다고 들어온 코끼리만한 흑인여자를 보고 애들이 울기 시작했습니다. 한쪽으로는 애들을 달래고 흑인여인에게 고맙다고 팁을 주고는 잠자리를 마련했습니다.

자리를 잡고 나니 새벽 1시가 넘었는데 애들도 아내도 목이 마르다는 것이었습니다. 나는 배에 우리 집의 총재산이 든 허리띠를 찬 채 거리에 나가 불이 켜진 곳을 찾아 갔는데 그곳이 바로 술을 마시는 바였습니다. 들어가서 주스나 코카콜라를 달라고 했더니 산도둑놈 처럼 생긴 흑인이 그런 것은 없고 루트 비어밖에 없다고 한 병을 내주었습니다. 새벽 1시의 클리블랜드의 다운타운, 지금 같으면 차를 타고 지나가라고 해도 못 갔을 험한 곳에 그때 서울에서 집 한 채 값을 배에 차고 나갔으니 무식하면 용감하다고 할 수밖에 없습니다. 그렇게 생명을 걸고 사온 류트 비어를 아내와 애들은 맛이 좋지 않다고 한 모금씩 목만

축이고는 그냥 잠을 청했습니다.

　미국에서의 첫날 생활에 겁을 먹으니 잠도 오지 않고 배도 고프지 않았습니다. 나는 날이 밝자마자 병원에 전화를 하여 Medical Director 이었던 Dr. Juvansic을 찾았습니다. 집에서 아직 일어나지도 않은 그에게 내가 지금 클리브랜드에 와 있는데 어쩌면 좋으냐고 했더니 거기서 아침에 워랜으로 오는 버스가 있으니 버스를 타고 워랜까지 오라고 하는 것입니다. 나는 다시 버스 정거장에 가서 워랜 가는 버스를 알아보았더니 30분 후에 떠난다는 것입니다. 나는 뛰어서 호텔로 와서 우선 식구들부터 버스에 태우고는 호텔의 포터를 재촉하여 버스에 짐을 싣고 워랜으로 향했습니다.

　나중에 안 일이지만 워랜에 비행장이 있어서 서울에서 워랜까지 표를 끊었으면 이렇게 고생을 하지 않아도 될 것이었는데…. 그리고 워랜에 한국 사람들이 몇 명이 있어 그들에게 미리 연락을 했더라면 이런 고생을 하지 않을 수 있었는데…. 하여간 나의 삶은 남들보다 힘이 들고 고생스러운 삶을 살아가도록 정해져 있는 모양입니다. 미국에서 의사를 해도 쉬운 과를 택하여 돈도 잘 벌고 가족들과 오순도순 지내면서 살 수 있는 길들이 많이 있었는데 고생을 사서 하면서 살았으니……

　워랜에는 거의 정오가 되어 도착을 했는데 버스 정류장에 한국인 의사 이재도씨가 "고생하셨다면서요?" 하면서 웃으며 맞아 주었습니다. 그의 큰 차를 타고 병원으로 향하면서 이제는 루손강을 건넜구나 하는 생각을 했습니다.

　이렇게 워랜과의 첫 만남은 고생스럽게 이루어졌고 미국의 첫날이 시작되었습니다.

# 인턴 재수하기

판단을 잘못한 것은 아니지만 고생을 팔자에 타고 난 사람은 할 수가 없는 모양입니다.

미국의 인턴은 7월 1일부터 시작하는데 시간을 좀 가지고 적응하고 일하기 전에 집도 정리하려고 일주일을 먼저 미국에 왔는데 병원에서는 먼저 있는 인턴들이 6월 30일에 떠나니까 아파트에 들어갈 수가 없다고 합니다. 지금의 인턴들이 떠난 후 집을 청소하고 카펫도 새로 깔아야 하니 아무리 빨리 해도 7월 3일에나 아파트에 입주할 수 있다고 그때까지 임시숙소에 머물라는 지시였습니다. 임시숙소는 인턴들의 당직실 밑에 있는 세탁실의 옆방인데 침대도 있고 화장실도 있지만 세탁기가 돌아가는 소리가 들리고 세탁실에서 전해오는 열기로 낮에는 견디기가 힘이 들 정도로 더웠습니다. 물론 부엌이 없으니 밥을 해먹을 수는 없고 그동안 병원 식당에서 식사를 하도록 주선해 주었습니다. 그렇다고 낮에 별 할 일도 없었습니다.

하루는 나와 같이 인턴을 시작할 M선생과 어슬렁어슬렁 거리 구경을 나갔습니다. 그러다가 캐딜락 차를 파는 집 앞을 지나게 되었는데

M선생이 이제 우리도 캐딜락을 몰고 다닐 날이 있을 것이라고 하면서 구경이나 하자고 하여 안으로 들어갔습니다. 번쩍거리는 차를 쳐다보고 매끄러운 차체를 만져 보았는데 안에서 중년의 신사가 나오더니 귀찮은 듯이 "차를 만지지 말고 나가라."고 말했습니다. 아마도 할 일 없는 애들이 들어와 차를 만지는 줄 알았던 모양입니다. 무참한 기분으로 쫓겨 나오는데 M선생이 투덜거리면서 "좋아 너의 집에서 차를 사나 봐라." 하고 이야기를 했는데 몇 년이 지나 나는 그 집에서 캐딜락을 사게 되었고 M선생은 끝내 그 집에서 차를 사지 않았습니다.

며칠 있다가 인턴이 시작되었는데 처음부터 주눅이 들었던지 곧 잘한다던 영어가 나오지 않는 것이었습니다. 어떻게 말이 나오다가 상대방이 못 알아듣겠다고 'Excuse me' 하거나 'Beg a pardon' 하면 혀가 얼어붙어 다음부터 더듬거리곤 했습니다.

우리보다 1년 먼저 온 Dr. Lee가 한 명 있었는데 총각으로 와서 곧장 미국여자들과 몰려다니면서 연애를 하고 미국 간호사와 결혼을 했습니다. 이 친구는 우리들보다 혀가 훨씬 잘 돌아가고 금발 미인과 연애를 하여 같은 인턴들의 부러움을 샀는데 우리 부인들에게서는 왕따를 당하여 저녁 한 끼도 초대하는 사람이 없었습니다. 불행하게 한 2~3년 있다가 위암을 앓아 오래 살지 못했는데 우리 인턴들의 부인들 말로는 불쌍하다고 하면서도 고소해 하는 뉘앙스가 풍기는 말로 그를 씹었습니다.

나는 또 일 중독자라고 불릴 만큼 일에 매달렸는데 그것은 일을 열심히 한다는 것보다는 전화로 잘 알아듣지 못하는 영어 때문에 간호사가 전화를 하면 달려가 직접 눈으로 확인을 해야 하는 약점 때문이었고 경쟁이 심한 성형외과를 하려면 일을 열심히 하여 좋은 추천서를 받아야 하기 때문이었습니다. 그런 내가 아니꼬웠던지 한국에서 온 인턴들에게 거부감을 주었던 모양으로 왕따를 당했습니다. 그때 우리 병원에는 S대 출신 의사들 몇 명이 인턴을 하고 있었는데 나는 Y대 출신이라는 것과 한국에서 외과 전문의가 되어서 왔기 때문에 수술실에서 외과 의사들의 인정을 받는 것이 기분이 나빴던 모양이고 또 그래도 저의 영어실력이 좀 나아서 한국의사들의 대표격으로 일하라는 Medical director의 지시가 나보다 먼저 온 그들의 자존심을 상하게 했기 때문이었습니다.

미국에 처음 오면 운전면허를 받는 것이 최대의 과제입니다. 운전면허가 없으면 장을 보지도 못하고 어디에 일을 보러 갈 수가 없기 때문에 이만저만 고통스러운 것이 아닙니다. 운전연습은 면허가 있는 사람이 옆에 타고 연습을 해야 하는데 한국 의사들이 결의를 하여 나에게는 운전연습을 시켜주지 말자고 했다며 한참 후에 어떤 의사가 미안하다고 고백했습니다.

내가 지나가면 "저 친구가 한국에서 외과 과장을 했다지?" 하고 한 친구가 이죽거리면 다음 친구가 "어떻게 알아. 태평양을 건너 올 때 비행기에서 했는지." 하면서 까르르 웃곤 했습니다. 나는 정말 서러웠습니다. 나는 아내가 알까봐 화장실에 들어가 한참 울고 세수를 하고서 이를 악물었습니다. 그렇다. '이 고통은 내가 지나온 전쟁에 비하면 아무것도 아니다, 견디다, 견디다 못하면 다시 서울로 가서도 살 수는 있지 않은가. 끝까지 한번 해보자' 하고 서울로 돌아갈 비행기 값은 깊숙이 감추어 두고 절대 손을 대지 않았습니다.

이렇게 한 4개월이 지났는데 박장생 선생이 우리 병원 산부인과 레지던트로 왔습니다. 그는 S대학 출신으로 같이 근무하던 의사들의 선배였습니다. 박선생이 와서 한 달쯤 있다가 "얘, 여기서 한국 놈들끼리 아웅다웅 하지 말고 건설적인 일을 하나 하자. 모두 저녁에 모여 미국

의사 면허 시험에 도전을 하자.” 하고 이야기를 꺼냈습니다. 누구나 다 미국 의사면허가 절실히 필요할 때라서 그렇고 또 선배님의 말씀이라서 아무도 반대 하지 못하였습니다.

박장생 선생은 “자, 이 동네의 이름을 따서 와룡대학이라고 하고 대학 학장은 이 선생이 해라.”고 하여 저녁때마다 모여 면허시험 공부를 시작했습니다. 이 모임을 통하여 사람들과 접촉도 잦아지고 나를 이해하여 왕따가 풀리게 되었는데 그 중에 한두 명은 헤어질 때까지 저를 씹지 못해 속을 태웠습니다. 아마 전생에 무슨 악연이 있었던 모양입니다. 다행히 여기에 오래 전부터 와서 살던 음악 목사 이동일 목사님의 사모님이던 이원희 선생이 나의 운전도 가르쳐 주었고 또 왕따도 좀 풀려서 같은 인턴으로부터 운전연습도 도움을 받았습니다.

아마 나의 일생에 운전면허를 받았던 날이 제일 기뻤던 것 같습니다. 이제는 누구에게 어려운 부탁을 하지 않아도 장을 보러갈 수 있고 우체국에도 가고 마음대로 다닐 수 있게 된 때문이었습니다.

아무래도 외과를 하던 사람이라 외과를 선택하게 되고 외과의사들의 인정을 받아 좋은 추천서를 많이 얻게 되었습니다. 어떤 외과 의사는 휴가를 가면서까지 인턴인 나에게 환자를 맡기고 휴가를 갔다 와서는 선물을 사다주기도 하고 또 어떤 산부인과 의사는 다른 도시에서 하는 미팅에 상급 수련의를 데리고 가지 않고 나를 데리고 가기도 했습니다. 외과 선생님과 산부인과 선생님들은 무료 환자를 수술할 때 상급 수련의에게 맡기지 않고 나에게 맡겨서 나중에 내가 그 상급 수련의에게 미움을 받기도 했습니다.

나는 한국의 외과 환자 중에 보지 못하던 수술조수를 하면서 ‘역시 미국은 배울 것이 많은 나라로구나’ 하고 생각을 했습니다.

미국인 인턴들과는 친하게 지내고 밥도 같이 먹으러 다니기도 했는데 미국 사람이 보기에도 한국의사들이 나에게 나쁘게 하는 것이 보였던지 몇 명의 미국의사는 나와는 당직을 바꾸기도 하고 도와주면서도 한국의사들이 당직을 바꿔 달라고 하면 바꿔주지 않아서 언쟁을 벌이기도 했습니다.

나는 9월이 지나면서 이곳, 저곳 병원에 외과 수련의 지원을 했습니다. 외과과장은 이 병원에 남으라고 권했지만 나는 큰 도시나 대학병원에 가서 공부를 하고 싶어 여기저기 지원서를 냈습니다. 그리고 10월에는 볼티모어에 있는 Union Memorial Hospital에 외과 수련의로 가게 되었습니다.

남들은 아직 자리를 구하지 못했는데 일찍 자리를 잡고 면허시험공부를 하는 내가 좀 더 미운 오리새끼이었는지도 모릅니다.

애들도 처음에는 할머니 할아버지가 보고 싶다고 또 유치원에 가지 않겠다고 울었으나 곧 적응을 하고 영어를 빨리 깨우쳐 애들과도 잘 어울려 주었습니다.

이렇게 일 년이 지나고 한국에서 했던 인턴의 재수가 끝이 났습니다.

아내는 워랜에서의 일 년의 생활에 마음이 몹시 상했던지 이사를 하면서 차를 타고 도시를 빠져 나가면서 다시는 이 도시에 놀러 오지도 않겠다고 다짐을 했습니다. 그리고는 이제는 한국 사람들이 없는 병원으로 갔으면 좋겠다고, 그러지 않아도 서러운 나의 마음을 더욱 아프게 했습니다. 그러나 우리가 다시 워랜으로 돌아와 나의 인생의 대부분을 여기서 보내야할 운명이었던 것을 그때는 나도 아내도 알지 못했습니다.

# 볼티모어의 생활

　내가 살던 와룡동은 차를 타고 20분만 가면 지나갈 수 있는 작은 도시였는데 볼티모어는 미국에서 열 번째 손가락 안에 드는 큰 도시였습니다. 그리고 내가 근무할 유니언 메모리얼 병원은 도시의 한 가운데 있었습니다. 우리는 유대인인 병원의 외과의사가 세를 주는 타운 하우스에 셋집을 얻었는데 영화에 나오는 가난한 사람들이 사는 전형적인 집이었습니다.

　유대인이 지독하다는 소리는 들었지만 이렇게까지 지독한 줄을 미처 몰랐습니다. 집의 난방시설을 고정시켜 놓고 온도를 조절하는 박스를 자물통으로 채워 버렸습니다. 실내온도가 70도 이하이면 난방이 나오지 않게끔 되어 있는데 창문이 시원치가 않아서 방이 추웠습니다. 우리는 2층에 살았는데 3층에는 중국인 의사가 살았고 1층에는 백인 의사가 살았는데 이 백인 의사가 실내온도를 측정하는 곳의 문을 살짝 열어 놓으면 찬바람이 계속 들어와서 온도를 측정하는 박스의 온도도 내려갔습니다. 그래서 밖의 온도가 70도가 되지 않는 한 더운 바람이 들어 와서 겨울에도 내의만 입고 살 정도였습니다. 그러니 유대인을 속여 먹는 꽤 많은 사람들이 있다는 걸 아마 그는 몰랐을 것입니다. 골치 아픈 문제는 주차할 곳이 없어서 길옆에 주차를 해야 하는데 시골에서 운전을 배운 촌놈이 길옆에 주차를 하기란 좀처럼 쉽지 않았습니다. 만삭이 된 아내가 나와서 이리로 저리로 손짓을 하는 대로 주차를 했지만 차 끝이 삐죽이 나오기도 하고, 또 바퀴가 너무도 꽉 밀려서 다시 주차를 하곤 했습니다. 그런데 길의 오른쪽에 주차를 하면 월, 수요일은 차를 옮겨야 하고 왼쪽에 주차를 하면 화, 목요일은 차를 다시 옮겨야 했습니다. 그러니 바쁘게 병원에서 일을 하다가 점심시간에 빠져 나와 차를 옮겨야 하는데 주차를 할 자리가 보이지 않습니다. 이럴 때 네 살짜리 아들까지 나와서 엄마를 따라 여기 구멍, 구멍 하고 차가 들어갈 구멍을 찾아주곤 했습니다.

이렇게 주차를 하다가 접촉사고를 몇 번 내어 보험료에서 물어 주는 사건이 생겼는데 이 때문에 나중에 보험이 취소가 되어 고생을 했습니다.

병원은 Johns Hopkins Hospital의 Affiliated Hospital로서 Staff는 거의 Johns Hopkins 의과대학 교수님들이었습니다. 한국에 있을 때 교과서에서 보던 교수님들과 학술지에서 이름만 듣던 저명한 교수들을 많이 만날 수 있었습니다. 아마도 그렇게 저명한 인사가 되면 너그러운지 무척 친절했고 질문에 자상하게 대답해 주곤 했습니다.

나는 이런 곳에서 배우고 또 좋은 추천서를 받아 성형외과에 지원해야 하겠다고 열심히 일을 했으나 체력이 딸렸습니다. 이 병원은 하루는 당직이고 다음 날은 제 2당직인데 제 2당직도 거의 병원에서 지내야 할 정도로 일이 많았습니다. 그리고 사흘째 하루를 쉬는데 병원일과 회의가 끝난 후 집에 가야 하니 해가 있을 때 집에 가는 일은 거의 없었습니다.

하기는 한국에서는 병원에서 살았음에도 불평이 없었는데 그때는 미혼이었기에 문제가 없었으나 지금은 가족이 있으니 집의 일도 봐야 했고 가족도 돌봐야 했으니 힘이 많이 들고 더욱이 아내의 고생은 말이 아니었습니다. 아내는 미국시민 하나를 더 낳자고 하여 인턴생활 중 임신을 했는데 만삭이 되어 오늘 내일 하고 있었습니다.

나는 병원 일을 하랴, 의사 면허시험을 준비하랴 책을 찾아보며 성형외과 수련병원을 찾느라고 정말 정신이 없었습니다. 집안일은 거의 봐줄 틈이 없이 아내가 혼자서 걸어서 마켓에도 가고 장도 보았습니다. 아내는 배가 남산만큼 불러 어정어정 하면서 아침마다 아들을 학교에 데려다 주고 오후에는 데려 오느라고 고생을 했습니다. 장성하여 출세를 한 아들은 이런 일을 기억도 못하겠지만…….

그때 미군과 결혼하여 이곳에 살고 있던 Mrs. Scott와 Mrs. Roger가 가끔 우리 집에 와서 의사가 이렇게 고생을 하는 줄 몰랐다면서 아내를 장에도 데려가고 한국 식품도 사다 주는 등 많은 도움을 주었습니다. 의사면허시험이 한 달쯤 남았을 때 아내는 출산을 했습니다. 딸을 낳았다는 의사의 전화를 받고 이름을 지어야 하는데 아들의 이름만 생각을 했지 딸의 이름은 생각하지도 않았던 터라 당황했습니다.

나는 전화를 받고 그저 역사상 제일 아름다웠다는 트로이의 헬렌을 생각하고 헬렌이라고 이름 지었습니다. 나는 곧 휴가를 신청했습니다. 그리고 아내가 병원에 있는 동안 애들을 데리고 있었는데 애들은 내가 만든 음식을 얼굴을 찡그리며 잘 먹지 않았습니다. 하기는 장도 보지 않고 냉장고에 있는 음식을 그대로 매일 먹으니 맛이 없었겠죠 그리고 음식이 끊는데도 손에서 책을 놓지 않고 시험 준비에 골몰하였으니 음식이 맛 있을 리가 없었겠죠. 아내가 퇴원을 하는 날 한국에서 오신 할머니에게 미역국을 어떻게 끓이는지를 자문을 받아 미역국을 끓였는데 하다가 보니 너무 많아져서 냄비가 아니라 큰 물통으로 하나가 되어 아내와 온 식구들이 며칠을 두고 먹었습니다.

퇴원한 아내는 산후조리도 못하고 시험 준비에 골몰하는 나를 대신하여 다시 가사 일을 맡았는데 쉬지 못하고 걸어 다녀서 염증이 생기고 열이 나서 고생을 했고, 지금도 그때 고생을 해서 그런지 여기 저기 아프다는 데가 많습니다.

그런 아내와 애들을 두고 나는 볼티모어에서 차를 몰고 필라델피아에 가서 의사 면허시험을 쳤습니다. 3일 간 시험을 보고 오자마자 다시 병원 일에 매달렸습니다.

아기는 젖이 모자라 우유를 사 먹여야 하는데 레지던트 월급으로는 우유 값이 만만치 않았습니다.

어느 날, 동기생인 김영주 형이 한번 보더니 "애가 왜 그리 꽉 막혔냐. 제약회사에 연락을 하면 우유를 대줄 텐데 하더니 소아과 의사인 부인에게 부탁하여 우유를 여러 상자 보내 주었습니다. 이 우유는 막내딸이 먹다가 남아서 큰 애들까지 먹었습니다. 요새도 김영주 형을 만나면 그때 일을 이야기하며 껄껄대고 웃습니다.

성형외과 수련 병원은 지원을 한다고 편지를 내도 답장을 주는 병원도 드물었는데 무슨 비자냐고 묻는 일이 있었고 방문비자라면 면접을 하자는 병원이 더러 있지만 이민비자라고 하면 면접을 하자기는커녕 지원서를 보내주는 곳도 없었습니다. 아마 이민비자라고 하면 앞으로 자기들이 개업하는데 경쟁이 되고 방해가 될 것이기 때문이었을 것입니다.

미국에 오기 전에 희망을 가졌던 Richard Stark 박사는 자기는 이미 과장자리에서 물러나서 별로 도움을 줄 수가 없다고 편지를 보내왔습니다. 나는 난감했습니다. 성형외과에 지망하고 싶다는 편지를 70여 통

냈는데 아무 곳에서도 연락이 없었습니다.

병원에 Elliot Berg라는 성형외과 의사가 있었는데 나는 기회만 있으면 이 의사를 도와주었습니다. 그러면 수술 마지막 부분에 피부를 봉합하면서 가끔 나더러도 봉합을 하라고 했는데 내가 꿰매는 것을 보면서 "야, 네가 꿰맨 곳이 내가 꿰맨 곳보다 더 이쁘다."고 칭찬을 해주었습니다. 수술이 끝난 후 나는 "내가 성형외과를 하고 싶은데 받아 주는 병원이 없다."고 하소연을 했습니다. Berg박사는 그러냐고 하더니 다음 주일에 Leheigh Valley Medical Center의 지원서를 가지고 왔습니다. 그리고는 빨리 써서 자기에게 도로 달라고 하고는 자기가 추천서를 써주겠다고 했습니다.

지원서를 써주었더니 자기가 제출할 테니 기다리라고 했습니다. 그러나 성형외과의 지망은 3년을 미리 지망해야 하니까 가야 할 길이 멀었습니다.

그리고 나는 외과 수련의를 다시 1년생부터 한다는 것이 억울했습니다. 그래서 외과학회에 편지를 내었는데 한국에서 외과수련을 마치고 외과 전문의 자격을 갖추었다는 설명을 했습니다. 외과학회에서는 그러면 4년 대신 3년만 해도 되는데 마지막 4년차는 해야 된다는 것이었습니다. 나는 일 년을 월반하기로 작정하고 일 년을 월반 하는 병원도 찾아야 하니 그야말로 사면초가였습니다.

병원의 외과과장은 쓸 만한 사람이 왜 그러냐고 하면서 일 년 공부를 더하는 것이 절대 손해가 아니라고, 이 병원에서 그대로 훈련을 하라고 했고, 정형외과의 Dr Wilson은 정형외과 자리를 마련 해 줄 테니 있으라고 하였지만 그때는 무엇에 씌었는지 성형외과만 하고 싶었습니다.

아마도 이렇게 고생을 하는 내가 불쌍하였던지 1월 초에 의사 면허

시험에 합격하였다는 소식이 왔습니다. 이제는 무슨 일을 하던지 미국에서 밥을 굶을 염려는 없다고 생각을 하니 배수진을 치고 있다는 위급한 마음이 놓였습니다.

그리고 얼마 있다 일 년을 월반시켜 주겠다는 디트로이트의 병원에서 연락이 왔습니다.

그래서 볼티모어의 생활을 일 년으로 끝내고 디트로이트로 가기로 마음을 먹었습니다.

# 디트로이트의 고행

　지루한 외과 수련기간을 일 년 단축시켜준다는 미 외과학회의 답신에 용기를 얻어 한 해를 건너 뛸 수 있는 병원을 찾는다는 것이 디트로이트의 웨인스테이트 대학에 속한 그레이스 병원이었다.

　그런데 지금 돌이켜 생각을 해 보면 썩 잘한 일은 아닌 것이었다.

　물론 성형외과 레지던트를 하기 전 일반외과 레지던트 수련을 하는데는 별 이상이 없었지만 고생은 정말 눈물이 나게 했다.

　어린애가 셋이나 되니 이삿짐은 많고 운전 실력도 별로인데 크나큰 유홀이라는 짐차를 끌고 펜실베니아의 산길을 넘어 13시간이 넘게 걸려 디트로이트에 도착을 하였다.

　후배의 집에 들어 살기로 했었는데 집에 들어가 보니 냉장고, 스토브, 세탁기도 없고 바람이 들어오는 허술한 집이었다. 아내는 기가 막혀 얼굴이 창백한 채 "아빠 어떻게 해. 아빠 어떻게 해."만 반복하고 있었다. 나도 기가 막혀 망연히 하늘을 쳐다보면서 "어떻게 살아가야 합니까. 길을 가르쳐 주십시오." 하고 기도를 드렸다.

　생각하다 못해 일 년 먼저 디트로이트에 와서 공부하고 있는 지영하

선생에게 전화를 했다. 그는 한 시간만 기다리라고 하고는 곧 달려왔다. 그리고는 자기 집으로 가자고 했다. 병원에서 약 15마일 떨어진 아파트인데 냉장고, 스토브, 세탁기가 있는 아파트였다. 우리는 비좁은 지선생 아파트에서 어깨를 비벼 대면서 4일을 기다리며 빈 집이 나기를 기다렸다.

다행히 아파트가 주선이 되어 이사를 간신히 하고 병원에 나갔는데 외과 레지던트가 한 50명이 넘는 그야말로 전쟁터였다. 년차마다 반이 잘라져 나가는 경쟁터에 터키, 이란, 이락, 이집트, 인도 사람들이 많은 병원이어서 그야말로 인정이나 사정이 없고 권모술수와 자기의 출세를 위하여 남을 음해하는 소위 네거티브 공작이 난무하는 살얼음판이었다.

상급 레지던트는 밑의 레지던트에게 밤새 일을 시키고는 아침에는 마치 자기 혼자서 일을 한 것같이 보고를 하고 자기가 잘못한 일도 밑의 레지던트에게 덮어 씌워서 곤란하게 만드는 일이 한두 번이 아니었다.

남의 사정을 알아줄 필요가 없는 곳이어서 내가 일 년을 단축하기위해서 온 것이 아니라 수련 중 문제가 있어서 온 것이려니 하는 지레짐작으로 까불면 여기서도 쫓아낸다고 하는 협박과 공갈을 은근히 내비치고 정말 일 년에 몇 명씩은 중도에 쫓겨나는 레지던트들이 있었다. 나는 여기서 일반외과 수련을 성공적으로 마쳐야 성형외과 레지던트를 갈 수 있으므로 여기서 중도하차를 하면 나의 일생이 망쳐지게 마련이었다. 나는 배수진을 치지 않을 수 없었다. 나는 아내에게 이곳의 2년은 나의 일생에서 빼버리자. 그리고 남편이 월남의 전쟁터에 나간 것으로 알고 살아 달라고 부탁을 하고는 일과 공부에 매달렸다.

나의 상급 레지던트는 이란 사람인 카자루니라는 사람이었는데 나를 무척이나 괴롭혔다. 환자가 중환자실에 있으면 나더러 중환자실에서 그 환자와 같이 있으라고 하고는 수시로 드나들며 내가 중환자실에 있는지 없는지 체크를 하면서 괴롭혔고, 수술도 어렵고 힘든 수술만을 골라서 들어가게 하였다. 나는 의사 면허시험에 합격하여 의사면허가 있었으나 그 친구는 아직도 의사면허증이 없었는데 툭하면 나더러 "나가서 개업이나 하시지."라며 시비를 걸었다. 물론 나도 3년생이라 Section Chief이었지만 새로 왔다고 하여 처음 6개월을 3년생으로 인정을 안 하겠다고 공언을 하고는 험한 일을 시키기가 일쑤였다.

그리고도 외과과장에게 내가 일도 잘못하고 말을 잘 안 듣는다고 일러 바치곤 하였으나 외과과장은 내가 자기의 수술을 도와주는 것을 보고서 그의 말이 거짓이라는 것을 간파한 모양이었다. 그리고 외과과장인 윌슨 박사는 많은 Attending Surgeon들이 있는 외과 회의 때 나를 칭찬해주고 치프에게 자기 수술실에 나를 넣어 달라고 이야기를 하곤 했다.

1973년 12월 31일 저녁 7시부터 1974년 1월 1일 아침 7시까지 12시간 동안 디트로이트 제너럴 병원 응급실에 근무하였는데 머리와 가슴, 복부에만 총상을 당한 환자들이 37명이나 되었으니 디트로이트가 얼마나 살벌한 도시인 줄 짐작이 갈 것이다. 아마도 월남의 전쟁터에도 이렇게 많은 총상환자들이 하룻밤에 몰려오지는 않았을 것이었다. 병원 의사들도 주차장에서 강도를 당하기 일쑤이고 여름에도 5시나 6시만 되면 해가 한낮인데도 도시는 쥐 죽은 듯이 조용한 고스트 타운이 되곤 했다.

새벽 6시에 치프 레지던트의 회진이 있으니 5시에는 내가 환자의 상태를 파악해야 하고 그러자면 집에서 4시 반에는 나와야 하니 그럴바에는 차라리 병원에서 자는 편이 훨씬 편했다. 나는 병원 당직실의 단

골이 되었다. 이렇게 전쟁을 하듯이 레지던트 생활은 계속되었다.

그러나 전쟁터에도 전우는 있게 마련이다. 처음 몇 달은 몰랐지만 점점 많은 의사들이 이 사람이 의도적으로 나를 괴롭힌다는 것을 알았고 또 나를 인정을 하여 많은 사람들이 나를 도와주었고 나를 괴롭히던 친구는 레지던트가 끝난 후 갈 자리가 없어 응급실에서 일하게 되었다.

나도 오기가 있는지라 '네가 이기나 내가 이기나 해보자'고 작정을 하고 월급은 친구를 통해 집으로 보내고 병원 당직실에서 기거를 하며 환자를 보았는데 일부러 면도를 하지 않아 수염이 길게 자랐다. 한 달을 기르니까 아마도 산 사람처럼 보였는지도 모른다. 하루는 외과과장이 나를 집으로 초대하여 저녁을 먹이면서 내년에 치프 레지던트를 줄 테니 용기를 잃지 말고 일하라고 하면서 레지던트가 끝이 나면 자기와 같이 일을 하자고 권면하였다.

그런데 나는 내가 미국에 온 것은 성형외과를 하기 위해서이기 때문에 여기서 일반외과 레지던트가 끝나면 성형외과 레지던트로 가고 싶다고 진로를 이야기하였다.

그러는 동안 피츠버그대학병원, 애크론 시립병원, 리하이벨리 병원에서 연락이 왔고 리하이벨리 병원의 성형외과에 가기로 결정을 하였다.

이런 전쟁터와 같은 병원에서 일을 하는데 아버님이 중풍으로 쓰러지셨다는 전화가 왔다. 나는 고민을 했다. 서울에 다녀올 비행기 값도 없지만 내가 아버님의 병구완으로 서울에 간다면 나의 앞길은 끊어질 것이다. 나의 틈을 노리고 있는 그는 반듯이 수련을 못하도록 길을 막을 것이고 나는 여기서 끝장이 날지 모른다. 나는 동생에게 전화를 하고 아버님의 병구완을 부탁했다. 그리고 아버님은 그때 쓰러지신 후 다시 일어나시지도 못한 채 돌아가셨다.

아직도 이것이 나에게는 가슴에 한으로 남아 있다. 나는 아무도 없는 당직실에 들어가 정말 가슴이 찢어져라 하고 울었다. 물론 내가 서울에 간다고 무슨 일이 바뀔 수는 없지만 아버님의 장례식에마저 참석하지 못하는 불효자로 살아가야 한다니….

나는 한동안 미친놈 같았다. 그저 눈 뜨면 일하고 일이 없으면 책을 읽었다. 집에는 며칠에 한 번씩 들를 정도이고 밥상을 받고 나면 코피가 밥그릇 위에 뚝뚝 떨어지는 일이 하루 이틀이 아니었다.

그러나 나보다도 더 고생한 사람은 아내였다. 그 추운 미시건의 날씨에 차도 없이 걸어서 장을 보고 애들을 키우고 고생하는 나를 보면서 애를 태웠다.

그때 우리를 방문한 장인은 내가 고생하는 것을 보시고는 아내에게 "왜 서울에서 외과과장까지 하던 애가 여기 와서 그렇게 고생을 하냐. 다시 서울로 오너라." 하면서 손을 잡고 울었다고 먼 후일에 이야기를 해주었다.

'겨울이 추우면 봄이 어찌 멀리요'라는 쉴러의 시처럼 이렇게 고생을 하면서도 세월을 흘러갔다.

그리고 나는 일반외과 레지던트를 끝내고 리하이벨리 병원의 성형외과 레지던트로 가게 되었다. 몇몇 외과의사들이 자기와 같이 일을 하자고 하였고 성형외과 과장님은 내가 성형외과 레지던트로 선택이 되었다고 인사를 하니까 레지던트가 끝이 나면 꼭 자기와 같이 일을 하자고 신신당부를 하였다. 그러나 겉으로는 "네, 생각해 보겠습니다."라고 말을 하면서도 "이렇게 험한 디트로이트는 다시는 놀러 오지도 않을 것입니다." 하고 속으로 다짐을 했다. 정말 아직도 디트로이트에는 놀러간 일이 없고 근처의 잎시랜트 동창회에 가느라고 지나간 일만 있다.

아파트의 보증금을 보내고 그리고 유홀(짐차)을 빌리고 나니 우리의 온 재산이 120불정도 될까 말까였다. 이 돈으로 가솔린 값과 점심값은 되겠지만 펜실베이니아에 가서 다시 살림을 차릴 수 있을까 걱정이 되기는 했지만 이 고생스러운 디트로이트를 떠난다는 것이 그렇게 행복할 수가 없었다.

나는 새벽 5시 식구들을 차에 태우고 짐차를 끌고 다시 동쪽으로 고달픈 인생길을 달렸다.

# 성형외과 레지던트

처음 샀을 때는 온 동네가 부러워하던 내 차(올즈모빌 델타88)도 디트로이트의 눈길을 다니느라고 녹이 슬기 시작을 했고 제대로 닦아줄 시간도 없어서 이제는 덜덜거리는 고물차가 되었다.

이 차에 다시 유홀(짐차)을 달고 아파라치안 산맥을 넘어 펜실베니아로 향했다. 무거운 짐차를 뒤에 달은 헌차는 언덕을 올라 갈 때마다 씩씩거리고 속도가 제대로 나지 않는다. 애들 때문에 휴게소에 들러 점심을 먹는데 나는 돈이 아까워 커피만 한 잔 사 마시고는 다시  컵에 공짜 커피를 채워가지고 그것으로 목을 축이면서 강원도의 산길보다도 험한 아파라치안 산맥을 넘었다. 아끼느라고 애를 써도 가스를 넣고 톨을 내고 점심을 먹고 나니 주머니의 돈은 70불로 줄고 내 간의 크기도 그만큼 쫄아 들었다.

14시간을 운전하여 알랜타운에 도착하였는데 미리 전화를 하여 성형외과 과장님이 구해준 아파트로 갔다. 병원 옆에 자리 잡은 깨끗한 아파트였는데 마침 토요일이라 사무실은 닫히고 이곳에 먼저 와서 살고 있는 김진일 선생 부부가 우리를 맞아 주었다.

"아파트 열쇠는 미리 받아 두었으니 이따가 들어가시고 월요일 아파트 사무실에 가서 왔다고 말씀만 하시면 될 것입니다." 하면서 자기 집으로 안내를 하였다.

만 하루 만에 밥을 먹는 나는 그날 저녁 김진일 선생 댁이 마련해준 배추 된장국을 잊을 수가 없다. 어지러울 정도로 허기진 배에 맛있는 된장국과 오래간만에 만난 인정에 눈물이 났다.

짐차를 돌려주고 보증금을 받았지만 아파트의 첫 달에 내야할 돈은 턱이 없이 모자랐다. 주머니의 돈은 여행할 때 쓰고 남은 돈과 유홀을 반환하고 받은 보증금을 합쳐서 160불인데 아파트 값은 250불이고 당장 주머니에 1불도 없으면 무엇을 먹고 2주일을 산단 말인가.

다행히 7월 4일이 독립기념일이라 7월 5일까지 내면 된다고 허락을 받았는데 월급은 15일이 되어야 받을 것이 아닌가. 그래서 병원의 서무과에 가서 월급을 미리 가불해달라고 부탁했더니 가불은 과장님의 서명이 있어야 한다고 이 서류가 과장님 책상으로 간 모양 이었다.

다음날 과장님이 나를 구석으로 오라고 하더니 봉투를 하나 주었다. 그리고는 이것으로 아파트 값을 내고 우선 먹고 살라고 내 등을 두드려 주었다. 나는 엉겁결에 감사하다는 말을 하고 아무도 없는 곳에 가서 봉투를 열어 보니 대금 천불이 들어 있는 것이 아닌가.

나는 감격했다. 이 돈은 아파트값을 내고 두 주일을 먹고 살고도 남을 거액의 돈이었다.

나는 감격하여 열심히 일을 한다고 아침 6시에 출근하여 환자들을 회진하고 상처 치료를 해주었는데 며칠 있다가 모임에서 과장님이 'Dr. Lee 네가 부지런하고 책임감이 있는 것은 좋은데 성형외과 환자들은 중환자가 없고 또 일찍 깨워서 수면 방해를 하는 것을 원치 않는단 말이야. 그러니 아침 7시 반에 출근하여 우리와 같이 수술을 마치고 회진을 돌도록 하자."고 부드럽게 말씀해 주셨다.

그리고는 "자네들은 이미 레지던트를 마치고 면허증이 있는 의사들이므로 응급실에서 환자를 치료하는 것은 자네들이 책임을 져야 하는 거야. 왜냐하면 우리들이 환자를 보지도 않았고 치료한 것이 아니니까. 물론 치료비도 자네들이 청구를 하여 돈을 받게. 그러나 수련의들이 돈을 번다고 말썽이 생길지 모르니 의국에서 돈을 받았다가 자네들이 학회에 갈 때 쓰거나 책을 사고 리서치를 할 때 쓰도록 하게." 하고 지시를 했다. 그러니 응급실에 그저 찢어져 오는 환자들을 우리가 꿰매고 나면 의국의 비서가 청구서를 보내고 매달 돈이 들어왔다. 우리는 그 돈을 모아두곤 했는데 일 년에 몇 만 불이 되는 것이 아닌가. 우리는 그 돈으로 일 년에 두 번씩 학회에 갈 수 있었고 학회에 가서는 레지던트가 감히 쳐다보지도 못하던 호텔에 묵고 맛있는 것을 마음대로 사먹을 수가 있었다.

나는 돈이 아까워서 길에서 파는 햄버거나 먹고 돈을 아껴서 청구서를 갖다 주곤 했는데 나의 상급 레지던트가 자기가 쓴 만큼의 돈을 주면서 책을 사라고 주곤 했다. 그리고 연말이면 돈을 남겨 두어서는 안 된다고 하면서 나누어 주기도 했는데 한번은 5천불이나 되는 돈을 주어 나와 아내가 감격하여 두 손을 붙들고 어쩔 줄 몰라 한 일조차 있다.

나는 내가 하고 싶었던 성형외과라서 신이 났다. 과장님이 시키는 일이면 신이 나서 했고 과장님이 가르쳐 준 것은 시험공부 하듯이 했다. 과장님은 나를 그림자처럼 데리고 다녔고 특별한 일이 없는 한 나를 기다렸다가 직원 식당으로 가서 점심을 같이 했다.

과장님에게는 아들이 하나 있었는데 하라는 공부를 하지 않고 기타를 치는 거리의 음악가였는데 과장님이 사는 동네의 식당에서 재즈를 연주하면서 살았다. 과장님은 나를 쳐다보면서 "네가 내 아들이면 얼마나 좋았을까." 하면서 한탄을 하곤 했다.

나는 신문을 보고 중고품 150불을 주고 식탁을 하나 샀는데 아주 좋은 값에 튼튼한 식탁을 살 수 있었다.

나는 과장님과 Attending들을 집으로 초대하여 갈비를 굽고 잡채를 하고 샐러드와 한식과 양식이 섞인 소위 퓨전음식을 장만하여 초대를 했다. 과장님은 자기의 친구까지 데리고 와서 먹으며 그렇게 좋아 할 수가 없었다. 그리고는 우리 타운에서 제일 맛있는 식당은 Dr. Lee가 운영하는 식당이라고 선전을 하여 병원 간호사들이 한번 초대를 하라고 졸랐다.

그래서 간호사들 한 30여 명을 우리 집으로 초대를 했는데 갈비와 잡채 그리고는 내가 만든 포도주와 하와이언 펀치, 파인애플 주스와 세븐업들을 믹스한 펀치를 퍼 마시고는 모두 취하여 노래를 부르고 밤이 늦도록 놀다가 새벽이 되어서야 헤어졌다.

이 일이 있은 후 나는 병원의 사랑받는 의사로서 많은 사람의 도움을 받으며 쉽게 살아 갈 수 있었다. 과장님은 나를 아껴서 "너는 큰 도시에 가서 개업을 하지 말아라. 큰 도시에는 광고도 많이 해야 하고 또 거짓말도 많이 해야 한다. 그러나 중소 도시에 가서 개업을 하면 선전을 하지 않아도 네가 잘하면 저절로 선전이 되고 또 말을 잘하지 않아도 될 것이다. 네가 말 잘하고 약삭빠른 미국사람들과 경쟁을 하면서 마음 아파하지 말고 네 기술로써 훌륭히 할 수 있는 중소도시로 가라." 고 충고를 해 주시곤 했다.

1975년 11월 5일 우리는 미국 시민권을 받았다. 그리고 시민권을 받고 여권을 다시 신청하려고 반납을 했는데 11월 9일 어머님이 세상을 뜨셨다는 전화를 받았다. 그리고 지난밤에 돌아 가셨는데 내일 아침 발인이라니 내가 전화를 받은 후 12시간이 좀 더 남았을 뿐이었다. 시간이 없었다. 전화를 받은 시간은 일요일 아침 8시니 지금 여권을 받을 시간도 없고 비행기표를 사 가지고 서울로 갈 시간도 없었다. 물론 이 때는 비행기를 살 돈이야 있었지만….

나는 또다시 불효의 낙인이 찍혀야 했다. 과장님은 서울에 다녀오려면 다녀오라고 휴가를 주셨지만 장례는 벌써 끝이 났을 것이었다. 과장님은 나에게 큰 고무 나무를 한 그루 주셨고 30여 년이 지났건만 나는 아직도 이 고무나무를 간직하고 있다.

이렇게 성형외과 수련은 가족적인 분위기에서 위함을 받으며 시간이 가는 줄 모르게 끝이 다가오고 있었다. 나는 좀 더 배워야 하겠다고 롱아일랜드에 있는 성형외과 그룹에 지원을 했고, 병원에서는 전 간호사들이 큰 파크를 빌려서 나의 송별 피크닉을 열어 주었다. 돈을 많이 벌라고 머니트리를 만들어 주었는데 나뭇가지에 한 사람 한 사람 돈을 가지에 매달아 주어 마치도 나뭇가지에 돈이 주렁주렁 열린 듯한 모양이었다.

나는 이때의 우정을 생각하여 아직도 간직하고 있다. 나는 한 일년 간 수부외과나 두경부 외과의 Fellowship을 하고 싶었다. 그래서 지원서도 내고 받아준다는 병원도 생겼다. 그런데 집에 와서 아내와 애들의 얼굴을 보고서 공부를 더하고 싶다는 말이 감히 나오지 않았다. '그래 여기서 그만두자. 이제는 나도 가족을 위해 살자' 하고 마음을 고쳐먹고 레지던트를 끝내기로 하였다. 그런데 레지던트가 끝이 나고 이사하려는데 몸이 갑자기 심하게 아팠다.

너무 오래 긴장하고 일을 하다가 긴장이 풀려서 그랬는지 아니면 이 때 A형 간염에 걸렸는지 정신없이 앓았다. 몸에 열이 오르고 온몸에는 기운이 하나도 없어 젓가락을 들 기운도 없었다. 아내는 밤에 내가 헛소리를 한다고 무서워했고 식욕을 잃어 음식을 먹을 수 없었다. 롱아일랜드에 취직이 되어 인사차 한번 간다고 했는데 도저히 일어설 기운이 없었다.

나는 아내가 버스 정류장까지 데려다 주어 버스를 타고 뉴욕까지는 갔는데 매디슨 스퀘어 가든에서 기차를 타러 갈 기운이 없었다. 나는 계단에 앉아 난간에 머리를 기대이고 눈을 감았다 . 그런데 누가 내 팔을 잡아 일으켜 주지를 않는가. 그러면서 자기도 롱아일랜드까지 간다고 했다. 나를 부축해 기차를 태워주고는 자기가 가지고 가던 오렌지주스를 나누어 주었다. 자기는 일본에서 와서 대학원에 다닌다는 것과 롱아일랜드에 친구와 같이 산다는 것을 가르쳐 주면서 연락을 하라고 했다. 나는 그 오렌지 주스에 기운을 차렸는지 모른다.

인터뷰를 하고 집으로 돌아와 아내가 끓여준 국을 먹고서 서서히 회복을 했다.

오랜 세월 인턴 두 번, 레지던트 세 번의 오랜 세월을 극복하게 하신 하나님께 감사를 드리고 이때까지 나를 버리지 않고 자식들을 기르며 나를 보좌해준 아내에게 감사를 드린다.

나의 인생의 이정표를 또 하나 지나서 새로운 들판으로 달리는 것이었다.

# 시험에 절은 인생

나는 아직도 시험을 보는 꿈에 시달리곤 합니다. 시험이 내일인데 아무리 찾아도 노트가 보이지 않습니다. 어제 친구에게 빌려 주었는데 친구가 돌려주지 않았습니다. 어떤 때는 노트는 있는데 지난주에 결석을 해서 노트 정리가 안 되어 쩔쩔 매는 꿈을 꾸며 마음을 졸입니다.

그런데 어떤 날은 사태가 아주 심각하여 몸부림을 치다가는 식은 땀을 흘리고 깨곤 합니다. 아마도 젊었을 때 시험에 되게 혼이 난 모양입니다. 아니 젊어서 만이 아닙니다.

남보다 미국에 늦게 와서 수련을 받았기 때문에 성형외과 전문의 시험은 40이 넘어서 합격했고 수부외과 시험은 57세에 합격을 했습니다. 성형외과 In Service Examination은 2006년에도 보았고 대단한 시험은 아니지만 운전면허 필기시험은 2003년에 보았습니다. 그러니 일생동안 시험 속에서 살았다고 해도 지나친 너스레는 아닐 것입니다.

아마 일생동안 본 시험이 천 번도 넘는다고 해도 지나친 허풍은 아닐 텐데도 아직도 시험을 본다면 긴장이 되곤 합니다.

대학에 다닐 때는 거의 매 주일 시험을 보았습니다. 그런데 시험을 잘 보면 별로 표가 나지 않지만 한 번이라도 시험을 망치면 그 성적을 회복하기가 쉽지 않았습니다.

이공대학 일 학년 때는 한 번 한 번의 시험이 의예과에 가느냐, 못 가느냐 하는 운명의 가름길이 될 수 있었고 어찌나 시험을 많이 봤던 지 그때 나온 연세춘추라는 대학 신문 만평에 장기원 학장이 인민군 복을 입고 학생에게 기관총을 쏘는데 학생의 몸이 벌집 쑤신 듯 구멍 이 뚫어진 만평이 난 일도 있습니다. 본과에 가기만 하면 시험이 좀 덜할 줄 알았는데 일, 이학년의 시험도 어찌나 치열하던지 잘못하면 퇴학을 당하느냐 아니냐의 갈림길이 되기도 했습니다.

학교를 졸업하고 의사시험을 보고 인턴시험을 보고는 '더 이상 시험이 없겠지' 하고 친구들끼리 인턴실에 모여 만세를 불렀는데 고사를 잘못 드려 시험 귀신이 떨어지지 않았던지 그 후에도 해마다 때마다 시험이 그칠 날이 없었습니다.

마지막 시험인줄 알았던 국가고시를 본 지 일 년도 안 되어 미국 의과대학 정형시험인 ECFMG시험을 봐야 한다고, 일이 끝나도 나가지 못하고 방에 박혀 공부를 해야 했고, 그게 끝나니 일반외과 전문의 시험을 봐야 했습니다. 전문의가 되어 군에 가서는 8군에 근무를 하려고 통역장교 시험을 보아서 합격은 했는데 발령도 나기 전에 병원 원장님에게 불려가서 기압을 받고 취소가 되기도 했습니다.

미국에 오면서 '미국에 가면 시험을 몇 번은 봐야겠거니' 생각은 했지만 이렇게 거의 매해마다 봐야 할 줄은 몰랐습니다.

미국에 오자마자 운전면허 시험을 보았는데 필기시험은 되었는데 실기시험에 불합격이 되어 재시험을 보느라고 스트레스를 많이 받았습니다.

운전면허를 받고 나니 미국 의사면허 시험을 봐야 했고, 의사면허를 받고 일반외과 수련의가 되니 해마다 시험을 봐야 했습니다. 이 시험에 성적이 나쁘면 성형외과를 지망할 수가 없고 전문의 시험에도 지장이 있었습니다. 그러니 병원에서 수련의의 질을 높인다고 매달 시험을 보며 수련의들을 달달 볶았습니다.

일반외과를 끝내고 성형외과 수련을 받으려니까 또 전문의 준비를 한다고 과에서 시험을 보고, 해마다 성형외과 학회에서 보는 In Service Examination이라는 시험에 응해야 했습니다. 이 시험 성적이 나쁘면 진급을 안 시키든지, 아니면 중간에 해고할 수도 있다는 협박성 훈련이 계속 되었습니다.

수련을 끝내고 수술 케이스 준비를 하느라고 일, 이년 있다가 성형외과 전문의 시험이 있었는데 필기시험도 힘든데다가 필기시험이 합격된 후 구두시험이 또 장난이 아니었습니다. 저명하고 까다로운 교수님들 3명이 한 시간 반 동안 심문인지 고문인지 구두시험을 보는데 수술 방법이 자기와 다르면 붙들고 늘어져 작살을 내곤 했습니다. 아마도 정신적으로 가학증이 있는 분들로 시험관들을 뽑은 모양이었습니다. 영어가 신통치 않았든지 아니면 그 유명한 Peacock 교수님이 잘못 보았든지 한번 실패를 한 후 다시 필기시험부터 봐야 했으니 그 스트레스는 표현할 길이 없었습니다.

하여간 다음 해에 성형외과 전문의 시험에 합격을 하고 나서 이제는 시험과 작별인사를 했거니 했더니 매해 In Service Examination을 봐야 한다는 것입니다. 그런데 이 시험은 성적에 관계가 없다고 하지만 시험 석차가 밑으로 가면 내 자신이 너무도 비참해집니다. 그러니 또 악착같이 밤잠을 못자고 시험공부를 해야 했습니다.

이렇게 몇 년이 지나니 수부외과가 특과로 되었다고 전문의 시험을 봐야 한다는 지시가 내려 왔습니다. 57세의 나이에 시험을 본다고 지하실에 공부방을 꾸미고 낮에는 환자를 보고 수술을 하고 밤을 새워서 공부를 했습니다.

우리 집에 유학을 왔던 조카녀석이 보다 못해 "아저씨, 왜 그렇게 살아요. 나는 아저씨같이 인생을 살지 않을 거예요." 하고 건방진 충고를 했습니다.

지난 몇 년간 서울의 명지병원에 있으면서 In Seervice Examination을 보는 것을 보며 동료의사가 "하여간 이 교수는 별종이야 그까짓 시험 안 보면 그만이지 뭘 아직까지 시험을 본다고 야단이지 끌 끌 끌." 하면서 혀를 찼습니다.

이제 명지병원에서도 끝이 나고 성형외과 학회에 은퇴했다고 편지를 내었습니다. 그러니 이제 시험을 보라는 요구는 없겠죠.

그런데 아직도 있습니다. 제일 중요한 시험, 하나님이 보는 인생의 시험이 남아 있습니다. 시험 예상문제는 나왔습니다. "위로는 하나님을 사랑하고 이웃 사랑하기를 네 몸과 같이 하라."는 것입니다. 그런데 이 시험문제가 그리 쉽지 않습니다. 짓궂은 어느 친구의 말처럼 "이웃집 예쁜 아가씨는 사랑하겠는데 심술 맞은 이웃집 아저씨는 영 사랑할 마음이 안 생긴다."는 말에 정말 그래 하는 마음이기 때문입니다.

시험 준비를 하는데 아직 잘 되지 않습니다. 그래서 시험공부를 하지만 준비가 되어 있지 않아서 꿈도 꾸고 아직도 가위에 눌리는 모양입니다.

# 무료진료소의 꿈

    나는 나의 삶속에 갚지 못한 빚이 많이 있다. 내가 철이 들기도 전에 우리 집은 전락을 하고 집안은 풍비박산이 되었다. 남들은 해방이 되었다고 좋아하는데 해방되기 며칠 전 외할아버지 댁이 있는 충청도로 피난을 간다고 철도로 부친 우리 집 세간은 철도가 마비되는 통에 모두 잃어버리고 찾을 길이 없었다. 아버님은 평양에 남으셨는데 어머님은 화병이 나서 자리에 누우셨고 우리들은 천덕꾸러기가 되었다. 얼마 있다가 아버님을 찾아 간다고 38선을 넘어 평양에 갔는데 할아버님이 목사이고 온 집안이 기독교인이라는 죄 때문에 집은 적산가옥으로 몰수되고 아버님은 숙청대상이라는 소문이 자자했다. 아버님은 견디다 못해 어느 날 아침 서울에 가서 자리를 잡으면 데리러 오겠다는 말씀만 남긴 채 서울로 떠나가셨는데, 비단구두 사가지고 오신다던 뜸북이 오빠처럼 소식도 없었다.

    얼마 있다가 고등학생인 우리 형님은 소위 민주화 운동에 가담했다가 체포되어 아오지 탄광으로 갔는지 소식이 없고 그야말로 우리 집은 쓰레기통의 깡통 신세가 되었다.

나와 남동생, 여동생을 데리고 어머님의 고생 행군이 시작되었다. 거지나 다름없던 우리들을 길에서 만난 장기려 선생님은 내손을 잡고 집으로 데려가 "우리 집에도 이것밖에 없구나." 하시면서 쌀독에서 쌀을 한 말 정도 퍼주시었다. 열 살이 좀 넘었던 나는 '나도 이다음에 장기려 선생님 같은 사람이 되어야지' 하는 결심을 작은 소년의 가슴에 품게 되었다.

　　그 후 한국전쟁을 치르면서 동생들을 데리고 피난을 가고 고학으로 고등학교를 다니면서 여러 사람의 신세를 졌다.

　　특히 대학에 합격을 하고 나서 등록금을 주신다던 외삼촌이 약속을 지키지 않고 대학의 합격을 포기하게 되었을 때 등록금 전액을 선선히 내어주신 최명섭 장로님의 은혜를 나는 잊지 못할 것이다. 가정교사를 하여 월급을 타면 그 달 그 달의 생활비로 모두 써 버리고 등록금이 모아지지 않았다. 그럴때도 최명섭 장로님은 또 다시 도움을 주셨다. 어려울 때 큰 도움을 주신 장로님은 내가 은혜를 갚기도 전에 중풍으로 쓰러지시고 아무리 찾으려 해도 거처를 찾을 수 없었다. 학교공부에 밀려서 고학을 하기도 힘이 들어 학교를 그만 두려고 했을 때 은사 김명선 선생님이 등록금을 대어주시고 계속 장학금을 마련해 주셨다.

　　김명선 선생님은 네가 의사가 되면 네 손을 필요로 하는 사람들을 위해 일하라는 말씀을 해주시곤 했다. 그런데 선생님도 미국에 와서 수련이 끝나고 내가 자리도 잡기 전 세상을 떠나셔서 은혜를 갚을 길이 없었다. 물론 장기려 선생님, 최명섭 장로님, 김명선 선생님이 내가 빚을 갚기를 기대하면서 도와주신 것은 아니라고 믿는다. 그리고 나에게 선생님들처럼 "네게 갚지 못하는 사람들에게 베풀라는 뜻으로 나를 도와 주셨을 것."이라고 생각을 했다.

　　나는 미국에서 수련의로 있으면서 월급에서 작은 몫을 떼어 학교에 보내 장학금으로 써 달라고 부탁을 했다. 처음에 몇 번을 받았으나 그 후에 연세대학교 의과대학 학장에게서 편지가 왔다. 매달 이렇게 작은 돈을 보내는 것은 취급하기 힘드니 모았다가 일 년에 한번 정도 보내 달라는 것이었다. 내가 수련이 끝나고 개업을 시작하면서 계속 장학금을 보냈으나 몇 억이나 몇 천만 원씩 보내오는 동창들이 많은 학교로서는 너무도 작은 금액이었을 것이다.

개업을 하면서 나도 이제 빚을 갚아야지 하는 빚진 사람의 마음으로 항상 빚 독촉을 당하는 느낌이었다. 나는 나의 사무실에서 근무하는 직원들 중에서 공부를 하고 싶은 사람에게 학자금을 도와주기 시작했다. 한 달에 한 200~300불 정도면 우리가 사는 도시의 Kent University의 야간학교를 다니며 정식 간호사도 되고 병원 의무기록실에 취직을 할 수 있는 Transcripter 자격도 받을 수 있었다. 그리고 한 달에 한 명이나 두 명 정도 돈이 없고 보험이 없는 환자들을 택하여 수술비를 받지 않기로 마음을 먹었다.

한 달에 100여 명의 수술을 하는데 한 명이나 두 명의 환자를 수술 해주는 것은 아무것도 아니었고 누구나 그렇지만 치료를 하고 돈을 못 받는 환자들이 더 많은 형편이었으니 이 정도는 남을 도와준다고 이야기할 만한 일은 아니었다.

그런데 이렇게 도움을 받은 직원들은 아주 충실한 직원이자 가족이 되었고 도움을 받은 환자들은 아주 적극적인 홍보원이 되었다. 그리고 그들이 의료보험을 가지게 되면 다시 나의 사무실을 찾았고 가족들이 모두 나의 환자들이 되고 많은 친구들을 보내 주었다.

솔직히 고백을 하자면 나는 돈을 주고 광고를 내는 것보다 이런 사람들이 환자들을 보내주는 것이 훨씬 큰 효과를 주지 않았을까 생각이 되고 작은 도시에서 아주 이미지가 좋은 사람, 착한 사람으로 심어졌을 것이다.

　병원의 원장이나 행정자들과 병원의 직원들도 나에게 친절했다. 나는 근 30년을 오하이오에서 일을 하면서 광고를 한 일이 없다. 전화번호부에도 이름과 전화번호만 기재되었을 뿐이고 특별한 표시를 하지 않았다. 한 번은 사무장이 전화번호부에 특별히 표시를 하자고 하여 물어 보았더니 4분의 1페이지에 표시를 하는데 한 달에 750불씩이라는데 기겁하고 그만둔 일이 있었다. 그렇게 광고를 안 해도 나의 개업은 해마다 확장이 되었고 내가 사는 도시에서 제일 바쁜 의사들 중에 하나가 되었다.

　나도 이제는 사회의 봉사를 좀 더 적극적으로 해야 하겠다는 생각에서 내가 나가는 교회와 다른 그룹의 단기선교에 합류를 하여 따라 간 일이 있다. 그런데 한두 번 단기선교에 합류하고는 이것은 아니다 라는 생각을 했다.

　단기선교는 그곳 지역 병원에 가는 것이 아니라 약품이나 간단한 진찰도구만 가지고 동네의 학교나 사무실에 찾아가 가져 온 물건들을 나누어주고 환자들을 진찰한다. 말도 통하지 않아 통역이 사이에 끼고 검사도 하지 않는 진찰이 자세한 진찰이 될 수 없다. 대강 환자의 이야기를 듣고 혈압이나 잰 후 고혈압이다, 두통이다, 관절염이다, 위염이다 하고는 가져간 소화제, 구충제, 항생제, 진통제를 나누어 주고 오는 정도뿐이다.

　환자들은 옛날한국 전쟁 때 우리들이 그랬던 것처럼 약을 나누어준다니까 온 식구들이 몰려와서는 아버지가 머리가 아프다고 하면 온 식구들이 머리가 아프다고 하여 타이레놀을 한주먹씩 받아 가는 것이다.

　가끔 당뇨병 환자를 발견하기도 하고 수술이 필요한 환자들을 발견하기도 하지만 단기선교에서는 이런 환자를 치료할 길이 없다.

고혈압 환자에게 아무런 약이나 줄 수도 없고 또 약을 준다고 하더라도 약의 효과나 부작용을 알아 볼 길이 없다. 정말 환자에게 맞는 약이라고 하더라도 한주먹 약을 준다고 치료가 될 일도 아니다. 멕시코에 갔을 때는 귀에 피부암이 생겨 버섯처럼 자라고 있는 환자를 보았다. 오하이오에 있었으면 병원에 가지 않고 나의 외래 수술실에서 수술을 해줄 수 있었겠는데 현지에서는 아무것도 할 수 없었다.

통역을 통해 이것은 암인데 수술을 해야 하니까 병원에 찾아가라고 권했지만 환자는 그냥 눈만 껌뻑 껌뻑하면서 약이나 달라고 손을 벌린다. 나는 속으로 '이건 아니다' 라고 중얼거렸다. 단기선교가 아무런 필요가 없다는 것은 아니다. 그러나 단기선교는 비효과적이고 별로 도움이 안 된다고 생각을 했다.

앞뒤 주말을 끼고 9일을 다녀와도 진료를 하는 날은 4일이나 5일 정도밖에 안 되고 또 여행경비와 숙박비가 만만치 않다.

그리고 단기선교를 다녀와서는 보고서를 내곤 했는데 그 보고서에는 몇 명의 환자를 보고 왔다는 이야기가 마치 그 많은 사람을 치유하고 왔다는 것처럼 들렸다.

나는 좀 더 효과적이고 지속적인 선교 방법을 마련해야 하겠다고 생각하고 이것은 장기선교나 무료진료소를 설치하는 일이라는데 생각이 미쳤다.

# 무료진료소의 시작

    1986년 내가 나가는 Howland Community Church에서 장로로 장립되었다. 나 같은 보잘 것 없는 피난 온 소년이 내가 사는 도시에서 그 중 큰 교회의 장로가 되었다.

    우리교회에는 유색인종이라고는 우리가족 밖에 없었다. 물론 집사로서 일한 지는 7~8년이 되었지만 내가 장로로 피택이 될 것이라고는 생각하지도 못하였다. 그런데 당회와 제직회의 추천을 받고 추천된 사람이 나 혼자여서 교인 총회에서 그대로 통과되었다.

    나는 장로 투표가 통과된 날 밤 나의 서재에 혼자 앉아 실컷 울었다.

    시래기죽이라도 한번 배불리 먹었으면 하던 평양에서의 소년시절, 추운 겨울 눈길을 걸어 피난을 가고 남의 외양간에서 앉아 동생들과 엉켜붙어 새우던 피난 시절, 등록금을 못 냈다고 경신고등학교에서 쫓겨나 남산 길을 걷던 소년시절, 등록금 때문에 하루도 마음 편한 날이 없었던 대학 시절, 미국에서 힘들었던 수련 시절이 주마등같이 눈앞에 어른거렸다.

    내게 은혜를 베풀어 주신 하나님, 장기려 선생님, 김명선 선생님, 그리고 최명섭 장로님에게 조금이라도 빚을 갚아야 한다고 생각했다.

돈도 없고 빽도 없고 재주도 없는 나를 의사로 만들어 준 연세대학, 작은 가방을 하나 들고 온 내가 미국에서 집을 사고, 차를 사고, 풍요롭게 살게 한 이 사회에도 많은 빚을 졌다고 생각했다. 그래서 어떻게라도 작을 일을 하나 하려고 했는데 가진 재주가 구르는 재간밖에 없다고, 내가 할 수 있는 일이 환자를 보고 수술을 하는 일밖에 없으니 혹시라도 무료진료소를 만들어 보면 어떨까 하는 생각을 했다.

지금도 그렇지만 미국은 의료보험이 장난이 아니게 비싸서 웬만해서는 보험을 살 수 없는 사람들과, 또 얼마간의 수입이 있으니 정부의 보조를 받지 못하는 사람들이 많았다. 실제로 내가 전에 도와준 사람도 이런 사람들이었다.

나는 1987년 1월 무료환자진찰소를 열자고 교회 당회에 제출을 하였다. 교회 목사님과 장로님들은 나의 취지를 듣고 찬성을 하며 연구를 하자고 했으나 다음 달 당회에는 여러 가지 문제점을 들고 불가능하다는 의견을 제시했다. 문제는 한두 가지가 아니었다. 첫째 가 무료진료소의 장소였다. 보험회사에서는 교회 건물은 환자를 보기에는 부적절하고 교회에서 환자를 보다가 사고가 나면 책임을 질 수 없다는 것이었다. 다음 문제는 의사나 간호사들을 어떻게 동원하느냐 하는 것, 또 약품을 어떻게 조달을 하느냐 하는 것이었다. 목사님이 교회에 나오는 변호사에게 물어 보았더니 대번에 안 된다고 하더라는 것이다. 이런 문제가 이렇게 복잡한 줄 몰랐으니 무료 진료소 문제는 없던 것으로 하자고 나를 진정시켰다. 나는 '무료진료소를 운영한다는 건 간단한 문제가 아니구나' 하고 며칠 동안 이 생각에 매달렸다. 그리고 문제를 하나하나 해결을 해야겠다고 생각을 했다.

첫째 문제는 간단히 해결이 되었다. 교회에서 허락만 하면 내 병원에서 하면 되지 않는가. 내 병원은 외래 수술실까지 갖추고 있으니 내가 경제적인 손해와 귀찮은 것만 감수하면 될 것이 아닌가 하고 사무장과 의논하여 나의 병원을 쓰기로 했다.

사무장은 몇 달을 두고 무료진료소를 운영하면 한 달에 얼마의 예산이 필요할까를 연구했는데 생각보다는 훨씬 적은 경비가 든다고 보고했다. 한 달에 700불에서 1000불 정도가 들 것이라고 했다. 그러면 일년에 약 만 불이니 7명이 단기선교를 다녀오는 경비의 반도 안 드는 경비였다. 그리고 이 돈은 세금공제가 되는 돈이 아닌가. 나는 그동안 다른 곳에 보조하던 돈을 전부 무료진료소로 돌리기로 하고 이 경비를 대기로 작정을 했다.

의사들의 동원은 친한 의사들을 한 사람씩 접촉을 하여 도움을 청했다. 어떤 의사는 도와줄 줄 알았는데 딱 잡아떼는 친구가 있는가 하면 이빨도 들어가지 않을 것으로 생각했는데 적극적으로 찬동을 하는 친구들도 있었다.

성형외과 의사는 의사들의 가족을 돌볼 기회가 많다. 의사들의 가족이 다쳤다고 하면 달려가서 치료를 해주고 간단한 수술은 무료로 해주었다. 그리고 고맙다는 감정이 사라지기 전에 무료진료소에서의 도움을 부탁하곤 했다. 여러 의사들이 나의 책략(?)에 말려들어 도와주겠다고 약속을 했고, 도와주지 못하겠다는 친구들에겐 샘플로 들어오는 약품이라도 달라고 부탁을 했다. 이 진드기 작전이 먹혀 들어가 많은 의사들의 도움을 받을 수 있었다.

나는 의료사고 보험회사의 직원을 불러 점심을 대접하면서 무료진료소의 문제를 의논했다. 그리고 얼마 후 의사들이 나의 무료진료소에서 환자를 보는데 아무런 문제도 없고 보험료가 올라가지도 않으며, 다만 자기의 전문 과목에 한하여야 하고, 내과 의사가 산부인과 환자를 보거나 정형외과 의사가 당뇨병환자의 약을 주다가 사고가 나면 문제라는 답을 들었다.

한 번은 우리 도시의 아주 유능한 변호사 부인이 나의 치료를 받았다. 나는 그 변호사에게 나의 무료진료소 문제를 의논했다. 그 변호사는 기꺼이 무료진료소의 담당 변호사가 되어 법적인 문제를 도와주겠다고 약속했다.

나는 병원장에게 찾아가서 무료진료소의 문제를 의논했다. 처음에는 무료진료소가 마치 병원과 경쟁 상대가 되지 않겠느냐고 주저했는데 나는 무료진료소가 병원의 그늘에 있고 병원의 협조기관이 되지 경쟁업체는 절대 안될 것이라고 역설했다. 얼마 있다가 병원장은 무료진료소를 하라고 하면서 병원에서도 도와주겠다고 했다. 서식을 만들어 도움이 필요한 환자를 병원에 보내면 모든 검사와 방사선 진단에 디스카운트를 해주겠다고 약속을 했다.

이렇게 문제 하나하나가 해결될 때마다 교회 당회에 보고를 하고 계속 무료진료소를 하자고 졸랐다. 장소도 내 병원에서 하고, 의사들의 동원도 내가 하고, 약품도 내가 대고, 거기에 드는 모든 경비도 내가 감당할 것이다. 그러나 내 이름으로 하기는 너무나 외람되니 교회의 이름만 쓰도록 허락해 달라고 목사님을 개인적으로 찾아가고 당회 때마다 문제를 제기하니 목사님도 지치고 당회에서도 어찌 할 수 없었던지 그럼 해보자고 허락을 하였다. 간호사로 있다가 은퇴를 한 부인이 자기가 여전도회에서 봉사대원을 무료진료일마다 4명씩 보내 주겠다고 약속했다.

아무래도 나의 병원에서 일을 하자니 우리 병원 직원 한 사람은 출근하여 도와주어야 했다. 그래서 이 문제를 회의 때 토론을 했는데 직원들은 보통 근무 외 휴일, 즉 토요일이나 일요일에 일을 하면 봉급의

2배를 주어야 하지만 평일 봉급의 수준으로 일하겠다고 동의를 해주었다. 그런데 우리병원 직원들은 무료진료소가 시작되고 약 6개월이 지난 후에는 봉급을 받지 않고 자기들도 봉사하겠다고 해서 나를 감격시켰다.

내가 무료진료소를 하겠다고 교회에 문제를 제기해서 그 문제를 해결하는데 약 4년이란 세월이 필요했다.

1990년 1월 첫 토요일, 드디어 무료진료소를 내 병원에서 시작했다. 병원에 'Howland Community Church Free Clinic'이란 간판을 걸었다. 목사님과 장로님 몇 분과 우리 병원 직원들, 우리 친구 의사들(내과의사 2명, 정형외과, 외과)이 모여 무료진료소를 시작했다. 마침 신문사에도 나의 환자가 있어 부탁하여 첫날에는 신문에도 크게 무료진료소 개소를 알렸다.

우리들은 모두 무릎을 꿇고 이 무료진료소가 좋은 사마리아인의 봉사가 되기를 빌었다. 4년여 동안 속을 끓이다가 문을 열게 된 나는 깊은 감회에 잠기고 기뻤다. 첫날에는 홍보가 많이 되지 않아서인지 26명의 환자들을 진료하고 검사를 의뢰하고 X - ray도 찍었다. 그리고 그동안 약품도 많이 모을 수 있어 약국의 약도 풍부했다.

이렇게 한 달에 한 번 매달 2번째 토요일 9시부터 환자들이 끝날 때까지 무료진료소는 진행이 되었다.

진료소에 참여한 의사들도 보람을 느꼈던지 앞으로 계속 도와주겠다고 약속을 하여 무료진료소의 앞길은 밝았다. 아직 몇 가지 해결이 되지 않은 문제들이 도사리고 있기는 했지만.

# 무료진료소의 운영

　무료진료소의 일은 토요일에 끝나는 것이 아니었다. 검사를 의뢰하거나 X-ray를 검사한 환자는 다음 주간에 검사결과를 분석하고 그에 대한 조처를 하고 또 내과의사가 검사를 의뢰하였으면 검사결과를 팩스로 보내고 지시를 받아야 했다. 또 외래 수술실에서 수술한 환자는 상처치료도 하고 실을 뽑기까지 치료해주어야 했다. 그러나 그런 환자들은 하루에 두세 명 정도이니 그리 큰 문제가 되는 것은 아니었다. 물론 일거리가 좀 더 생긴 것은 사실이지만 원래 나는 쥐띠에 태어나서 그런지 바쁜 생활을 좋아하지 않는가.

　무료진료소에 관여한 사람들을 모두 참여시키는 위원회를 만들고는 회의하여 몇 가지 지침을 정했다.

　"나이와 성별과 인종에 관계없이 우리 진료소에 오는 모든 환자를 진료한다. 우리는 환자가 의료보험이 있는지 없는지 묻지 아니한다. 우리가 할 수 있는 모든 일을 하고 할 수 없는 일은 전문의에게 의뢰를 한다."

　그런데 큰 문제는 아니지만 좀 문제가 생겼다. 성형외과 의사인 내가 무료진료소를 운영한다는 소문이 나자 평일에 오던 환자들이 무료진료일을 택해서 와서는 미용성형외과에 속하는 수술을 해달라는 것이었다.

독일인의 후손인 우리 사무장이 화를 내며 이런 환자들을 말도 못붙이게 거절해야 한다고 핏대를 올렸으나 우리는 이것은 작은 부작용이니 미용성형을 해달라는 사람은 내가 환자를 보고 잘 설득을 하기로 했고 평일에 오던 환자가 이 날을 택해 오는 환자들은 그냥 눈감아 주기로 했다. 사무장은 네가 망하려고 작정을 했느냐고 얼굴을 붉혔지만 참 신기한 일이다. 내 병원의 수입은 늘기만 하고 무료진료소에 드는 경비보다 더 많은 수입이 들어오는 것이었다.

이만한 도시에 다른 성형외과 의사들이 몇 명은 더 들어 올만 한데 아무도 없이 나 혼자서 독점 개업을 하는 형편이었다. 아니 두 명이 그 사이에 들어 왔으나 무슨 이유인지 자리를 잡지 못하고 떠나버려 나 혼자서 28년간 개업을 했다. 딴 도시에 개업을 하면서 사무실을 낸 의사는 있었지만 별로 주목을 받지 못하였다.

거의 매달 우리는 7~9건의 무료수술을 나의 외래 병원에서 시행하고 수술 후의 처치를 했으니 거의 매일 무료진료소에 속하는 환자들이 내 병원에 오게 되었다. 큰 수술이 필요한 환자는 병원에 입원을 시켰는데 의사들은 무료로 수술을 해주고 병원에서도 병원비를 감면해 주었다. 유방암 환자와 담석증 환자도 일반 외과의사가 무료로 수술을 해주고 부인병이 심한 환자도 자궁 절제술을 해주었다.

무료진료소는 점점 자리가 잡히고 소문이 나서 무료진료일마다 30명에서 50명 사이의 환자들을 진료하고 간단한 수술을 하게 되었다.

나도 등에 생긴 색소암을 가진 환자를 입원시키고 수술을 해주었고 매 3개월마다 약 5년을 돌봐 주었는데 환자는 너무도 고마워하고 나의 팬이 되었다. 그는 자기 주위의 가족이나 친지들을 나의 병원으로 많이 보내주고 명절 때마다 과자나 빵을 구워오곤 했다.

언제나 의료진을 확보하는 것이 문제인데 겨울에는 그래도 의사들의 움직임이 적으나 여름에는 휴가를 간다, 골프를 친다 하여 의료진을 구하기가 정말 힘이 들었다.

그래서 이 달 진료가 끝이 나면 다음 달 진료를 위하여 의료진을 구하려고 병원 의사실에서 의사들을 만날 때마다 미리 부탁도 하고 전화도 해야 하고 또 의사들 부인이나 가족들의 미용수술 또는 피부 관리들을 부지런히 해주어야 했다. 처음에 부정적이던 교회에서도 여전도 회원들이 계속 도와주고 목사님도 가끔 들러서 격려해주곤 했다.

경비는 처음 생각했던 대로 한 달에 약 700불에서 1000불 가량 들었는데 의사들이 보내온 샘플약에 포함이 되지 않은 약품을 좀 구입하고 수술에 필요한 자료를 사고 사무용품을 사는데 필요했다.

어느날 신문에서는 북한에서 피난 온 소년이 의사가 되어 미국 사회에 도움을 준다고 신문 한 면 전체에 나에 대한 이야기, 무료진료소에 대한 이야기로 채웠다.

항상 긍정적인 평가만 있는 것은 아니어서 내가 무료진료소를 운영하는 것이 마치 무슨 야심이 있어서 하는 것으로 어떻게든지 평가 절하 하려는 의사들도 있었고, 많이 섭섭한 것은 이때 같은 도시에 한국 의사들이 7명이나 있었는데 단 한 번도 그들의 도움을 받지 못한 것이었다.

한 3년이 지나 지역 TV에서 인터뷰를 하자고 요청이 왔다. 나는 인물이 TV에 나올 정도의 인물이 아니고 또 TV에 나가서도 서투른 영어를 보여줄 필요가 없다고 생각되어 사무장을 대신 내보내 인터뷰를 하게 했다.

나는 점점 이 도시의 유명인사가 되고 무료진료소는 우리 도시의 명물로 자리잡게 되었다. 나는 무료진료가 있는 날에는 어디를 가지 못하니 휴가도 이때는 피해야 하고 또 미팅이 있어도 이 날은 꼭 자리를 지켜야 했다. 그런데 왜 해필 그날 어디를 가야할 일이 생기는지 몰랐다. 그러나 나는 친구의 집이나 결혼식도 먼 곳은 갈 수 없어서 미안할 때가 많았다.

　1996년 나는 우리 도시의 Trumbull County의 의사회 부회장이 되고 1997년 회장이 되었다. 이때 나는 두 가지 일을 하겠다고 마음먹었다. 그때 의료보험에서는 Net Work이라는 걸 만들었는데 그것은 환자들이 자기의 보험회사에서 정한 의사에게만 진료를 받아야 한다는 것이었다. 우리는 의사회에서 이 문제에 대해 여러 번 토의를 하였다. 이 법은 환자들이 진료를 받을 수 있는 자유를 침해하는 것이고 HMO에 갈 때마다 의사가 바뀌는 것은 치료의 흐름이 깨어지고 환자들의 비밀 정보가 침해될 수 있다고 환자들이 의사를 선택할 수 있게 해 달라는 것과, 무료진료소에서 돈을 받지 않고 봉사를 하는 의사들이 의료 소송을 당하지 않도록 법으로 보호해달라는 것이었다.

　당시 우리 지역의 국회의원인 Mr. Trafficant를 초청하여 토론도 하고 사무실로 찾아가 부탁도 했다. Mr. Trafficant는 매우 우호적이고 협조적이며 또 적극적인 국회의원이어서 이 문제를 국회에 제출하여 통과되었으나 상원에 계류중에 있었는데 때마침 클린턴 대통령이 뤼윈스키라는 여자 인턴과의 부적절한 관계로 탄핵이 되느냐 마느냐 하고 사회가 떠들썩할 때라 어물 어물하다가 통과가 되지 않았다. 그러나 무료진료소의 의사 소송문제는 오하이오의 의회에서 의사들이 등록된 무료진료소에서 환자를 진료할 경우 의식적으로 환자를 해하였거나 자기가 속하지 않은 과의 질환을 진료하다가 상해를 가한 경우를 빼고는 환자가 의사를 상대로 소송할 수 없도록 법을 제정하였었다.

이제는 무료진료소의 의사를 구하기가 쉽게 되었고 또 우리만 아니라 오하이오의 여러 무료진료소도 혜택을 받게 되었다.

Mr. Trafficant는 키도 작은 한국 의사가 좋은 일을 했다고 감사장도 주고 미국 국기도 선물로 주고 매우 가까운 사이로 진전이 되었다. 그는 매우 유능하고 부지런한 국회의원이었는데, 우리 모두에게 불운 하게도 몇 년 후 뇌물 사건에 연루되어 국회의원의 자격을 잃고 감옥에 갔다. 그리고 7~8년이 지나 우리 교회의 어느 할머니가 돌아가시면서 얼마의 돈을 교회에 주고 매해 나의 무료진료소를 도와주라고 하여 일년에 2000불씩을 받게 되었다. 나는 무료진료소를 한다고 손해를 보는 것이 아니라 음으로 양으로 도리어 덕을 보고 있는지도 몰랐다.

나는 교회에서도 성공한 장로가 되고 장로회의의 회장이 되었는데 장로회의는 교회의 최고 의결기관이어서 교회의 살림과 교회의 정책을 정해야 했기 때문에 한 달에 두 번은 회의를 하게 되고 목사님과도 자주 만나게 되었다. 그러니 병원 일, 의사회의 일, 교회일로 집안일은 거의 아내에게 맡기고 밖으로만 돌았다. 나중에 우리 딸이 이 문제를 가지고 "우리들이 자랄 때 아버지는 우리들에게 너무도 무관심한 아버지였다."고 공격을 해서 나는 할 말이 없어 미안했다고 사죄를 하였다.

# 무료진료소가 나에게 준 것

　내가 진심으로 고백하거니와 무료진료소를 시작한 것은 내가 진 빚을 조금이라도 갚기 위해서였다. 평양에서 거지처럼 살 때, 부엌의 쌀독에서 쌀을 퍼주시던 장기려 선생님과 이웃들의 베풂, 한 푼도 없이 들어간 의과대학을 졸업하게 해준 김명선 선생님과 최명섭 장로님, 나를 위하여 병원에 일부러 찾아가 성형외과 수련의로 추천을 해준 Dr. Elliot Berg, 그리고 나를 데리고 다니면서 네가 내 아들이었으면 좋겠다고까지 사랑을 해준 성형외과 과장이던 Dr. Allen Trevaskis 등등 수많은 사람들의 은혜를 조금이라도 갚으려고 무료진료소를 생각한 것이었다.

　그런데 무료진료소를 하면서 내가 사회에 준 것보다는 내가 사회에서 받은 것이 더 많고 내가 빚을 갚은 것이 아니라 점점 더 많은 빚을 지었다.

　나를 싫어하는 사람들보다는 나를 좋아하는 사람들이 훨씬 더 많아서 의사들이 많은 환자들을 보내주어 내 사무실은 환자들로 넘쳐났다. 하루에 적으면 50명, 많을 때는 117명까지 진료하여 13명의 종업원들이

북적북적 하였다.

병원의 원장을 비롯하여 이사들 간부들이 나의 일을 도와주려고 애를 썼다. 한번은 시카고에서 친구 목사님이 우리 집에 오는데 길을 잃었다. 그래서 주유소에 들어가 혹시 Dr. Yong Lee의 병원이 어디냐고 물어보았더니 아주 친절하게 가르쳐 주더라고 하며 "이 장로가 여기에서 유명인사야." 하면서 칭찬해 주었다.

1996년 2월, 그날은 무료진료일이었다. 우리가 환자들을 보고 있는데 정복을 한 신사들 서너 명이 사무실로 들어왔다. 그리고는 자기가 Warren의 시장이라고 하면서 큰 상패를 주었다. 그리고는 이렇게 Warren시의 가난한 사람들을 위하여 수고해 준데 대한 감사를 한다고 하며 "오늘 1996년 2월 17일을 이용해의 날로 선포를 한다."고 발표하였다. 그리고 다음 월요일 아침에 시장실로 와 달라고 부탁을 하고는 같이 온 신문기자가 사진을 찍고 나갔다.

다음 월요일 아침 시장실로 나가니 시장, 상공회의 소장, 시의회 의원들이 모였고 시장이 다시 '이용해의 날'을 선포하고 시의회 기록에 등록을 하고 다과를 대접 받았다. 다시 신문기자와 인터뷰를 하고 그날 저녁 신문에 또 무료진료소와 나에 대한 이야기가 크게 나왔다.

언젠가 내 친구가 우리 집에 놀러 왔을 때 드라이브를 하다가 Lee street라는 길을 보고서 우리 타운에 내 이름을 따서 길이 생겼다고 떠들고 다녀서 소문이 그렇게 났으나 사실을 그게 아니고 그 길은 그전부터 있었던 길이고 나와는 아무런 상관이 없었다.

Lee라는 이름을 가진 길은 여러 도시의 곳곳에 많이 있다. 클리블랜드에도 Lee Road가 있고 얼마 전 가본 플로리다의 올랜도에도 Lee Avenue가 있고 뉴올리언즈의 Lee Street는 유명하다. 또 지금 살고 있는 플로리다의 집은 Lee County에 있다.

많은 미국 사람도 Lee라는 이름을 가지고 있고 중국에도 많이 있으니 Lee라는 이름만큼 흔한 이름도 많지 않을 것이다. 아마 Lee씨의 표를 다 받으면 아무 나라에서나 대통령에 당선이 될지 모르고 Lee씨 중에는 훌륭한 사람이 많아 이씨 이름을 가진 길들이 생겼는지 모르나 나같이 작은 인물과는 아무런 관계가 없다.

그리고 한 달쯤 있다가 미국 올림픽위원회로부터 편지 한 통을 받았다. 1996년 애틀란타 조지아에서 올림픽이 있었는데 성화가 오하이오를 지나갈 때 성화 주자가 되어 달라는 것이었다. 무게가 5파운드 되는 성화를 들고 길에 따라 다르지만 1마일 정도 뛰어야 한다는 것이었다.

Warren시에서 5명이 추천이 되었는데 사회에 좋은 일을 한 사람 2명, 체육회에서 1명, 상공회의에서 1명, 학교에서 1명이 선택이 되었다는 것이었다. 나는 무조건 응하겠다고 편지를 내었다. 이 얼마나 영광된 일인가. 나 같은 촌놈이 올림픽 성화를 들고 뛰다니…. 꿈만 같았다.

나는 일주일에 2~3번 테니스를 치고 젊어서 신문배달도 했으니 뛰는 데는 문제가 없을 것이 아닌가. 그래도 나이도 들고 테니스를 치는 것과는 달라서 5파운드짜리 아령을 들고 매일 2마일씩 뛰기 시작을 했다.

5월에는 애쉬타불라 코카콜라 회사의 사옥에 모여 유니폼과 모자를 받고 6월 16일에 뛰는 장소를 배치 받고 돌아왔다.

1996년 6월 16일, 나는 영스타운 한인교회의 이정기 목사님과 교우들이 모두 한 차에 타고 내가 뛸 장소로 갔다. 올림픽 마크가 새겨진 버스에는 유니폼들을 입은 주자들이 모여 있었다. 거기에서 우리는 성화를 배급 받았다. 금속으로 된 아름다운 성화인데 가스가 나오게 되어 있고 가스를 여는 밸브가 달려 있었다. 릴레이를 하는 내가 가져도 된다는 것이었다. 성화 주자들 중에는 동경올림픽 때 빨리 걷기에서 금메달을 받은 사람도 있었고 서울올림픽에서 1500미터 미국 대표로 뛴

선수도 끼어 있었다. 나는 그들과 사진도 찍고 이야기를 주고받으며 내가 뛸 지점으로 갔다. 아마 10시 50분 정도되어 모터 싸이클 소리가 들리고 옆의 직원이 나의 성화에 점화 가스 밸브를 열어 주었다.

나는 나의 전 주자에게서 불을 받아 뛰기 시작을 했다. 나의 옆에는 고등학교 육상선수가 보조원으로 따라 붙었고 모터싸이클을 탄 경찰들이 에스코트를 했다. 방송국의 보도차 그리고 신문사들의 차들이 앞으로 가며 사진을 촬영하는 속으로 성화를 들고 뛰었다. 도로에는 영스타운 한인교회에서 온 친구들, 병원에서 온 간호사들과 우리 사무실 직원들이 박수를 치고 소리를 지르며 응원을 해주었고 뛰기를 마치자 가슴에 꽃다발을 안겨 주었다.

나는 정신이 없고 숨을 고르기가 힘이 들었다. 촌놈이 시골길에서나 거들먹거리며 뛰었지 이런 복잡하고 요란한 환경에서 뛰어 본 일이 없어서 긴장이 되고 발을 맞추기가 힘이 들었다. 그래도 원래 뛰던 솜씨가 있어서(?) 무사히 완주를 했지만 이마에는 땀이 흘렀다.

긴장을 한 탓인지 연습할 때보다 힘이 들어 뛰고 들어온 후 목사님이 나의 얼굴이 창백해졌더라고, 역시 나이는 못 속인다고 웃었다. 성화 릴레이가 끝이 나고 신문사에서 온 기자들과 인터뷰를 하고 많은 사람들이 몰려와 사인을 해달라는 통에 갑자기 스타가 된 기분이었다. 아마 스타들이 이런 기분에 사는지 모르겠다. 그날 저녁 코니악에 사시는 갈승철 선생님이 우리 모두를 초대하여 사모님이 차리신 진수성찬으로 거한 파티를 했다.

다음날 역시 시장실에서 성화 릴레이에 참석했던 우리들을 초대하여 시의 유명인사들과 함께 점심을 대접 받기도 했다. 약 일주일 동안 마음이 들떠서 날짜가 어떻게 흐르는지도 모를 지경이었다.

이런 일이 있을 때마다 이런 모습을 보여 드리지 못한 부모님 생각이 나고 나의 어린 시절의 고생이 생각이 나 비감해지곤 했다.

1997년 4월인가보다. 오하이오의 주지사실에서 전화가 왔다. 5월 10일 아침 10시까지 주지사실로 오라는 것이었다. 내가 혹시 무슨 잘못을 저질러서 환자가 진정서를 냈나 하고 걱정했더니 사무장이 전화를 하여 무슨 일인가 알아보았다.

그랬더니 오하이오 주지사 명의로 1997년 의료봉사상 수상자로 지명이 되었다는 것이었다. 나는 주지사상을 받을 정도로까지 한 일이 없다고 거절하려고 했더니 교회 목사님이 이 상은 당신이 받는 것이 아니라 우리 교회를 대표하여 받는 것이니 강제로라도 가야 한다고 우겨서 상을 받기로 했다.

그날 오하이오 주지사 사무실에서 많은 손님들이 참석한 가운데 오하이오 주 의료봉사상을 받고 만찬에 참석하고 돌아왔다.

나는 나 말고도 많은 의사들이 일을 했는데 나만이 상을 받는 것이 정말 죄송스러웠다. 그래서 이 일을 목사님에게 말씀드려 우리 진료소에서 일한 의사들에게 교회 이름으로 감사장을 드리기로 했다.

이렇게 내가 준 것보다 받은 게 더 많아 빚을 갚은 것이 아니라 도리어 많은 빚을 짊어지게 되었고 무료진료소에 더욱 정성을 쏟았다. 나의 병원 사무장은 너는 어떻게 돈을 버는데 신경을 쓰는 게 아니라 무료진료소에 더 정성을 쏟느냐고 가끔 시비를 걸어 왔다. 나는 "그동안 모은 돈만으로도 늙어서 굶지는 않을 테니 염려하지 말라. 그리고 우리만큼 잘 버는 의사들도 적지 않으냐."며 진정을 시켰다.

사무장은 당신은 좀 별종이라고 웃으면서도 이후에 자기가 직장에서 물러나더라도 의료 선교를 데리고 가 달라고 부탁을 했다. 물론 내가 은퇴를 하고 선교를 나갈 때가 되었어도 그는 일을 하고 있어 아직 그 약속을 지키지 못하고 있지만.

# 문 닫은 무료진료소

이렇게 두어 달이 모자라는 12년 동안 무료진료소를 운영했다. 그런데 어쩌랴. 이제는 나도 은퇴할 시기가 된 것이다. 2000년에 들어오면서 나는 은퇴를 준비했다.

그러나 미련이 남았다. 역시 나는 속물이었다. 내가 Warren에 올 때는 가방 하나만 들고 왔건만 갈 때는 집도 사고 자식들 공부도 시키고 먹고 살만큼 저축도 하였는데 아직도 많은 미련과 욕심이 남아서 그냥 돌아서지 못하는 속물이었다. 어떻게 고생하며 이룩한 병원인데 그냥 하루에 문을 닫는단 말인가. 그러면 내가 진료하던 환자는 어디로 가고 13명의 종업원은 어떻게 하고 이 많은 의료기록, 시설을 어찌한단 말인가.

아마도 예수님이나 성철 스님이 나의 모습을 보았다면 "에이 못난 놈!" 하고 꾸짖으셨을 것이다.

그래서 젊은 의사를 구했다. 그는 처음에는 나의 사무실의 건물만 사면 병원의 의료 장비, 사무실 비품, 수술방 시설, 스킨케어 시설까지 모두 거저 주겠다고 약속을 하고 무료진료소를 맡아 달라고 하는 것이 조건이었다. 한 젊은 여의사가 이 조건을 받아들이겠다고 약속을 하여 파트너로 모셔왔다. 그러나 그는 한 2년 동안 내 병원을 무료로 쓰고 환자를 물려받기도 하고 빼돌리기도 하고는 하루아침에 딴 사무실을 얻어 나가 버렸다. 물론 다른 여러 문제들도 많이 있었지만 무료진료소를 맡아 줄 사람이 없었다. 나는 여러 의사들과 접촉을 하고 Warren시와도 접촉했으나 아무도 이 일을 맡아 줄 사람이 없었다. 교회의 제직회에도 이 문제를 제기했으나 의사가 아닌 그들로서는 할 말이 없었다. 다만 나더러 은퇴를 하지 말고 더 일을 하라는 부탁밖에 할 말이 없었다. 나도 시간과 경비가 들고 또 자기 병원의 한 부분을 내주어야 하고 거의 매일 무료환자를 한두 명 봐야 하는 귀찮은 일을 남에게 자꾸 강권할 수는 없었다.

가까스로 내 병원을 사서 들어오겠다는 의사에게 이야기를 했으나 만일 무료진료소를 꼭 해야 한다면 건물을 사지 않겠다고 협박하는 바람에 물러설 수밖에 없었다.

교회에서도 애석해 했고 Warren시에서도 섭섭해 했으며 Warren의 신문은 문을 닫는 무료진료소와 나의 은퇴를 크게 보도했다.

마지막 진료를 보던 날 그동안 같이 일하던 의사들, 간호사들과 정말 헤어지기 싫은 작별을 했으며, 또 신문을 보고 진료를 받았던 많은 환자들이 작은 선물들을 들고 와서 나의 손을 붙들고 눈물을 흘리는 사람들도 여러 명 있었다.

진료가 끝나고 그동안 수고를 함께 한 의료진, 교회의 여전도 회원들, 몇몇 환자들과 함께 파티를 하고 이야기를 나누었다.

그렇다. 근 12년 동안 우리는 많은 환자를 도와주었다. 유방암 환자, 자궁암 환자, 색소암 환자, 담석증 환자도 수술하여 고쳐주고 매번 6~8명의 외래수술을 해주어 어떤 때는 두 개의 수술 방에서 일반외과

의사와 내가 오전 내내 매달려 있는 일이 한두 번이 아니었다. 그리고 30~50명의 환자를 보고 검사하고 약을 주었고 혈압이나 혈당의 조절도 하고 주중에 오면 검사를 해주고 약을 조절해 주었다.

그러나 우리의 일로 사회가 얼마나 살기 좋아졌을까 하는 물음에 나는 대답할 말이 없다. 우리가 한 일은 바다에 모래를 한 삽 던져 넣었을 뿐일지 모른다. 아무런 자국도 남지 않는….

다음 주일에 교회에 갔는데 장로 한 분이 이야기좀 하자며 사무실로 끌고 들어갔다. 들어가서는 그리 긴급하지도 않은 이야기를 하며 시간을 끌었다. 예배시간이 다 되었는데 하고 재촉을 하니까 괜찮다고 하면서 한 3분을 더 끌더니 '자, 이제 예배를 보러 가자'고 손을 끌고 교회당으로 들어갔다.

교회에 들어가자 교인들이 모두 일제히 일어서서 박수를 치며 환영해 주고 꽃다발을 주었다. 나는 깜짝 놀랐고 정말 당황했다. 설교를 시작하기 전에 목사님이 나에게 감사패를 주고 교인들이 다시 일제히 일어나 박수를 쳐주었다.

목사님은 설교에 Dr. Lee가 일할 때는 그렇게 큰 인물인줄 몰랐는데 그가 그만 둔다고 하니까 이렇게 많은 의사들 중에 그 자리를 채울 사람을 찾을 수가 없다고 하며 지금이라도 은퇴를 번복하고 일을 하라고 설교를 하였다.

그날 저녁, 저녁을 먹으며 오래간만에 아내가 "여보 그동안 수고 했소. 어려운 세상 살아오면서 우리 식구들을 먹여 살리고 애들 공부 훌륭하게 시키고 시집, 장가보내고 또 사회를 위해 좋은 일을 했구려. 자, 이제는 여행도 하면서 좀 쉽시다."

옆에 누가 있었으면 닭살이 돋았겠지만 아내가 그렇게 칭찬해주는데 나라고 가만 있을 수는 없지 않은가.

"내가 한 일보다 당신이 더 많은 일을 했소 당신의 도움이 없이는 도저히 해낼 수 없는 일이었고 내가 힘이 들 때마다 당신이 나를 일으켜 세워 주었소 고맙소"

그리고 그해에 모교인 연세대학교에서는 세브란스 의과대학의 설립자의 이름으로 된 에비슨 봉사상을 나에게 보내 주었다.

가만히 생각하면 평양에서 그렇게 천대를 받던 나, 어머니마저 인정을 해주지 않던 못난이, 학교에 다니면서도 별 볼일이 없는 사람으로 살아온 내가 마음먹기에 따라서 사람들의 사랑을 받고 위함을 받는 사람이 되지 않았나.

나는 그날 밤 아무도 없는 지하실에서 이렇게 부끄러운 기도를 드릴 수밖에 없었다.

"주님, 나처럼 못난 사람을 왜 이처럼 사랑해 주십니까. 나보다도 훌륭하고 똑똑한 친구들을 내버려 두시고 못난 나에게 이런 은혜를 베풀어 주십니까. 어찌하여 나에게 빚을 갚을 기회를 안 주시고 빚을 갚으려 하니 더 많은 빚을 지워 주십니까. 역시 나는 영원한 빚쟁이가 될 운명이었습니까. 아무리 내가 애를 써도 결국 빚을 갚을 수 있는 길은 없겠지요. 주님이 나를 위해 흘리신 피도, 장기려 선생님의 쌀도, 김명선 선생님의 장학금도, 최명섭 장로님의 은혜도 나는 갚지 못했습니다."

※ 이 이야기는 무료진료소를 운영하게 된 나를 두고 많은 소문이 나고 소문이 과장이 되어 민망할 때가 많았다. 그래서 사실을 밝히고자 부끄러운 글을 쓴다.

# 한국의 일반외과의사들

　미국에서도 그렇지만 한국의 일반외과의사들은 고달픕니다. 일반외과나 흉부외과 의사들이 다루는 환자들은 대부분이 중환자들이어서 하는 일도 힘이 들지만 위험부담이 많은데 보험회사에서 주는 의료수가가 너무도 적어 수지가 맞지 않습니다. 큰 수술을 하려면 병원도 크게 차리고 시설도 갖추어야 하고 마취과나 회복실 또 중환자실도 갖추어야 하기 때문에 투자도 많이 해야 하고 운영비도 많이 드는데 지금 보험회사에서 주는 의료비를 가지고는 도저히 운영을 할 수가 없기 때문입니다.

　미국에서는 'Attending System'이라고 하여 의사들이 병원에 입원을 시키고 수술을 하고 환자를 치료하고 의료보험 중 의사의 지분만 찾아가고 병원에서는 병원의 치료부분만 챙기면 되는데, 한국에서는 의료보험의 이런 부분이 분명치 않고 종합병원이나 대학병원에서 개업 의사를 'Attending Physician'으로 받아들이지 않기 때문에 수련을 끝낸 외과의사들이 개업을 할 수가 없습니다. 그래서 그렇게 힘든 공부를 오랫동안 하고 수련을 받고 전문의 시험이라는 어려운 관문을 통과한 외과의사들이 마음 놓고 수술을 할 자리가 없습니다.

그러니까 외과 수련을 끝낸 젊은 의사들이 자기의 기량을 발휘하려면 종합병원이나 대학병원에 취직을 해야 하는데 그 자리는 이미 만원이어서 해마다 새로 나오는 젊은 의사들을 다 받아 줄 자리가 없습니다. 그러니 공급은 많고 수요가 적어지니 외과의사들의 값이 떨어져 보잘 것 없는 신세로 전락을 했습니다.

내가 학교를 졸업하고 인턴할 때만 해도 일반외과는 의사의 꽃 이었습니다. 학교 성적도 좋아야 하고 인턴 성적도 좋아야 외과를 지원할 수 있었습니다.

수술복을 입고 수술실에 들어가면 외과 의사는 'Captain of The Ship'이라고 하여 수술실의 절대적인 결정권을 가졌고 모든 수술실의 직원이 외과 의사의 명령에 따랐습니다.

물론 한밤중에 응급수술을 하느라고 밤을 새우기 일쑤이고 중환자실에서 밤을 새우는 일이 많았지만 환자들이 회복되어 퇴원하는 것을 보면서 보람을 느끼곤 했습니다.

물론 밤새도록 중환자실에서 환자를 돌보다가 환자가 잘못되면 과장님 대신에 환자 보호자들에게 끌려 나가 "걸어서 들어온 생떼 같은 아들이 죽어서 나가게 되었다."고 멱살을 잡힌 일도 있었지만 대체로 환자들이 고맙다고 인사를 하곤 했습니다.

미국의 외과의사들은 한국의 외과의사들보다는 형편이 훨씬 좋습니다. 사무실에서 환자를 보고 병원에 입원을 시키면 병원에서 의사의 지시에 따라 모든 조치를 해줍니다. 그래도 타과 의사들보다 일을 많이 하고 수입도 적다고 불평합니다.

물론 내가 미국에 오면서 성형외과를 하겠다는 마음을 먹고 왔으니까 그렇겠지만 미국에서 일반외과 수련을 받으면서 일반외과의사들이 정말 고달프다고 생각을 했습니다.

응급실에 환자가 오면 먼저 내려가서 진찰을 하고 검사를 하고 문제가 무엇인지를 파악한 후 특과의사에게 진료를 의뢰하는 일이 많습니다. 그러면 특과의사들이 와서 자기 부분의 수술만 하면 뒤치닥거리는 또 일반외과의사들이 해야 하는 일이 많으니 자연히 다른 과 의사들보다 바쁘고 힘든 일을 해야 하지만 빛이 나지 않았습니다.

이제는 외과도 분과가 되어 약 30여 개의 특과가 외과에 속해 있습니다. 그런데 힘이 들고 고생을 해야 하는 과가 있고 좀 쉽게 사는 과가 있습니다. 일반외과, 산부인과, 심장외과, 흉부외과, 신경외과, 정형외과 등이 힘들게 일하는 과이고 성형외과, 이비인후과, 유방외과, 안과 등이 일하기에 쉬운 과라고 할 수 있습니다.

또 힘들게 일하는 과일수록 수련 후 개업을 하기가 어렵고 쉽게 하는 과가 수련 후에 개업하기가 수월합니다. 그래서 그런지 요새 의과대학 졸업생들 중에 힘든 일반외과, 흉부외과나 산부인과에서는 해마다 지원자가 모자란다고 야단이고 피부과, 안과, 성형외과에는 지원자들이 몰려들어 교수님들이 애를 씁니다.

수련의들이 모자라 중환자실에서 늦게까지 환자를 직접 돌보는 교수님들을 보면 '어째서 한국의 의료계가 이렇게 변하였는가' 하는 생각이 들곤 합니다.

그런데도 지금 일반외과나 흉부외과, 이식외과 수련의들의 앞길은 평탄하지가 않습니다. 수련을 마치고 나오는 의사들은 일 년에 수십 명씩 되는데 이들을 수용할 수 있는 대학병원이나 종합병원은 얼마 되지 않습니다. 더욱이 심장외과, 이식외과 의사들을 수용하는 병원은 몇 병원이 되지 않습니다. 그러니까 그들은 수련이 끝난 후의 일을 고민하지 않을 수 없습니다.

일반외과 의사들의 고민은 보험회사에서 주는 의료급수가 낮기 때문에 수입이 적은 것도 문제이지만 일반외과 의사들이 일할 수 있는 환경도 문제이고 중환자를 다루다가 좀 문제가 생기면 의사들의 멱살부터 움켜잡고 소란을 떠는 사회풍조도 문제입니다.

일반외과는 외과의 기본입니다. 미국에서는 흉부외과, 성형외과, 심장외과 같은 특과를 하기 전에 일반외과를 꼭 하도록 정해져 있습니다. 그래서 일반외과 의사들이 선택할 수 있는 길이 많이 있습니다.

일반외과의 발전이 있어야 다른 외과의 특과도 발전이 있습니다. 일반외과에서 학문이 발전해야 다른 외과도 발전할 수 있고 외과의 기본지식을 갖추어야 좀더 완전한 다른 특과의 의사가 될 수 있습니다.

한국의 정부나 의학회에서, 또는 외과학회에서, 일반외과 의사들과 외과에서 고생을 하는 젊은 수련의들에게 갈 길을 열어 주는 방안이 속히 마련되어야 할 것이라고 생각합니다.

# 21세기의 코레니즘

 아버지 필립을 닮아서 전쟁에는 영웅이지만 문화의 배경이 별로 없던 마케도니아의 촌사람 알렉산더 왕이 그리스를 정복하고서는 도리어 그리스 문명에 젖어 들어 일생을 그리스식 생활을 하고 그리스 문명을 받아 들였다는 역사적인 사실을 헬레니즘이라고 한다고 하지만 현재도 그런 문화의 잠식은 끊임없이 계속되는 것 같다.

 내가 작은 가방을 하나 달랑 들고 미국행 비행기를 타고 오하이오에 내렸을 때 처음 만난 미국의 선배는 병원에 나가기 전 김치는 물론이려니와 마늘이 든 음식은 절대 입에 대지 말고 냄새나는 간장, 된장, 고추장을 먹지 말라고 엄하게 훈계를 했다.

 그런데 마늘과 쑥을 먹고 동굴에서 고행을 했다는 환웅의 자손이 마늘이 든 한국 음식을 먹지 않고 살 수는 없지 않은가. 그래서 병원에서 주는 기름진 음식을 먹고는 고추장을 한 손가락 입에 넣고 빨아 먹으며 느글느글한 속을 달래곤 했고 주말이면 맛도 없는 깡통 김치를 하나 사다가 공원에 나가 뜯어 먹고는 이빨이 다 닳고 이 몸에서 피가 나도록 이를 닦고 또 닦고서도 월요일 아침에 수술방에 들어가면 냄새가 날까봐 숨을 제대로 쉬지 못하곤 했다.

양배추에 고춧가루와 파만 넣은 김치를 먹으면서도 기가 죽어 살던 시절이 얼마 되지도 않은 것 같은데 이제는 한국식당이 한글로 된 간판을 버젓이 내걸고 뉴욕 한가운데 자리를 잡고 갈비나 비빔밥에 김치를 백인들이 먹으며 낄낄대는 현상을 보게 되었으니, 이를 우리는 21세기의 역사적인 현상 코레니즘이라고 불러야 할지 모르겠다.

외과 레지던트를 하면서 디트로이트에 살았는데 같은 동네 아파트에 사는 후배 부인이 임신을 했다. 임신을 하면 왜 그런지 고리타분한 음식만 생각이 나는 모양인데 이 때 그 음식을 못 먹으면 평생의 한이 된다고 한다. 그런데 후배의 부인이 하필이면 회냉면이 먹고 싶다고 했는데 왕상이는 얼음구덩이에서 잉어를 구했다지만 그가 아닌 다음에야 디트로이트에서 어찌 회냉면을 구한단 말인가.

더욱이 이 부인은 이웃인 우리 아내가 해주는 비빔냉면은 싫고 옛날 서울에서 먹던 회냉면을 먹겠다고 야단이니….

이 후배는 새벽에 디트로이트를 떠나 캐나다 국경인 터널을 지나고 런던을 지나 캐나다를 가로질러 토론토까지 장장 6시간을 운전하여 가서 회냉면을 한 그릇 사 먹이고 다시 돌아오니 오밤중이 되었더라고 하소연을 했다. 그렇게 해서 난 아들이 장가를 가고 또 손자를 얻었지만 그 아들이 그때 아버지의 수고를 알 턱이 없고 아버지 대에 겪은 고생스럽던 이민역사를 알아 줄 이가 있을까. 모두 자기가 잘해서 공부를 하고 자기가 잘나서 예쁜 색시를 얻어 장가를 갔다고 생각하겠지….

그런데 립 벤 윙클처럼 한잠을 자고 난 것도 아닌데 어느새 로스엔젤스나 뉴욕의 후러싱에는 한인타운이 형성이 되고, 한국식당이 생기고 불고기에 갈비 정도가 아니라 육개장과 냄새나는 청국장이 생기기 시작하더니 이제는 불고기판에 생마늘이 올라오는 것이 아닌가.

이것을 먹고서 어떻게 밖에 나가 사람들을 만나고 비즈니스를 할까 걱정을 했더니 이제는 마늘이 건강음식이라고 백인들이 불고기 판위의 마늘을 집어 먹는다고 서투른 젓가락질을 하느라고 소란을 떠는 것을 보면서 세상이 다시 한 번 바뀌었음을 실감했다.

얼마 전 뉴욕시에서 택시를 타고 뉴저지 집으로 오는 길에 운전사가 한 말이다.

"내가 미국에 온다고 영어 학원에 나가 영어를 공부했지요. 그런데 뉴욕에 오니 영어가 필요 없게 생겼어요. 한국식당에 가서 한국 음식 먹고 한국 손님 태우고 영업을 하지요, 집에 가면 한국 TV 보고 한국 신문 읽지요, 차에서는 한국 라디오 듣지요, 한국 교회에 나가 예배를 보지요, 물건을 사도 한국 사람의 가게에 가지요, 그러니 영어를 써 먹을 데가 없어요. 그래서 영어학원에서 배운 영어가 도리어 줄었어요. 내 참… 하면서 웃었다.

미국은 이민자의 나라이다. 세계 각국의 사람들이 모여들어 저마다 자기나라의 말을 사용하니 영어를 못 하는 게 하나도 부끄러울 게 없다. 디트로이트에서 만난 폴리쉬 사람은 미국에서 태어났는데도 폴란드 사람들이 모여 사는 동네에 살아서 60살이 넘었는데도 영어를 못하였고, 뉴욕의 차이나타운에서 태어나서 거기서 사는 사람은 늙어 죽도록 영어를 못한다고 한다. 그러니 뉴욕의 후러싱이나 로스앤젤레스에서 태어난 한국의 어린애가 그곳에서만 산다고 하면 그 배우기 힘든 영어를 안 해도 조금도 불편하지 않게 일생을 살 것이 아닌가.

누가 무어라고 해도 좋다. 이제는 미국에서 사는 우리 한인이 150만이 넘는 큰 세력을 이루었고 우리의 문화를 이 땅에 심어 놓았다. 이 숫자는 미국의 큰 도시를 이룰만한 숫자이고 정치적 세력을 만들어 낼 수 있는 힘이다. 명절이면 우리의 농악이 뉴욕 시내 한복판을 누비고

삼성의 간판이 타임 스퀘어의 한복판에 자리를 잡고 있다.

이 사람들이 모두 변호사가 되고, 의사가 되고, 교수가 되고, 언론인이 될 수는 없다. 그러나 이 중 공부를 잘하는 사람들이 이 세력을 배경으로 한인의 권익을 위하여 일을 할 수 있고 한인의 큰 기둥을 세울 수 있지 않은가. 아니 벌써 많은 한인들이 법계 정치계 의료계 학계 언론계와 사업에 진출하여 코리언 아메리칸의 위력을 자랑하고 있지 않은가.

오늘 저녁 한인 식당에서 육개장을 먹고 이빨을 쑤시고 나오면서 미국을 잠식해가는 21세기의 코레니즘의 장래가 창대해지기를 빈다.

# 3

## 본드 인생과 박쥐 인생

# 신 모계 씨족사회

역사는 시계추처럼 펜두름 현상을 반복한다고 한다. 원시시대에는 모계 씨족사회였다고 한다. 남자들이 사냥이나 고기를 잡으러 갔다가 돌아오지 못하는 일이 많고 법으로 정해진 결혼제도가 없어서 여자들만이 자식의 아버지를 알고 어머니들이 자식들을 키우니까 당연히 모계 씨족사회였을 것이다.

이제 오랜 남성위주의 부계 씨족사회가 계속이 되더니 이 부계 씨족사회가 무너지는 소리가 여기저기서 들린다.

가족제도에서는 가장 보수적이라고 하던 한국에서 호주제도가 바뀌고 자식들이 어머니의 성을 따라도 된다는 법이 통과되더니 여성들의 지위가 컴퓨터 속도로 발전이 되었다.

이 법이 공표되자마자 애들의 성을 바꾸려는 성명 변경 신청이 벌써 몇 천 건이 들어왔다고 신문은 전한다.

십여 년 전만 해도 아들을 낳지 못하면 칠거지악이라고 해서 시집 식구들 앞에서 고개도 못 들고 임신 중 성별검사를 하여 딸이면 유산을 시키는 사회악이 유행이었다. 그래서 초등학교의 남자들이 여자 짝을 못 찾아 불평이 많다고 하더니 이제는 딸이 더 좋다고 하여 TV연속극에도 딸을 낳고 좋아하는 이야기가 주종을 이룬다.

그래서 이런 농담도 생겼나 보다.

딸이 하나면 개인병원에 입원을 하고, 둘이면 종합병원에 입원을 하고, 셋이면 대학병원에 입원하는데, 아들이 하나면 개인병원에 입원을 하고, 둘이면 여관방에 입원을 하고, 셋이면 길에서 죽는다는 이야기다. 또 딸 둘에 아들이 하나면 금메달감이고, 아들 하나 딸 하나면 은메달감이고 아들 둘에 딸이 하나면 동메달감이고 아들만 둘이면 목매달감이라는 농담이 진하게 먹혀들어 가는 사회가 되었다.

딸들은 부모님들을 챙기고 모시지만 아들들은 부모에 무관심하고 모시는 일이 적다. 더욱이 요새처럼 똑똑한 젊은이가 많은 사회에 효자가 없다고 노인들이 한탄을 한다.

며칠 전에는 요새 시집살이 하는 것만큼이나 처가살이를 하는 신세대들이 많은데 옛날 고부간의 갈등만큼이나 장모와 사위간의 갈등 때문에 결혼에 파경을 가져오고 남자들이 맏딸과 결혼하기를 피하는 경향이 있다는 이야기가 신문에 보도되었다.

이제는 여성 상위시대가 엄살이 아니라 엄연한 현실로 대한민국의 새로운 사회제도로 자리를 잡게 되었고 또 세계화되었다.

며칠 전 뉴욕의 한인교회에서 예배를 보았는데, 그 날 한 열 명의 어린애들이 유아세례를 받았다. 그런데 세례를 받으러 나오는 사람들이 한결 같이 남자들이 기저귀 가방을 팔에 건 채 애들을 안고 나왔고 한 명만이 어머니가 애를 안고 나왔다가 주위의 대세를 보고 남편에게 애를 맡기고 가볍게 따라 나왔다.

물론 우리들이 자랄 때는 보지 못했던 광경이지만 또 애를 안고 나오는 모습이 여자가 힘이 들까봐 도와주려는 모습이 아니라 여자들이 군림을 하고 남자들이 여자들 뒤에서 쩔쩔매며 따라 나오는 모습으로 보였다면 지나친 삐딱함일까. 이는 한국 사회만의 모습이 아니다.

얼마 전에 뉴욕에서 플로리다로 가는 비행기는 크리스마스 휴가 때문에 애들을 데리고 여행하는 사람들이 많았다. 그런데 거의 한결같이 남자들이 애들을 안고 다니거나 유모차를 끌고 기저귀 가방을 들고 다니느라고 쩔쩔 매고 있었다.

내년 미국 대통령 선거는 힐러리 로담 클린턴이 대통령이 되겠다고 설치고 있고, 한국에서도 남자 대통령보다는 박근혜, 강금실씨 등이 국민의 지지를 받고 있어 다음은 여자 대통령이 나올 가능성이 아주 많이 있다. 학교에서도 1등에서 5등까지 성적표는 보지 않아도 여자들이 독차지 한다고 하고 사법고시에서도 여자들이 반을 넘고 성적도 여자들이 좋다고 한다.

여자들이 이제는 시시한 남자들과 결혼을 안 한다고 하는 비혼족이 생기고 그들을 미화하는 골드걸이니 알파걸이니 하여 남자들의 기를 죽이지 않는가.

이것은 누구의 탓도 아니다. 새로운 산업혁명의 결과이고 문화의 결과일 뿐이다.

남자들은 변화하는 환경에 적응이 느리다. 그래서 아들이나 딸의 집에 가도 잘 적응을 못하고 겉돌게 마련인데 여자들은 딸 집에 가거나 아들 집에 가도 금방 며느리와 한 패가 되어 어울린다.

힘을 많이 쓰지 않아도 되는 새로운 문명, 컴퓨터로 일하고 기계의 스위치를 누르며 일하는 새로운 산업시대에 여자들이 빨리, 그리고 잘 적응하여 남자들에게서 일을 빼앗아 간 것이다. 책을 읽고 재판을 하는 법관의 자리, 지식으로 하는 교수들의 자리, 무거운 짐을 들지 않아도 되는 의사들의 자리를 여자들이 차지한 것이다. 그뿐이 아니다. 여자들의 실업률은 남자들의 실업률에 비해 훨씬 적다. 얼마 전 남자들만의 일이던 경호원에 여자들이 더 잘하고 여자 경호원을 필요로 하는 사람들이 더 많다는 보도가 나왔다. 그리고 여자 경호원들의 수입이 남자들의 수입보다도 20%는 더 많다고 했다. 이제는 의사, 교수, 판사, 파일럿, 기업의 회장 등에 여자들이 줄줄이 나오고 있어 남자들의 전유물로 여겨졌던 분야에서도 앞으로 남자들보다 앞설 것이다.

얼마 전 다녀온 몽고에도 여성 상위시대의 바람이 불고 있었다. 들에서 양이나 치고 말이나 몰던 남자들은 새롭게 몰려오는 산업의 바람에 적응을 못하는데 여자들은 재빠르게 적응하여 직장을 구하고 일자리를 구하여 돈을 벌며 무능한 몽고 남자들을 얕본다는 이야기였다.

모택동은 권력은 총구에서 나온다고 했지만 현대의 권력은 지갑에서 나온다. 그러니까 돈을 버는 여자들이 집안에서 발언권이 강해지고 남자들은 찬물에 들어갔다 나온 xx처럼 오그라들어 처가살이를 하면서 장모님의 잔소리에 못살겠다고 아우성을 치는 것이 아닐까.

언젠가는 여성들이 결혼하지 않고 머리 좋고 얼짱인 남자들의 우수한 정자만을 골라 임신을 하여 자식을 낳고 혼자 살겠다는, 진정한 모계 씨족사회가 올지도 모른다.

새로운 개혁정치에만 기득권을 포기하라는 소리가 높은 것이 아니다. 우리의 가정에도 낡은 남성들의 기득권을 포기하고 잘난 아내와 선의의 경쟁을 해야 한다.

얼마 전 목사님이 설교중에 이런 말씀을 하였다. 하나님이 남자를 먼저 만들고 여자를 나중에 만들었으니 나중에 만든 창조물이 처음 만든 것보다 좀 더 보완되고 완전하게 만들었을 것이 아닌가. 그러니까 여자가 남자보다 아름답고 또 똑똑하다는 것이다.

그리고 만든 자료부터가 틀린다. 남자는 흙으로 빚었고 여자는 한번

달구어진 아담의 뼈로 만들었다. 그러니까 여자가 남자들보다 목욕탕에 오래 들어가 있게 마련이고 남자들은 목욕탕에 오래 있으면 물에 풀어질까봐 겁이 나서 금방 나온다는 말이다. 물론 단단한 뼈로 만든 여자니까 남자들보다 오래 살고…. 그러니 이제는 목사님까지 이런 말씀을 설교로 하시니 남자들은 두 손을 들어야 하는가보다.

이제는 엄살의 공처가가 아니라 실력이 없는 남편들은 아내를 존경하다 못해 무서워하는 경처가들이 알파걸의 아내와 같이 공조하며 살아야 하는 시대가 온 것이다.

남자들이 아내의 양말을 빨아주면서…….

# 본드 인생과 박쥐 인생

　오래 전에 서울에서 식당에 들어가 갈비탕을 시켰다. 뜨끈뜨끈한 국물에 밥을 말아서 먹는데 고기에 실이 얽혀 있었다. 그렇다고 식당 주인을 불러 시비를 걸 수는 없고 해서 실을 건져 놓고 식사를 했다. 그 후에 식당에 가서 갈비구이를 먹는데 고기가 갈비뼈에 실로 꿰매져 있는 것을 보았다. 친구들이 갈비가 워낙 비싸니까 딴 부위의 고기를 갈비뼈에 붙여서 판다고 설명을 하여 그때 내 갈비탕에 실이 얽혀있던 사연을 알았다.

　요새는 그 기술이 발전하여 실로 꿰매는 것이 아니라 접착제로 붙여서 고객들이 알지 못하게 하는 기술로 발전이 되었다고 한다. 그리고 이것을 본드 갈비라고 부른다고 한다.

　얼마 전 이를 못마땅하게 생각한 소비자가 식당 주인을 법원에 고소를 했는데 이것이 논란이 되었으나 대법원에서 이렇게 붙인 고기도 갈비라고 할 수 있고 법에 저촉이 되지 않는다는 판결이 났다. 물론 시민단체와 신문에서는 법원의 판결이 잘못 되었다고 야단이지만…

　하여간 갈비뼈에 딴 고기를 붙여서 팔아도 법적으로 갈비라고 당당히 주장할 수 있게 되었다. 어찌 갈비뿐이겠는가. 인생에도 남에게 붙어살면서 갈비라는 이름을 도용하며 살아가는 일이 얼마나 많을까. 물론 남의 집에 입양이 되어 들어 가 양부모의 이름과 가문과 전통을 모두 물려받고 온갖 혜택을 받으면서 사는 것도 본드 인생이고, 고등학교나 대학에 편입하여 한 일이 년 다니다가 일평생 그 학교 출신이라고 이름을 달고 다니는 것도 그렇고, 태어나서 30년 40년 한국에서 살다가 미국으로 이민을 와서 미국 시민이 되었다고 미국 패스포드를 들고 여행을 하면서 목에 힘을 주는 것도 본드 인생이 아닌가.

입양한 사람은 호적에 올랐으니 법적으로 하자 없는 양부모의 자식이고, 일 년을 다녔어도 그 학교의 졸업장을 받았으니 그 학교의 졸업생이고, 60세가 넘어서 미국에 왔어도 미국 시민권을 받고 미국 국무성에서 발행한 패스포드를 가지고 다니니 미국 시민인 것은 틀림이 없다. 얼마 전 유가조작과 공문서 위조로 온 세계를 떠들썩하게 만들고 한국 대통령선거를 뒤집을 뻔한 김경준이라는 사람은 사기죄, 공문서 위조 및 위증으로 재판을 받게 되었다. 그러자 이때까지 검사들에게 잘봐 달라던 태도를 싹 버리고 검사가 자기에게 부당한 대우를 하고 가족들과의 연락도 못하게 했다면서 자기는 김경준이가 아니라 크리스토퍼 킴이며 미국 시민이라고 주장을 했다고 한다. 그리고 미국에서는 사람을 이렇게 취급하지 않는다느니 검사가 이렇게 고압적이지 않다고 큰소리로 항의했다고 한다.

물론 갈비에 붙어 있는 고기가 때를 따라 나는 갈빗살보다 맛이 있는 목살이라고 했다가 기름이 없는 엉덩이 살이라고 주장을 하지 않겠지만 인간은 본드 인생이면서도 때에 따라서 왔다간다 한다. 인천공항이나 케네디공항에서는 미국 패스포드의 혜택을 보다가도 운전하다가 과속으로 경찰에 잡히면 영어를 못하는 코리안으로 둔갑하여 경찰의 동정과 외교적(?)인 혜택을 얻으려고 하는 사람들이 있지 않은가.

그런데 본드 인생과 박쥐 인생과의 차이는 무엇일까. 본드 인생은 갈비에 붙어 있으면 그대로 나머지 운명을 갈빗살로 행동을 하는 사람들이고 박쥐 인생은 때에 따라 쥐도 되고 새도 되는 기회주의적인 태도로 사는 사람이 아닐까 한다.

서울에 가서 아파트나 땅을 살 때는 한국 사람으로 둔갑하고 미국에서는 완전히 한국과의 관계를 청산한 미국인으로 사는 사람들이 꽤나 많다.

김경준씨도 대통령 선거가 치러지기 전에는 사기죄로 소환을 당하면서도 VIP의 모습으로 인천공항에 들어갔고 많은 기자들이 몰려 오자 마치도 영웅이 된 것처럼 웃으면서 많은 자료를 가지고 왔다느니 할 말이 있다느니 하면서 기고만장했다.

이제 선거도 끝났고 자기를 돌봐줄 줄 알았던 사람들이 별 볼일이 없는 신세로 전락하자 이제는 태도가 변하여 나는 미국 시민이니까 미국 시민의 대우를 받아야 한다고 법정에서 야단한다니 좀 황당하다. 그는 본드 인간이 아니라 박쥐 인간인 모양이다.

이 때문에 미국에서 성실하게 살아가는 본드 인간들의 쪽이 팔리지 않을까 한다.

그러나 본드 갈비는 갈비로서 대법원의 판정을 받고 손님들이 그대로 먹어주는 사람들이 많지만 박쥐는 새로도 인정을 받지 못하고 쥐로도 인정을 받지 못하여 낮에는 나와 다니지도 못하는 신세가 되었다고 하니 박쥐 인생보다는 본드 인생이 낫지 않을까 생각을 해본다.

# 아이구 허리야 아이구 어깨야

우리는 가끔 이런 말을 듣습니다. "우리 같은 농사꾼이 뭘 압니까." 이 말은 농부들이 아는 것이 별로 없다는 이야기이고 특별한 기술이 없다는 이야기입니다. 하기는 농사를 짓는 사람들이 오랜 세월동안 대접을 받지 못하고 살아온 것은 미국이나 한국이나 다른 나라들이 모두 비슷합니다.

'그저 땅을 파고 씨를 뿌리면 하늘이 비를 내려 주고 햇빛을 주어 싹이 나고 열매를 맺는 것이지 농사꾼들이 아는 게 뭐 있고 특별히 기술이 필요한 것이 무엇이 있는가.'라고 이야기를 합니다.

그래서 농부들은 무식하고 기술이 없어도 되니까 서울에서 직장을 구하다 구하지 못하면 "시골에 가서 농사나 짓지." 하고 이야기를 합니다. 그런데 사실 이 말은 천만의 말씀 만만의 콩떡입니다.

농사처럼 힘이 들고 기술이 필요한 일도 그리 많지 않을 것입니다. 땅을 파고 씨를 뿌리고 거두는 일을 해 보지 않은 사람은 이야기를 할 수 없을 만큼 힘이 듭니다. 땅을 파는 일, 씨를 뿌리는 일, 김을 매는 일, 비료를 주는 일, 거두는 일들이 모두 기술과 지식이 필요하고 또 힘이 필요합니다.

　어느 농산물이든지 필요한 수분이 있고, 습기가 있고, 온도가 있고, 필요한 양의 햇빛이 있어야 하고, 특별한 계절이 있고, 또 맞는 토질이 있습니다. 산에 가서 나무를 해도 지게를 져도 아무렇게나 해서 되는 일이 아니라 나무를 쌓는 일, 나무가 흩어지지 않게 지게에 올려놓고 묶는 일 그리고 지게를 지는 방법이 그냥 그대로 되는 것이 아닙니다. 요새는 경운기를 쓰고 비닐하우스를 짓고 적당하게 비료를 주고 온도와 습도까지 맞추어야 하니 전문가의 지식이 필요합니다. 그렇게 힘이 드는 일이니까 정치를 하거나 사람을 다스리는 사람은 '농자는 천하지대본(農者天下之大本)'이라고 치켜세우면서 힘든 일을 시키는 것이 아닙니까.

　플로리다 남쪽에 작은 집을 하나 사서 이사를 하자마자 서울에 일자리가 생겨서 집을 비워둔 채 서울에 나갔다가 4년 만에 돌아왔습니다. 물론 막내딸이 집을 지켜 준다고는 했지만 집에 돌아와 보니 할 일이 한두 가지가 아닙니다. 차고문은 고장이 나서 문이 열릴 때마다 탱크가 지나가는 소리가 나고 잘 열리지도 않습니다. 화장실의 물은 새고 전등은 여기저기 끊어졌습니다. 컴퓨터의 잉크는 말라 버려서 프린트도 되지 않고 책상 위에는 해결해야 할 메일이 내 키보다도 높게 쌓여 있었습니다. 집 주위의 나무들도 여러 개가 죽어서 말라 있고 정원의 꽃나무들도 헝크러져 있었습니다.

　아무리 관리실에서 해준다고는 하지만 죽은 시아주버니 산소에 벌초하듯 대강 대강 했으니 이웃에게 민망할 정도로 집 주위가 망가져 있었습니다.

　나는 이것을 어찌해야 하나 하고 엄두도 나지 않아 며칠 동안 돌아보며 어떻게 해결을 할까하고 구상하고 주머니의 돈도 계산하면서 책상에 앉아 끙끙거렸습니다.

아내는 "여보 책상에 앉아 펜을 가지고 긁적거리면 죽은 나무가 살아난답니까." 하고 몽상가 체질인 나에게 핀잔을 주면서 집 주위를 맴돌기 시작을 했습니다.

이제 아내에게 필요한 사람은 평생 외과의사로 또 선생으로 책상에 앉아 책이나 읽으며 지내던 나 같은 꽁생원 남편이 아니라 땅 잘 파고 밭일 잘하고 기운을 쓰는 농사꾼 같은 남자가 필요한지도 모르겠습니다.

방에 앉아 책을 보고 컴퓨터 앞에 앉아 있는 나를 못마땅하게 쳐다보고 밖의 일을 잘하는 L선생을 둔 옆집 여자를 노골적으로 부러워하는 아내의 눈초리가 따갑습니다.

어제 아침에는 드디어 아내의 징집 명령이 내려졌습니다. "여보 하는 일 없이 심심하지요. 그러니까 아침에 나하고 가든 센터에나 다녀옵시다." 하고는 거절할 기회도 주지 않고 자동차 열쇠를 내밀었습니다. 이제는 벌이도 없는 백수 주제에 싫다고 하면 무슨 힐난을 받을지 몰라서 아내가 지시하는 대로 차를 몰았습니다. 가든 센터로, 월마트로, 타겟으로, 홈 댑포로 끌고 다니면서 삽과 호미, 심을 꽃나무들과 흙들을 사서 차에 실었습니다. 자루에 담긴 흙을 어깨에 메니 흙이 주르르 흘러 옷깃으로 해서 목으로 들어오고 몇 자루를 차에 실으니 무겁기는 또 왜 그리 무거운지……

하여간 집에 갖다 부려 놓는데 벌써 땀이 나기 시작했습니다. 손재주 없는 목수가 연장 탓을 한다고 삽이 어쩌니 땅이 어쩌니 불평을 하면서 죽은 꽃들을 파내기 시작했습니다. 삽질은 스무 번도 안 했는데 손가락이 부르트고 물집이 잡혀 쓰라렸습니다. 땅을 파고 사온 흙을 그 속에 깔고 물을 잔뜩 뿌린 후 꽃을 심고 흙을 덮어야 하는 작업이 계속되었습니다. 땀이 흘러 셔츠는 축축하게 젖고 온몸은 흙투성이가 되었습니다. 옆에 선 아내는 구멍이 작다거니 꽃나무 사이의 간격이 넓다거니 물을 더 주어야 한다거니 하면서 의붓자식 나무라듯이 핀잔이 끝이 없습니다. 플로리다의 뜨거운 태양 아래서 꽃나무 열 개 정도를 심고 나니 마치도 큰 노동이나 한 듯이 지쳤습니다.

대강 일을 끝내고 '이제는 되었겠지' 하고 한숨을 쉬면서 방에 들어오니 옆집의 L선생이 찾아 와서 "꽃나무를 심는다고 다 되는 게 아니에요. 꽃나무가 죽지 않도록 때마다 계속 물을 주어야 하는데 그곳에는 스프링클러가 없지 않아요? 그러니까 스프링클러를 놓아야지요." 하고 옆어 컷을 한대 먹었습니다. 아내는 이때까지 고생해서 심은 꽃나무를 다 죽이면 어떻게 하느냐고 하면서 스프링클러가 마치도 지상의 긴급 사항인 양 당장 달아야 한다고 야단이었습니다.

점심을 얻어먹자마자 다시 쫓겨나와 L씨와 홈 뎁포에 가서 필요한 부품들을 잔뜩 사 가지고 와서 작업을 시작했습니다. 다시 흙을 파서 지하에 지나가는 관을 찾아내고 톱으로 관을 잘라내고 새로 사온 관과 연결을 하여야 하는데 조그만 톱으로 관을 자르려니 잘려지지가 않았습니다. 톱날이 들어가 움직이지도 않고 가느다란 톱날은 휘기만 했습니다. 손가락에 쥐가 나도록 톱질을 해서 간신히 관을 한 개 잘라 내었습니다. 스프링클러 3개를 다는 게 큰 수술 3개를 한 것보다 더 힘이 든 것 같았습니다. 아마 수술방의 톱이 이렇게 말썽을 부렸으면 수술실에서 난리가 나고 간호사들이 혼이 났겠지요. 그러나 오늘은 나의 불평을 들어주는 사람이 아무도 없습니다. 도리어 나의 톱질이 서툴다고 타박만 했습니다.

간신히 관을 약 4센티쯤 잘라내고 관 끝에 접착제를 발라야 하는데 깊은 구덩이에 있는 관에 접착제를 바르려니 접착제는 흘러서 내 손과 반바지를 입은 내 다리와 온몸에 매대기를 쳤습니다. 나는 차라리 흙바

닥에 엎드려 접착제를 바르고 관을 연결을 했습니다. 간신히 되었다고 흙을 덮었더니 옆에 서 있던 L선생이 관의 방향이 틀렸다고 하여 다시 땅을 파고 관을 돌리고 또 관이 너무 높게 나왔다고 다시 흙을 파서 관을 자르고 다시 연결을 했습니다. 이렇게 나의 고행은 저녁때까지 계속 되었습니다. '그래도 수술실에서는 수술을 잘하는 의사로 한 세대를 풍미(?)하던 외과의사요, 교수님이 지금은 톱질도 잘못하고 흙도 잘 파지 못한다고 구박을 받는 신세가 되었구나.' 하고 지금의 나 자신이 슬프게까지 느껴졌습니다.

하루 종일 일을 하고 해가 뉘엿뉘엿 지는 저녁에야 끝이 났습니다. 집에 들어와 샤워를 한다고 거울 앞에 서니 얼굴은 마치도 위장한 척후병처럼 흙투성이였고 옷도 마찬가지였습니다. 아마 일을 잘하는 사람이라면 옷도 덜 버리고 손도 이렇게까지 더러워지지는 않았을 텐데…

샤워를 끝내고 보니 얼굴이 빨간 사과처럼 익어서 얼얼하고 쓰라렸습니다. 샤워를 마치고 입맛도 없는 저녁을 먹고 나니 어깨와 허리가 아프기 시작 했습니다. 어깨와 허리뿐이 아닙니다. 부르튼 손가락, 꾸부리고 일을 한 탓인지 목도 아프고 손목도 아픕니다.

여기저기 아프다고 했더니 아내는 "세상에 힘들지 않은 일이 어디 있어요. 남들이 다 하는 일을 좀 했다고 엄살은…" 하고 핀잔을 하면서도 얼음을 띄운 찬 레몬주스를 한 컵 갖다 주었습니다. 아마 일도 제대로 못하는 사람이 불쌍했던 모양입니다. 나는 농사일이나 힘든 노동일에서는 낙제생입니다.

하기야 그전에도 "우리 같은 농사꾼이 무얼 압니까?" 하는 투박한 농민들을 우습게 본 일은 없지만 오늘 다시 그들의 위대함에 기가 죽었습니다.

아이구 허리야 아이구 어깨야.

# 가슴에 묻은 꽃

　우리는 누구나 추억을 가지고 있습니다. 그것이 행복했던 추억이든, 고생스러웠던 추억이든, 추억은 보석처럼 아름답습니다. 그래서 어떤 시인은 '사람들은 추억 속에서 진주를 캔다.'고 노래했습니다.

　물론 고향에 대한 추억도 아름답고 어려서 같이 지냈던 친구들의 추억도 아름답지만 첫사랑의 추억처럼 잊혀지지 않고 가슴 깊이 남아있는 추억은 없을 것입니다.

　요새 젊은 사람들은 자기들이 원하는 것은 거의 다 가질 수 있습니다. 요새는 거의가 외아들이나 외딸이어서 자식들이 원하는 것을 부모들이 대부분 다 들어 주어 사랑도 자기들이 원하는 대로 이루어질 수 있는가 봅니다. 그리고 요새 사람들은 옛날 사람들과 달라 사랑의 표현도 주저하지 않고 표현하지만 내가 어린 시절엔 그런 일을 생각할 수도 없었습니다.

　학교에서나 거리에서 처음 만나 뻥 하고 벼락을 맞은 것처럼 정신이 나간 사람이 있어도 말 한 마디 붙여보지 못하고 가슴에 묻어 버리고 또 어쩌다 교회나 학교에서 몇 번 이야기를 했어도 사랑한다는 말은 고백도 못한 채 멀리서 가슴만 앓다가 공연히 골목길의 돌이나 차버리고 마는 일이 전부였습니다.

아마도 그래서 첫사랑은 이루어지지 않는다는 정의가 생겼는지도 모릅니다. 물론 간혹 첫사랑을 만나 결혼을 하고 일평생 알콩달콩하게 사는 사람도 있다지만 그런 사람들은 몇 백 명에 하나로 드물 것이고 남들이 들으라고 나의 아내는 나의 남편은 첫사랑이라고 하는 거짓말을 하는 사람들도 많으리라고 생각을 합니다. 하여간 첫사랑과 결혼을 하고 행복하게 사는 사람보다는 첫사랑을 가슴에 묻고 사는 사람들이 훨씬 많을 것이라는 데는 더 이야기할 필요가 없습니다.

요새 「TV는 사랑을 싣고」란 프로가 있습니다. 지금은 결혼을 하여 남편도 있고 자식들도 있는 사람들이 자기의 첫사랑을 만나서는 깔깔거리는 것이 좀 쑥스럽기는 하지만 나는 그 프로가 가슴속에 묻은 첫사랑의 추억을 말끔히 지워버리는 좋은 계제가 되는구나 하고 생각합니다. 물론 옆에서 보고 있는 남편이나 부인의 심정을 알 수는 없지만 그들도 깔깔거리는 것을 보면 별로 마음이 상하지 않는 모양이고 요새 그런 것을 가지고 문제를 삼았다가는 쪼잔하다고 해서 이혼의 사유가 될는지도 모릅니다.

나는 이 프로그램이 첫사랑의 환영을 가슴에 품고 사는 사람들에게 도움이 된다고 생각합니다.

어려서 본 무지개처럼 아름답고 청순한 첫애인의 그림에 화장을 시키고 또 시켜서 환상적인 소녀의 환영을 가슴에 품고 살다가 몇십 년 후에 만난 첫사랑의 여인이 뚱뚱해진 몸에 빛을 잃은 눈, 거칠고 주름진 아줌마가 '하 하 하 하하고 입을 크게 벌리고 웃는 얼굴을 보면 가슴속에 품었던 환상을 싹 지워 버리고 말 것이기 때문입니다. 그러나 첫사랑의 소녀를 영영 만나지 못한다고 하면 가슴속에 품은 소녀의 추억은 젊고 신선하고 보석 같은 눈을 가졌던 환상으로 가슴속에 영원히 남을 것입니다.

우리는 아직도 반세기 전, 비명에 간 존 에프 케네디를 젊고 패기 있는 미남으로 기억합니다. 그러나 그가 아직도 살아 있었더라면 100세를 바라보는 노인으로 허리는 구부러지고 아름답던 머리는 다 빠지고 몸은 뚱뚱해지고 눈을 게슴츠레해졌을 것입니다.

「젊은이의 양지」「자이언트」「뜨거운 양철 지붕의 고양이」에 출연하여 젊은 남자들의 가슴을 태웠던 엘리자베스 테일러와 가끔 뉴스에 나오는 현재의 그녀를 바라보면서 내가 왜 대학에 다닐 때 그의 영화를 보며 그녀를 좋아했나 하고 부끄러워할 정도입니다. 요새 가끔 우리들의 주위에 첫사랑을 찾아서 황혼이혼을 하는 분들을 보았습니다.

저는 그분들이 정말 첫사랑을 찾아서 행복했는지 아니면 또 다시 깨어진 환상 때문에 실망을 했는지 모르지만 그가 갖고 있었던 꿈보다는 아름답지 못했을 것이라고 생각합니다.

얼마 전「왕과 나」라는 연속극에 이런 대화가 있었습니다. "나도 젊었을 때 흠모하는 여인이 있었다. 그러나 나는 그가 내 친구와 결혼하는 것을 지켜보았지. 나는 지금도 그 때의 일을 후회하지 않는다. 꽃을 꺾으면 일주일이 못가서 시들어 버리지만 가슴속에 품고 있으면 그 꽃은 영원히 아름답고 향기로운 꽃으로 나의 가슴속에 남는다."

만일 아내가 지금 남편이 첫사랑의 환영을 안고 방황하고 만나고 싶어 한다면 만나도록 내버려 두십시오. 아마도 99%는 실망하고 돌아올 것입니다. 물론 나더러 이 말에 책임을 지라고 하면 곤란하지만……. 그러나 만나지 못하고 일생을 산다고 하더라고 괴로워하지 마십시오. 그의 마음속에 아름다운 환상이 있어 삶이 향기로워지고 풍요로워질 테니 좋지 않습니까.

# 엄마야 누나야 강남 살자

　서울 강남에 사는 사람들을 신흥 양반이라고 부른다. 양반의 집에서 태어나면 못났어도 대대로 양반이고 종놈의 집에서 태어나면 대대로 종놈이라는 역사가 강남에 사느냐 강북에 사느냐로 새로운 사회계급이 생긴 것이다.

　강남의 작은 아파트라도 10억이 넘고 웬만한 아파트는 20억도 넘는다니 집안 대대로 내려온 재산가가 아니면 강남에 아파트를 사기란 거의 불가능하다. 대학을 졸업하고 기업에 취직을 한 젊은이의 연봉이 2천만 원 정도라니 이 돈을 가지고 집을 사기 위해 저축을 한다는 말은 농담이고 진급을 하여 중년에 8천만 원 정도를 받는다고 해도 일 년에 3천만 원 저금을 한다는 것은 거의 기적이다. 그렇게 10년을 저축해야 3억이고 운이 좋아 20년을 근무하며 저축해야 6억이니 이 돈으로는 강북의 작은 아파트도 겨우 살까 말까 하다. 그러다가 정년이나 명퇴로 직장에서 잘리고 나머지 인생을 살아가려면 부모에게서 받은 유산 없이 자수성가로 강남에 집을 마련한다는 것은 꿈같은 이야기다.

　물론 로또에 당첨이 되었다거나 부정 축재를 하여 몇십 억의 비자금을 받은 사람들은 제외하고 말이다.

얼마 전 몇 사람이 모여 이야기를 하는 자리에서 이런 이야기를 들었다. "우리 친척 한 사람이 얼마 전 대방동의 큰 집을 팔고 강남으로 이사를 했지요. 대방동의 집이 크고 좋았는데 왜 이사를 했느냐고 물으니까 시집을 가야 할 딸들이 있는데 강남에 살아야 중매가 들어오지 대방동에 산다고 하면 중매도 별로 들어오지 않고, 남자 친구를 사귀려고 해도 집이 강남이 아니라면 남자들이 접근을 안 한다."고 하더라는 것이다.

강남의 양반들은 강남의 양반들끼리 혈연을 맺고 강남에서 자라고 강남의 학교에 다닌다. 강남의 어린이들은 어려서부터 강남의 부잣집 어린이들과 학교를 다니고 교제를 하고 결혼을 하여 학연과 혈연, 지연을 맺어 서로 뭉쳐 자기들의 기득권을 유지해 간다는 이야기다.

<선데이 서울>이라는 주간지에는 전직 대통령들이 재벌들과 혈연을 맺고 재벌들은 재벌들과 혈연으로 얽혀서 마치도 옛날의 진골이나 성골들만으로 이루어지는 혈통의 세계를 형성하고 있다고 한다. 물론 개천에서 용이 난다고 가끔 강북 수유리나 미아리 같은 저소득층들이 많이 모여 사는 동네에서 난 친구가 출세를 하여 강남으로 이사를 가는 수도 있지만 보통의 사람들은 고속버스를 타려고 강남으로 가거나 쇼핑이나 하려고 강남에 들르는 것 말고 강남에 가기가 쉽지 않다.

젊은이들의 농담에는 강남에 아파트가 있고 연봉이 억이 넘는 남자면 웬만한 허물은 용서 받을 수 있고 강남에 집이 있고 얼굴이 반반한 여자는 웬만한 과거는 묻어 줄 수 있다고 이야기를 한다던가.

그래서 지방에서 돈을 벌면 강남에 집을 장만하려고 애를 쓰고 고양이나 파주에서 땅을 팔아 목돈을 쥔 사람들도 강남에 집을 사서 자식들의 출세의 길을 트려고 야단인가 보다.

변두리에 사는 사람들은 강남의 특권층을 미워하고 비판을 하면서도 돈만 생기면 자기들도 강남에 집을 사서 이사를 하려고 혈안이 된다. 그리고 웬만한 정치인들은 거의 자기 자식들을 강남의 학교를 다니도록 위장전입을 했다고 한다.

　신문에서는 정부의 부동산 정책이 잘못되었다고 비판하지만 나 같은 무식한 사람이 생각해도 강남에 집을 사려는 사람은 많은데 좁은 땅에 집은 얼마 없으니 집값이 올라갈 것은 당연한 일이 아닌가.

　나는 오하이오의 작은 타운에서 꽤나 큰 집에 살았다. 근 30년을 살고 이사를 하려고 집을 팔았는데 30만 불도 채 못 받았다. 이 돈으로는 강남이 아니라 강북 달동네의 아파트에 전세로 들어가기에도 모자란다. 그러니 남들이 부러워하는 미국에서 살고 돈을 잘 번다는 성형외과 의사를 했어도 강남에 끼어 살기는 애당초 틀렸다.

　'우리만이 똘똘 뭉쳐 자손 대대로 잘 살아야 하겠다'는 집단 이기심과 '잘난 맛에 세상을 산다'는 특권의식이 사라지지 않는 한 강남의 집값은 내리지 않을 것이고 강남에 집을 살려고 하는 사람들의 집념은 사라지지 않을 것이다. 그리고 강북 사람들은 저녁에 서울에서는 잘 보이지도 않는 달을 보며 '엄마야 누나야 강남 살자'라는 노래를 부를 것이다.

# 유목민족과의 만남

한 4년간 나의 인생의 예정에 없던 서울의 생활을 끝내고 미국에 다시 오니 만나는 사람마다 "서울에서 언제 오셨어요. 이제 아주 오셨나요." 하고 거의 같은 질문을 한다. 나는 "지난 4월에 왔습니다. 그리고 오는 봄에는 몽고에 갈까 합니다." 하고 대답하면 금방 몽고에 대해 한마디씩 한다. "몽고 사람들은 한국 사람들과 꼭 같이 생겼다지요 몽고 반점도 있고" 이것이 대개의 친구들의 몽고에 대한 지식이다. 좀 더 깊이 들어간다면 "몽고 사람들은 징기스칸처럼 말을 잘 탄다지. 몽고는 겨울에 몹시 춥다던데…" 하고 덧붙인다.

사실 나도 작년 여름 몽고에 가기 전까지는 몽고란 추운 황무지의 땅이라는 것과 우리와 비슷하게 생긴 유목민족이라는 것밖에는 별로 아는 것이 없었다.

13세기 징기스칸과 그 손자 쿠빌라이왕 때는 동쪽에는 고려 땅으로부터 서쪽으로는 헝가리와 로마제국의 서쪽까지 그리고 독일의 베를린과 러시아의 모스크바에까지 남쪽으로는 베트남, 태국, 인도네시아까지 포함하는 광대한 영토와 중국의 송나라를 멸망시키고 원나라를 세운 국력으로 역사상 세계에서 가장 큰 나라였다는 사실을 어렴풋하게 짐작을 했을 뿐이다.

그러나 지난여름 몽고를 방문하기 전 읽은 몽고의 역사 속에서 진시황이 만리장성을 쌓은 이유가 동북방의 훈족을 막기 위한 것이었다는 것과 훈족을 멸시하는 말로 흉노족이라고 불렀다는 사실을 알았다. 또한고조인 유방이 몽고족의 조상인 훈족을 정벌하러 갔다가 도리어 그들에게 포로로 잡혀서 돈을 주고 풀려났으며 해마다 조공을 바칠 정도로 흉노족의 국력이 강했는데 어찌하여 그토록 강한 나라가 지금은 약하고 미개발국가로 전락을 했을까 하고 의아했다.

헝가리, 터키, 카스피 해까지 이르고 러시아를 점령하고 중국을 억압하며 고려를 속국으로 삼았던 유목민은 스스로 무너져 버리고 만 것이다.

막강한 세력의 쿠빌라이가 죽고 나라를 자손들에게 나누어주자 수많은 유목민으로 이루어진 부족들은 권력싸움을 시작했고 더러는 유럽의 국가에, 더러는 러시아, 중국, 아랍에 흡수가 되어 지금처럼 갈기갈기 찢어진 약한 나라가 되어 버리고 만 것이다. 1920년경 러시아 혁명에 따른 공산 러시아의 영향을 입고 공산주의 국가가 된 두 번째 나라가 되었고 1990년 고르바초프 때 소련이 무너지면서 몽고도 독립을 선언하게 되었다고 한다.

나는 지난 7월 19일 저녁 8시 05분 출발 KAL 867을 타고 명지병원 원장인 김병길 박사 그리고 연세대 동창회장인 전굉필 박사와 함께 몽고의 수도 울란바토르로 향했다. 나의 친한 친구들인 두 박사님들이 나와 동행하게 된 것은 내가 내년부터 몽고에서 일한다고 하니까 나처럼 얼 띠고 조그만 놈을 그냥 보낼 수가 없다고 먼저 가서 나의 일을 할 환경과 조건들을 보아준다고 후견인으로 따라 나선 것이었다.

1주일에 3번 간다는 비행기에는 몽고로 단기선교를 가는 교회의 선교단원들과 대학생들로 빈자리가 없었다. 저 밑에 내려다보인다는 고비사막도 어두운 밤 비행기라 보지 못하고 우물우물하는 사이 2시간 45분 만에 우리를 몽고의 수도인 울란바토르 공항에 내려놓았다. 울란바토르 공항인 징기스칸 공항은 생각보다 깨끗하고 정돈이 되어 있었고 출국 수속도 다른 동남아의 나라나 선교를 다닌 중동의 나라들보다 신속하게 잘 되었다.

　마중 나온 최원규 목사의 안내로 징기스칸 호텔에 투숙했는데 7월의 여름인데도 밖은 선득선득하고 이불을 두둑하게 덮고서야 잠을 잘 수 있었다. 아침에 일어나 보니 밤에 보지 못한 울란바토르 시는 여기저기 집을 짓느라고 마치도 공사장 한복판 같은데 도시는 마치 서울의 1960년대 초기의 모습이라고 할까.

　울란바토르 중앙에 '서울로'라고 이름한 큰 길이 있고 그 한 가운데 한국무역회관이 제일 좋은 건물에 자리를 잡고 있었다.

　땅덩어리는 우리나라의 8배가 될 만큼 큰데 인구는 약 260만 정도밖에 안 된다고 하고 울란바토르에만 100만이 몰려 산다고 하니 이 도시만 빠져 나가면 사람구경을 하기가 쉽지 않을 것이었다.

　아침에 만난 몽고사람의 특징은 1950년대 한국전쟁시의 한국 사람들처럼 좀 마르고 거칠었지만 눈이 반짝반짝 하고 원색의 연지를 바른 것처럼 빨간 볼이 인상적이었다.

　역시 수많은 유목민들이 어울려 살았던 역사대로 한국인과 닮은 칼카 몽골족이 제일 많았지만 카자흐족, 중국인, 러시아인, 위구르족, 투르크족, 다크채드 몽골족, 부리아트족, 차스탄족 등등 거의 백 여 개의 소수 부족들이 있다고 하니 단일민족인 한국에 비하면 복잡하다.

　울란바토르에는 인구가 약 100만이 된다고 하는데 의과대학이 5개나 있다고 하니 역시 의사들의 과잉생산이 예상이 될 것이다. 울란바토르의 남산이라고 할 언덕에는 세계 제2차대전 전승탑이 있는데 제일 위에는 소련군의 동상이 있고 그 다음에 몽고인의 동상이 있어 주객이 전도된 느낌을 주었다. 그리고 그 밑에 위치한 금싸라기 같은 자리의 공원에는 한인의사 이태준 선생의 묘지와 박물관이 자리를 잡고 있었다. 이태준 선생은 세브란스 의학전문학교를 졸업하고 일찍 일제에 대항해 독립운동에 가담하여 몽고로 갔고 몽고 황제의 전의가 되어 왕을 비롯한 많은 환자를 치료해 주고 독립운동을 하다가 일본 경찰의 사주를 받은 러시아 군의 총에 맞아 돌아가셨다고 한다.

울란바토르시의 한 가운데에 1993년에 연세대학교 의과대학에서 연세친선병원을 세워서 가난한 사람들을 치료하기 시작했는데 의료진의 질이 좋아서 이제는 몽고의 제일 좋은 병원이 되고 귀족병원으로 자리를 잡았다고 한다. 병원은 아침 9시에 진료를 시작하는데 우리가 병원에 들어간 8시 20분에 벌써 많은 환자들이 줄을 서서 진료를 기다리고 있었다. 그리고 몽고의 대학에는 한국어과가 있는데 학생들에게 인기가 있다고 하니 마치 옛날 한국의 대학에서 영문과가 인기가 있었던 기억이 났다.

앞으로 이 병원에서 내가 일을 할 것이고 몽골대학에서 강의도 하고 레지던트도 가르쳐야 할 것이라고 생각하니 인상이 깊었다. 여기에서 만난 엔케라는 여자 안내원을 만났는데 엔케는 서울에서 온 안내원으로 착각을 할 정도로 너무나 서울의 신세대와 닮았다.

엔케는 한국어, 러시아어, 일본어, 불란서를 모두 줄줄이 하는 재원이었는데 언니는 몽고 TV방송의 아나운서로 일하고 있다는 엘리트가족이었다.

오전에 연세친선병원과 울란바토르 대학을 방문하고 시내 구경을 좀 하고 우리는 합수굴이라는 몽고의 큰 호수를 관광하기 위하여 비행기를 타고 2시간을 가서 마르라는 작은 비행장에 내렸다.

비행장 밖에는 007영화에서 본 낡은 소련제 군용 짚차가 몇 대 기다리고 있었다. 차의 시트도 낡아 빠지고 에어컨은 물론 생각할 수도 없었다. 공항에서 한 50미터 나오니 아스팔트는 물론이고 길도 없고 그냥 황무지를 달리기 시작했다. 길이 없으니 차는 속력을 낼 수도 없고 삐꺽 삐꺽 쿠룽 쿠룽 하는데 궁둥이도 아프고 허리도 아팠다. 180㎞를 가는데 4시간이 걸렸는데 길이 없고 무너진 언덕을 내려가려면 멀리 돌아가거나 아니면 곡예하는 것처럼 그릉그릉 하면서 올라가고 내려가고 해야 했다.

가끔 가다가 지나가는 차를 만나면 서로 인사를 하고 또 저 멀리는 양떼들이 몰려가는 모습이 가끔 보이곤 했다. 한참을 가야 몇 개씩 모여 있는 게르가 보였는데, 사람이 사는 동네라고 할 수 있는 곳은 4시간 가는 동안 두 곳을 보았을 뿐이었다.

4시간의 상하, 전후, 좌우의 운동 끝에 합수굴이라는 크나큰 호수가 있는 공원에 왔다. 이 큰 호수는 2,760 평방미터가 되는 큰 호수였는데 여기서 물줄기가 러시아의 바이칼 호수로 흘러 들어간다고 한다.

이 유원지에는 겔이 두 줄로 20여 개 늘어서 있는데 우리 일행 3명이 한 겔에 여정을 풀었다. 여기는 일인용 침대가 3개 놓여 있고 가운데는 난로가 놓여 있었다.

어젯밤까지 호텔에서 잠을 잔 나는 지금부터 유목민의 생활을 경험하게 된 것이다.

# 유목민과의 만남·2

　우리가 겔에 짐을 풀자 두 명의 장정이 장작을 한 아름씩 갖다 주고 난로에 불을 지피기 시작했다. 오늘이 7월 21일 한 여름인데 난로를 때야 한다니 정말 별세계에 온 기분이다.

　그래도 으스스 추운 바람에 난로를 때니 따뜻하게 몸이 녹으며 오래 전의 추억이 되살아나며 기분이 좋다. 인간의 본능은 어찌할 수 없던지 배가 고파 먹을 시간이 되었음을 알려준다. 썰렁한 식당에 차려 놓은 밥은 차고 딱딱하게 굳은 빵조각과 샐러드라고 작은 접시에 한두 젓가락은 될까 말까하게 담아온 양배추 절인 것, 햄 한 조각, 그리고 우리가 가져간 깻잎과 고추장이 전부다.

　입맛도 없는지라 빵과 샐러드 한 젓가락을 집어 먹고 겔에 돌아왔더니 사우나를 하라고 한다. 이 황야에 웬 사우나까지나 하고 내려 갔더니 장작불로 사우나를 덥혀 주는데 뜨겁지는 않고 뜨뜻할 정도이다. 샤워 물은 졸졸졸 우리 손자 오줌줄기 만큼 나오는데 완전히 감기 초청장이다. 하여간 몸을 씻고 겔로 돌아오니 난로불이 활활 타는 게 뜨뜻하다. 우리는 이만하면 살만 하다고 잠옷으로 갈아입고 잠을 청했는데 이게 아니올시다. 밤중에 장작불이 꺼질 만하면 춥기 시작이다.

나는 자다가 슬그머니 일어나 있는 옷을 모두 주워 입고 누웠더니 옆자리의 김병길 원장과 전굉필 박사도 슬그머니 일어나 옷을 주워 입느라고 꾸무럭거린다. 그리고 장작불을 넣느라고 한 시간마다 일어나야 하니 깊은 잠을 잘 수가 없다.

밤에 일어나 소변을 보려니 저 멀리 있는 변소까지 깜깜한 밤에 걸어 갈 수가 없어 그냥 겔 옆에 옛날 실력대로 실례를 할 수밖에 없다. 전선주는 없지만… 큰일을 볼 필요가 없었으니 다행이라면 다행이랄까.

아침에는 누가 깨워주지 않아도 날이 새기도 전에 일어나 어제 잔뜩 싣고 온 병 물로 양치를 하고 샤워를 하려고 갔다. 물을 트니 그래도 미지근한 물이 조금씩 흐른다. 나는 쥐띠라서 원래 동작이 빠른 편이 아닌가. 얼른 비누칠을 하고 몸을 씻는데 나의 작은 몸을 씻기도 전에 미지근한 물이 멈추기 시작을 한다. 그러니 나보다 좀 늦게 온 전 박사는 써늘한 물에 몸을 씻고 김 박사는 어젯밤에 했는데 뭘 하고 생략을 했다.

우리는 초원을 걸어 합수굴 호숫가를 거닐면서 오염이 되지 않은 이 대지의 아침, 떠오르는 태양의 아름다움, 그리고 호수 위에 비치는 반짝반짝한 햇빛, 뒤에 솟은 산, 그리고 길가에 핀 야생화를 보면서 오래간만에 만난 자연과 인사를 했다.

그래도 면도를 하고 누구에게 보인다고 로션을 얼굴에 바르고 식당에 가니 또 어제 저녁에 먹은 것 정도이다. 하나 다른 것이 있다면 계란 프라이가 하나 더 나온 것일까.

우리는 뜨거운 물을 달라고 하여 비상식량인 컵 라면에 물을 붓고 매콤하고 구수한 냄새를 맡았다. 서울에서는 일 년에 한번 볼까 말까한 컵라면이 이렇게 반가울 수가 없다. 누가 라면을 발명하였는지 알 수가 없지만 그가 노벨 과학상과 평화상을 받지 못한 것은 크게 잘못된 것이라고 생각을 한다. 하여간 '우리에게 이런 비상식량으로 맛있는 식사를 제공하는 라면을 만든 사람에게 축복이 있으라' 하고 주책을 떨면서 우리 셋은 라면을 정말 맛있게 후루룩 후루룩 먹었다.

아침을 먹고 우리는 뒷산에 올라가기로 했다. 뚝심이라는 몽고 여자가 안내를 맡았는데 이름 그대로 씨름꾼 같은 체격에 광대뼈가 나온 야생녀가 우리에게 미소를 지으며 다가오는데 약간 무서울 정도였다. 하여간 우리는 길도 없는 나무 사이로 해발 2천미터가 된다는 산에 올랐는데 그 산위에는 서낭당 같은 돌무더기에 온갖 색깔의 댕기들이 매여져 있고 짐승의 머리뼈도 놓여져 있었다.

저 밑에 내려다 보이는 호수는 한 폭의 아름다운 그림인데 숨을 돌리고 나니 내려 갈 길이 또 걱정이다. 호랑이는 죽어서 가죽은 남기고 사람은 죽어서 사진을 남긴다고 킥킥대면서 사진을 몇 장 찍고 우리는 하산하기 시작을 했다. 길이 없으니 방향도 없고 어떤 때는 걸을 수 없어 그냥 호수 쪽을 바라보고 앉아서 궁둥이로 미끄럼을 타는 수밖에 없다. 그래도 궁둥이에 흙이 묻은 거야 셔츠에 립스틱 묻은 것보다 마누라에게 용서가 되겠지 하고 농담을 하면서 산을 내려오니 무릎이 덜덜 떨린다. 좀 쉬다가 오후에는 원주민의 겔에 방문하기로 했다.

원주민의 겔은 우리가 묵은 겔보다 작고 허름한 것이었는데 우리가 온다고 양을 잡고 먹을 것을 준비하였다고 하였다.

겔에는 작은 상자 같은 농짝이 한 개 있고 일인용 침대 같은 것이 한 개, 그리고 낡은 소파 같은 것이 한 개 있었는데 여기서 사십 대로 보이는 부부, 십대의 아들 하나와 딸 둘, 그리고 처제 한 명, 시아주버니 한 명 모두 7명이 살고 있었다. 침대는 일인용 하나밖에 없고 소파가 하나인데 밤에는 어떻게 누워 잘까 하고 공연히 남의 걱정을 한다. 그래도 손님이 온다고 양을 한 마리 잡아서 큰 양철통에 소금 한주먹과 무슨 풀을 한주먹 넣고 푹 푹 삶은 것이었다. 그리고는 찌그러진 양은 냄비에 큰 고기 한 쪽씩과 조폭들이 쓰는 칼을 하나씩 주고는 손가락으로 잡고 썰어 먹는 것이었다. 그 먹는 모습이 살벌하여 으스스한 기분이 들었다. 그리고는 마유주라는 말젖으로 빚은 술을 한 잔 주고 또 염소젖으로 만든 차를 한 잔씩 따라주었다.

비위가 약한 나는 들어가기 전부터 배가 아프다고 꾀병을 앓으며 얼굴을 찡그리고 들어가서 그 진수성찬을 맛볼 기회를 묘하게 피할 수가 있었다. 비위가 좋기로 소문이 난 김병길 박사도 약간 입맛만 보고는 컵을 내려놓았다.

우리는 밖으로 나와 말을 탔다. 애들도 징기스칸의 후예들이라 말을 잘 타는데 말이 뛸 때마다 엉덩이를 잘 맞추어 덜썩거리며 춤을 추어야지 반대로 하면 금방 엉덩이가 아파서 고생을 한다. 전굉필 박사는 금방 적응을 하여 혼자서도 말을 타고 곧잘 달리곤 했는데 나는 역시 엉성하여 말과 친하지 못했다.

다음날 아침, 귀빈이 왔다고 합수굴의 호수에 뱃놀이를 하는데 새로 만든 배를 진수한 것까지는 고마운데 한 300미터 가다가 모터가 서 버려서 우리는 잘못하면 큰 연못의 미아가 될 뻔했다. 어찌 되었든지 엔진을 손으로 잡고 계속 물을 퍼주면서 간신이 돌아왔다.

우리는 고비사막을 가기 위하여 비행장으로 왔는데 비행기는 1시 50분에 이륙하기로 되어 있었다. 그런데 몇 명 되지 않는 승객들이 타자 비행기는 1시 25분에 그대로 이륙하여 고비 사막으로 날아갔다. 이륙시간도 도착시간도 완전히 자유인 나라였다. 비행기에서 보는 고비사막은 우리가 영화에서 본 모래로 된 사막이 아니라 낙타들이 먹는 풀과 돌로 된 황무지였다. 가끔 모래 언덕이 있기는 했지만… 그리고 곳곳에 호수가 있었는데 몽고에는 2600여 개의 크고 작은 호수가 있다고 하니 이를 잘 이용하면 이 황무지의 환경을 바꿀 수 있을는지도 모른다. 그러면 이 큰 땅덩어리가 비옥한 땅이 될 것이 아닐까, 무식한 생각을 한다.

고비사막 한 가운에도 겔들이 늘어서 있는 리조트가 있었는데 독일인들이 여러 명 와서 휴가를 즐기고 있었다. 그리고 간이침대에 누워 책도 보고 왔다 갔다 하며 사진을 찍는 모습이 아주 여유롭다. 그리고 아침 햇살을 받으며 들판으로 먼지를 일으키며 달려가는 차들의 모습이 멋이 있다.

여기의 관광코스는 인상에 남는 것이 별로 없고 산과 모래언덕과 작은 언덕들 그리고 오아시스가 있었는데 샘이 있고 연못이 있는 곳이 아니라 파이프로 물을 나르는 작은 개천이 한 개 있을 뿐이었다. 관광객들을 위한 장사는 여기저기 돌무더기를 모아 놓고 파는 노점상들이 있었는데 값이 만만치 않았다. 그러나 밤하늘에 쏟아지는 별들이 마치도 주먹만 하게 우리들 머리위로 쏟아지는 것처럼 빛나 우리는 자다 말고 밖에 나와 별들을 쳐다보며 감탄사를 연발했다. 울란바토르 시의 중앙에 있는 수헤바타르 광장은 징기스칸의 크나큰 좌상을 중심으로 백화점들과 박물관 같은 현대 건물들이 있고 새로 건물들을 짓느라고 야단이다.

다시 서울로 오는 비행기를 타고 오면서 "지금 몽고는 몸살을 앓고 있다."는 생각을 했다. 말을 달리며 활을 쏘며 아세아와 유럽을 제패하던 몽고사람들은 기계로 생산하는 현대 산업과 컴퓨터 산업시대에 적응을 하느라고 몸부림 치고 있다. 적응이 빠른 몽고의 아줌마들은 직장도 얻고 돈도 버는데 남자들은 급격히 변화하는 사회에 적응을 하지 못하여 거리를 방황한다.

그리고 몽고에도 서울의 아줌마들처럼 무서운 기세로 아줌마 바람이 불고 있다. 이 바람이 몽고의 발전, 경제적인 도약을 일으키는데 큰 힘이 될 것이다.

# 서울의 노점상들

어느 큰 도시에나 노점상은 있지만 서울의 노점상은 참 재미있습니다. 뉴욕에도 노점이 있고 로스앤젤레스에도 노점이 있고 스페인의 마드리드, 우즈베키스탄의 타시켄트, 러시아의 세인트 페터스버그 에서도 노점들을 보았지만 서울처럼 많고 다양한 것 같지는 않습니다. 서울에는 노점이 없는 곳이 없습니다. 지하철을 내리면 출구를 나가기 전에도 노점들이 있고 길가에는 노점이 없는 곳이 없습니다. 그냥 구경만해도 만화를 보는 것처럼 다채롭고 밤에는 전등불까지 비쳐서 그야말로 휘황찬란합니다.

이상하게 강남보다는 강북의 도심지역에 노점들이 많은데 먹는 것, 입는 것, 안경, 시계 등 일상생활에 필요한 잡화들을 길가의 어디서나 구입할 수가 있습니다.

노점이 제일 많이 몰려 있는 곳이 종로 2가에서 동대문시장에 이르기까지고, 서울역에서 퇴계로로 하여 남대문 시장의 뒤를 통해 신세계 백화점까지 가는 길입니다.

나는 서울극장에서 영화를 보고 나와 종로의 노점거리를 어슬렁 거리며 동대문까지 갔다가 다시 돌아서 청계천의 노점을 훑어가며 돌아오면 하루 중 오후를 즐길 수 있고 또 일부러 시간을 내어 물건을 사러 가지 않아도 되니까 안성맞춤입니다.

여기는 몸에 좋다는 보약을 비롯해 뱀 말린 것, 이제는 좀 유행이 지난 아날로그 카메라, 머리가 좋아진다는 약, 유리를 자르는 가위, 숫돌, 갖가지 옷들, 군용품, 전자제품들이 널려 있고 관상을 보아주는 아주머니와 초상화를 그려주는 아저씨까지 있습니다.

항상 노점에서만 쇼핑을 하는 것은 아니지만 노점을 살펴보면서 다니면 없는 것이 없다고 할 정도로 다양하고 물건값이 싸서 좋은 물건을 건질 수 있습니다.

물론 항상 그런 것은 아니고 잘못 사면 사가지고 돌아서기가 무섭게 망가지는 물건을 있는가 하면 상점에서 사는 것보다 비싸게 살 수 있으니 어느 정도의 사전 지식을 갖추고 노점을 어슬렁거려야 합니다.

한번은 군에서 쓰는 망원경을 2만원에 샀는데 아마 미국에서 살려고 했으면 100불도 훨씬 더 주었어야 할 것이었습니다. 나는 이 망원경을 뉴저지의 아파트에 가지고 와서 허드슨 강 건너의 뉴욕의 거리를 보곤하는데 성능이 꽤 좋습니다.

그리고 지금 영화관에서 상영을 하는 영화의 DVD도 살 수 있는데 어떻게 지금 영화관에서 상영하는 영화의 DVD가 나왔는지 이해를 할 수 없습니다. 물론 지금 상영하는 영화는 한 개에 5천 원을 하고 상영이 지난 영화는 만원에 3개씩 살 수 있습니다. 처음에 잘못 산 DVD를 집에 와서 열어보니 영화가 나오지 않는 것도 있었고 포장과 다른 영화도 있었습니다.

다음에 살 때는 시간이 좀 걸리더라도 시험을 해보고 사곤 했는데 서울에서 상영한 「왕의 남자」라든가 「말아톤」 「웰컴 투 동막골」 「디워

」「괴물」 등을 사서 미국의 친구들에게 보내주고 생색을 낸 일도 있습니다. 돋보기안경도 5천 원이면 살 수 있으니 여러 개를 사다가 이 방 저 방, 이 책상 저 책상에 놓아두고 호사를 합니다.

편지 봉투도 백장에 천 원이면 사고 신발깔개는 구두수선점에서 7천 원을 주고 샀는데 노점에서는 더 좋은 것을 2천원에 산일도 있습니다. 길가에서 보기 좋은 넥타이를 만 원에 3개나 준다고 하여 몇 개 샀다가 금방 풀어져서 폐기처분한 일도 있으니 쇼핑할 품목에 유의를 하면 손해 볼 일이 없습니다. 한번은 남대문 시장 뒤에서 폐점 세일을 한다는 노점에서 등산복을 샀는데 5천 원씩 두 개를 사서 동생과 나누어 입었습니다. 언젠가 백화점에 가서 비슷한 등산복을 물어 보았더니 3만 5천 원을 내라는 것이었습니다. 그래서 입고 있는 것과 비교를 해보았는데 별로 차이가 없었습니다.

그러나 항상 그런 것은 아닙니다. 하루는 종로 3가에서 휴대전화에 충전하는 작은 충전기를 샀는데 새로 발명된 물품이라고 이야기를 하면서 2만 원을 내라는 것이었습니다. 그래서 여행할 때 필요할 것이라고 생각하고 샀습니다. 며칠 있다가 편의점에 갈 일이 있어 가보았더니 그것보다도 성능이 좋고 보기도 좋은 것을 7천 원이면 살 수 있었습니다. '에이 바보' 하고 후회를 해보았자 소용이 없습니다. 물론 그 노점상을 다시 찾을 수는 있겠지만 어리숙하게 찾아가 다시 물러 달라고 했다가는 멱살을 잡혀 종로거리에서 조리를 당하거나 이 작은 몸뚱이의 뼈에 번호를 붙여 놓았어도 다시 맞추지 못할 것입니다. 나의 잘못된 선택으로 생각하고 빨리 잊어먹어야 속이 상하지 않습니다.

한번은 청계천의 고서점에서 1950년대에서 1970년도까지의 월간지 사상계를 발견했습니다. '야, 이것을 놓치면 천추의 한이 될 것이다' 하고 앞뒤 생각도 하지 않고 일금 8만 원에 약 5년 동안의 잡지를 샀는데 아차 이 무거운 것을 들고 어디를 간단 말입니까. 할 수 없이 가게에서 추천하는 택배를 불러 미국에 부쳤는데 택배값을 25만 원을 물었습니다. 그러니 배보다 배꼽이 큰 정도가 아니라 배가 배꼽 속으로 침몰한 셈입니다.

그래도 안국동의 노점에서 헌책이지만 시오노 나나미의 『로마인의 이야기』를 한 권에 천 원씩 주고 샀으니 나로서는 대박을 만난 셈입니다.

대개의 노점 상인들은 고압적입니다. '살 테면 사고 말테면 말라'는 퉁명스러운 태도이고 자세한 설명은 커녕 이 물건 저 물건 만지는 것을 아주 싫어합니다. 그러니 잘 보고 있다가 독수리가 병아리를 채가는 것처럼 살 물건을 한 번에 찍어야 합니다. 그런데 잘못 찍으면 사지도 않으면서 왜 남의 물건을 이것저것 만지며 흩뜨려 놓느냐고 핀잔을 받기 일쑤입니다. 특히 포장된 와이셔츠 같은 것은 주의가 필요합니다. 한 번은 보기에 좋은 와이셔츠가 있어서 만 원을 주고 사다가 집에 와서 풀어보니 단추 구멍들이 너덜너덜 했습니다. 아마 바느질을 할 때 빠트린 모양입니다. 그러니 싸게 살려고 했다고 돈을 X통에 빠뜨린 셈입니다.

그래도 나는 시간이 있으면 종로를 거쳐 동대문을 지나 다시 돌아서 청계천으로 하여 한 바퀴 돌면서 서울 사람들의 살아가는 물결 속에 어울려 보려고 합니다. 그리고 영화의 DVD를 사고 휴대전화 고리를 사고 T-셔츠도 사고 흘러간 노래의 CD도 삽니다.

3만원이면 오후 한때의 서민의 쇼핑길이 즐겁기만 합니다.

# 피아노 치는 여자

솔로몬처럼 하나님이 나에게 무엇을 원하느냐고 물으면 토스카니나 카라얀 같은 지휘자가 되도록 해달라고 부탁을 할 것입니다. 그리고 내가 여자라면 그런 지휘자의 앞에서 춤을 추듯이 피아노를 연주하는 피아니스트가 되고 싶습니다.

물론 피아니스트가 아름다운 여자라면 금상첨화겠지만 그렇지 않더라도 음악에 빠져서 춤을 추듯 피아노를 치는 모습을 보면 마치 천사를 보는 것과 같습니다.

그런데 나는 음악과는 전혀 인연이 없는 세계에서 일생을 살아왔습니다. 그래도 음악이 좋아서 젊어서는 레코드를 사서 모으고 지금은 CD를 사서 차에 싣고 다니면서 듣기는 하지만 나는 노래도 할 줄 모르고 아무런 악기도 만질 줄 모릅니다. 겨우 한다는 것이 붕 붕 하며 하모니카를 불어대는 것 정도입니다.

평양에 살던 어린 시절 우리는 여러 세대가 한 울타리 안에서 사는 집에 세를 들어 살았습니다. 주인집은 비누와 양초 공장을 하는 부잣집이었는데 전기 사정이 좋지 않던 시절이라 초는 없어서 못 팔정도로 만들기가 무섭게 팔려 나가고 비누도 잘 팔려 공산주의 정권 하에서도 어려움 없이 잘 사는 집이었습니다.

주인집에는 아들이 없고 딸만 둘이 있었는데 나보다 한 살이 위인 따님이 여학교에 다니고 있었습니다. 그는 아주 귀한 따님이어서 우리는 그가 도도한 모습으로 지나다니는 것을 가끔 쳐다볼 뿐 가까이하기는 너무도 거리가 먼 공주님이었습니다. 그 따님이 가끔 피아노를 치는데 어려서도 피아노 소리가 마치 하늘에서 들려오는 환상의 음악처럼 들리곤 했습니다.

그 때는 온 나라가 가난하던 시절이라 우리가 다니던 학교에 피아노가 한 개나 두 개 있을 정도였고 음악 시간에는 삐걱거리는 오르간을 교실로 옮겨와서 노래를 배울 정도였으니 피아노는 우리 같은 민초에는 너무도 멀리 있는 보배였고 우리는 감히 만져 볼 생각도 하지 못했습니다. 음악시간이라야 일주일에 한 시간 있을까 말까 했는데 음계를 읽는다든가 음악 교과서라는 것은 없고 노래를 한 곡 배우든가 아니면 한 사람씩 나와 노래를 부르는 것이 고작이었습니다.

그러다가 한국전쟁을 만났고 천막촌의 학교에서 피아노를 만진다는 것은 머슴꾼이 공주님의 목에 걸린 목걸이를 만지는 것보다 힘이 든 일이었겠죠. 더욱이 고등학교에 와서는 대학 입학 준비라고 하여 음악 시간이 아예 없어져버렸으니 고등학교를 우등으로 졸업했어도 나는 아직 음계를 읽지 못하는 음치입니다. 내가 노래를 하는 것은 가라오케에서 노래를 배우는 것처럼 남이 하는 것을 듣고 외어서 기억을 하는 것이지 아직도 음계를 읽으며 노래를 하는 것은 아닙니다.

사실인지 아닌지 모르지만 가요계의 여왕인 이미자 씨도 음계를 읽지 못하고 노래를 외워서 한다고 하니 나도 적잖이 위로가 되기는 하지만‥. 그런 제가 교회 성가대에서 노래를 했으니 코미디라도 아주 재미있는 코미디입니다. 그래도 교회에서 생활에 보조를 받고 있으니 머리수라도 채우려고 성가대를 했는데 지휘자가 한번 읊어주면 어느 정도 외워서 따라 했으니 그 성가대가 오죽 했겠습니까.

그러나 음악을 듣기는 좋아해서 그때 상영했던 「미완성 교향악」이라는 영화를 보러 가서 피아노를 연주하는 슈베르트의 모습에 혹하여 영화를 몇 번이고 반복해서 보기도 하고 모차르트의 영화를 보면서 감격하기도 했습니다.

대학에 가서 의예과 강의실이 음악대학 옆이라 학교 앞을 지나가면 피아노를 연습하느라고 뚱땅 거리는 소리가 들리곤 해서 나의 마음을 설레게 했고, 대학에 다니면서 가정교사를 했는데 청파동의 골목길을 지나노라면 부잣집의 처마 끝에서 들려오는 「소녀의 기도」라는 피아노곡이 나를 감상에 빠지게 했습니다.

가끔 돈이 생기면 르네상스에 가서 콜라 한 잔 시켜놓고 하루 종일 앉아 책을 읽으며 음악을 들으며 '저렇게 자기가 좋아하는 음악을 연주하면서 사는 사람들은 정말 축복받은 사람'이라고 생각을 했습니다. 음악회에 가면 가능한 한 지휘자와 피아니스트가 잘 보이는 곳에 앉아 멍청하게 그들을 바라보곤 합니다.

그래서 우리 딸들에게 피아노를 가르치려고 필사의 노력을 했는데 우리 집 따님들은 필사적으로 피아노를 배우려고 하지 않아 실패하고 말았습니다.

피아노를 치는 것도 예술입니다. 어떤 사람은 피아노와 원수를 졌는지 몸을 피아노 앞에 바짝 갖다 대고 건반을 꽝꽝 두드리는 사람이 있는가 하면 어떤 이는 손가락이 인어가 춤을 추듯이 건반 위를 뛰놀고 몸과 머리가 바이올린 연주자처럼 리듬에 따라 파동을 치는 사람이 있습니다.

지난 2, 3년 우즈베키스탄에 의료봉사를 나갔습니다. 며칠간 일을 하고 마지막 날에는 타시켄트에서 오페라 가수들이 출연하는 노래를 들을 기회가 있었는데 여기에 출연하는 피아니스트가 정말 멋있게 연주를 했습니다.

　나는 그 연주자에게 반해서 성금을 낼 때 일행들이 놀랠 정도로 촌지를 냈습니다. '피아니스트에게' 라고 지정을 해서.

　이제 내가 피아노를 칠 수도 없겠고 우리 집에서 피아니스트가 나올 수도 없습니다. 피아니스트 친구가 있으면 좋으련만 그것도 인연이 없는 것 같으니 음악회나 열심이 찾아 갈밖에는…….

# 폭력보다 무서운 말

나는 내가 지진아는 아니라고 생각합니다. 내가 지진아라면 의과대학을 졸업하여 의사가 되고 또 경쟁이 심하다는 성형외과 의사가 되고 또 대학의 교수가 되지는 못 했겠지요 그러나 소위 세상에서 말하는 약삭빠르고 사나운 사람은 되지 못 하는 게 사실입니다.

요새처럼 경쟁이 심하고 전투적인 시대에 나처럼 항상 반 박자가 느린 사람은 손해를 보게 마련입니다. 남대문 시장이나 종로에 가서 물건을 사가지고 집에 와서는 아내에게 야단을 맞거나 후회를 하기가 일쑤이고 사작 빠르고 예의 없는 사람들과 이야기하다가는 무안을 당하기가 일쑤입니다.

오래 전의 일입니다. 고등학교 3학년 대학 입시공부를 한다고 머리는 깎지 못해 덥수룩하고 얼굴이 허옇게 바래서 다닐 때의 일입니다. 학교의 공부를 마치고 집에 오느라고 보광동의 언덕을 터덜터덜 넘어오다가 같은 교회에 다니는 여학생을 만났습니다.

집이 같은 방향도 아니어서 같이 걸어야 할 길이 멀지도 않아 몇 마디 말을 할 수 있는 처지도 아니었습니다. 인사를 하고 난 후 그리 친한 사이도 아닌 여학생은 나에게 "공부 잘돼?" 하고 물었습니다. 나는 "그 저 그렇지요 이제 시간도 많이 안 남았는데…" 하며 우물쭈물 대답했습니다. 그 여학생은 나를 힐끗 쳐다보더니 "생기기는 똑똑하게 생겼는데…" 하고는 가 버렸습니다. 나는 뒤통수를 맞은 것처럼 어리둥절했습니다.

교회에서 몇 번 만났을 뿐이지 잘 알지도 못하는 여학생이 반말로 집어 던진 말이 나에게는 충격이었습니다.

'생기기는 똑똑하게 생겼는데…'란 말의 속뜻은 생긴 것과는 달리 멍청하다든가 공부도 못하는 바보라는 의미가 아니겠습니까? 그런데도 나는 아무 말도 못하고 그냥 집으로 왔습니다. 그리고 그 말의 뜻을 생각하고 '내가 얼마나 얕보였으면 잘 알지도 못하는 여학생이 반말로 나에게 그런 말을 할까?' 하고 끙끙 앓았습니다.

물론 몇 달 후 나는 의과대학에 합격이 되었고 그 여학생은 학교를 졸업한 후 얼마 있다가 결혼했습니다.

그뿐이겠습니까. 반세기를 넘게 세상을 살아오면서 이런 무안을 당한 일이 얼마나 많은지 모릅니다. 그럴 때마다 제대로 대꾸도 하지 못하고 집에 와서 혼자서 화를 내곤 합니다.

남들은 내가 말을 잘한다고 이야기합니다. 물론 준비된 강의나 강연은 원고를 써서 많이 하였고, 교회에서 장로로 기도도 하고 성경공부도 인도했습니다. 서울에서도 여러 곳에서 초청을 받아 강의도 하고 강연을 했으니 말을 잘하는 축에 들지 모르겠습니다. 그러나 사작 빠른 여인들이 던지는 말에는 아무런 대항도 못하고 맞기만 합니다. 그런 때 버틀란드 러셀처럼 재치 있는 말로 반격을 했으면 얼마나 좋겠습니까만, 그 자리에서는 아무 말도 못하고 집에 와서 끙끙 앓는 제 자신이 좀 한심합니다. 그러니까 반 박자가 늦는 것이고 날쌘돌이는 되지 못하는 것이겠지요.

　대학생들이 모여 영화이야기를 할 때의 일입니다. 영화이야기라면 나도 빠지기가 아쉬워서 끼여 있는데 누가 나에게 물었습니다. "이 선생은 어떤 여배우가 예쁘다고 생각을 해?" 나는 얼른 그때 상영을 하던 「노틀담의 꼽추」가 생각이 나서 "글쎄 나는 지나로로브리지다가 예쁘다고 생각해요. 그의 크고 빛나는 눈을 보면 어지러워져요."라고 대답했습니다. 그랬더니 나보다 한 이년 선배되던 여학생이 "그래도 눈이 있다고 예쁜 여자는 알아보네." 하고 야유를 했습니다. 물론 농담이었겠지만 나는 많은 친구들 앞에서 그렇게 무안할 수가 없었습니다. 그래도 나는 아무런 반격도 못하고 슬그머니 일어나서 집으로 와 버렸습니다.

　의사들이 모여 저녁을 먹을 때였습니다. 옆에 앉은 처음 보는 사람이 나더러 무슨 과를 하느냐고 물었습니다. 나는 "네, 성형외과를 합니다."라고 대답했습니다. 그랬더니 내 앞에 앉은 젊은 의사 K가 "그까짓 성형외과는 아무나 하는 건데. 그전에 수련을 받을 때 나더러 성형외과를 하라고 여러 번 성형외과 과장이 따라 다니면서 졸랐는데 안했지요" 하면서 나를 깔아뭉갰습니다. 그렇게 경쟁이 심한 성형외과의 과장이 우리가 보기에는 별로인 한국의사를 따라 다니며 성형외과를 하라고 했다는 그의 말을 믿을 수는 없었지만 무어라고 할 말이 얼른 생각이 나지 않았습니다.

　오하이오에서 선배님들의 은퇴 연회를 했습니다. 기라성 같은 선배님들이 많이 참석을 하셔서 한쪽 귀퉁이에서 밥을 먹고 있는데 사회가 나더러 은퇴하시는 선배님들에게 한마디 말씀을 드리라고 했습니다. 나는 '무슨 말을 해야 할까?' 하고 생각을 하고는 "은퇴를 하시고도 꿋꿋하게 큰 나무처럼 우리들의 울타리가 되어 주십사." 하고 말씀을 드리면서 Joyce Kilmer 의 「Tree」라는 시를 불러 드렸습니다. 말씀을 마치고 인사를 드리는데 한 선배님의 부인이 "준비를 많이 했는데…" 하고 남들이 들을 수 있을 정도의 소리로 한마디 하셨습니다. 내가 그 말에 한마디 대답을 못하는 것을 사회자가 보기에도 민망했던지 "준비할 시간도 없이 말씀을 부탁 드려 죄송합니다."라고 내대신 변명을 해주었습니다. 아마 선배님의 부인은 자기 남편에게 말할 기회를 주지 않아 심술이 났던 모양입니다.

성경에서는 혀가 화와 악의 근원이 된다고 하여 이야기를 통해 혀로 짓는 죄를 많이 이야기 하고 있습니다.

그렇습니다. 한마디 말로 남을 때리는 것이 주먹으로 때리는 폭력보다 오랫동안 가슴에 상처를 남겨 줄 수 있습니다. 그런데 우리들은 너무나 원색적으로 남을 깔아뭉개고 무시하는 폭력적인 말들을 합니다. 그리고 여자들이 남을 잘근잘근 씹는데 더 쾌감을 느끼는 것 같습니다.

그렇습니다. 우리는 대화를 할 때 나의 말이 남에게 어떻게 들릴까를 다시 한 번 생각해야 합니다. 자기는 생각 없이 툭 던지는 말이 남의 가슴에 상처를 주는 일이 얼마나 많습니까. 생각 없이 장난으로 던진 돌에 개구리는 맞아 죽을 수 있는 것이고, 한마디 던진 말이 일생동안 잊지 못할 마음의 상처로 남을 수도 있습니다. 남편이 생각 없이 던진 말 한마디가 아내의 가슴에 못을 박고 아내가 뱉은 앙칼진 말 한마디가 이혼의 원인이 될 수 있습니다.

요새 많은 여자들이 교양강좌를 들으러 다니며 책을 읽고 글을 쓰는 것이 유행이 되고 있습니다. 그러면서도 자기의 언어는 되는 대로 하면서 남의 기분을 뭉개고 다닌다면 책은 무엇 때문에 읽고 교양강좌는 무엇 때문에 들으러 가는지 모르겠습니다. 말은 인격의 표현입니다. 그 사람의 말은 말하는 사람의 인격을 나타내고 교양을 나타냅니다.

고기는 씹어야 맛이고 말은 해야 맛이라고 남이야 어떻게 상처를 받든지 말든지 입에서 나오는 대로 말을 해서야 이거 어디 되겠습니까?

하기야 노무현씨처럼 말을 함부로 하는 사람이 대통령 노릇을 하니 우리가 무엇을 배우겠습니까만, 그의 대통령 임기도 거의 다 되어 가니 이제는 아름다운 말을 하는 사람을 대통령으로 뽑고 아름다운 말을 하는 사회를 다시 만들어야 할 것입니다.

많은 사람들이 아름다운 말을 하는 사회가 되어 나처럼 반 박자 느린 사람들이 무안을 당하지 않고 마음의 상처를 받지 않는 사회가 되었으면 합니다.

# 아이스케끼 사먹는 대통령후보

얼마 전 신문에 이명박 한나라당 대통령후보가 청계천 행사에 참석했다가 길에서 아이스케끼를 사 먹었다는 기사가 사진과 함께 났습니다. 한 개에 천 원씩을 주고 아이스케끼를 사서 주위의 사람들과 먹는 모습을 동영상으로 보며 가슴이 뭉클해졌습니다.

요새는 편의점이나 제과점에 가야 아이스케끼를 사 먹을 수 있지만 내가 자랄 때는 빙과점이 아니더라도 여름이면 "아이스케끼, 아이스케끼." 하며 네모난 통을 메고 다니는 아이스케끼 장사 소년들을 길에서 얼마든지 볼 수 있었습니다.

그때의 아이스케끼는 사카린을 넣은 물에 색깔을 타서 얼린 얼음 덩어리였지만 더운 여름에 길에서 파는 냉차나 아이스케끼를 사먹는 일이 서민이 즐길 수 있는 유일한 더위를 식힐 수 있는 길이었습니다. '아이스'를 크게 외치고 '케끼'를 들릴락 말락 하게 외치며 지나가는 소년들의 외침은 마치 더운 여름날 나무에서 들리는 매미 소리처럼 높고 낮게 거리에 메아리치곤 했습니다.

양철을 두드려 만든 네모난 이중 통 안에 얼음과 소금을 넣고 다시 조그만 안의 통에 아이스케끼를 약 50개 넣은 상자로 열대여섯 살난 소년들이 하루 종일 메고 다니기에는 무겁기도 하지만 더운 여름 거리를 몇 시간만 들고 다니면 얼음과 아이스케끼는 슬그머니 녹아 버려서 이익이 남기는커녕 툭하면 밑지는 장사를 하기 일쑤였습니다.

한통 다 팔아야 5만원이 될까 말까한 통을 메고 '아이스케끼'를 외치며 거리를 헤매는 소년들 중에는 내 친구들도 많이 있었습니다.

한국전쟁이 한창이던 피난시절 친구가 나에게 아이스케끼 장사를 해보라고 권한 일이 있었습니다. 그때 나는 담배장사를 하고 있었는데 화랑담배나 공작담배만 팔아서는 하루 종일 장사를 해도 부대찌개 (옛날의 꿀꿀이죽) 한 그릇 사먹을 돈도 제대로 벌 수 없었습니다. 그래서 양담배를 팔아야 하는데 양담배를 팔다가 적발이 되면 있는 것 모두 빼앗기고 파출소에 끌려가 곤욕을 치러야 할 때였습니다. 그때는 경찰도 가난해 그랬던지 어린 담배장사 소년들의 등을 치는 순경들도 있어서 담배 한 목판을 빼앗기면 얼마 되지 않는 밑천이 다 날아가는 것이었습니다.

그래서 담배장사를 집어 치우고 쉬고 있을 때 친구가 자기와 아이스케끼 장사를 하자고 권했습니다. 아이스케끼 장사는 운동장이나 시장 길목을 잘 찾아가면 금방 팔리고 팔리기만 하면 딴 장사에 비해 이익금이 많다고 나를 유혹했습니다. 나는 다행이 미군부대에 취직이 되어 아이스케끼 장사를 해보지 못했지만 내가 피우지 못하는 담배장사를 했기에 망정이지 아이스케끼 장사를 했더라면 친구들과 다 나누어 먹어서 일주일도 못하고 파산을 했을는지도 모릅니다.

미군부대에 다니면서 월급을 타면 친구가 팔고 다니는 아이스케끼를 팔아주곤 했는데 반은 녹아 부석 부석 하고 물이 줄줄 흐르는 아이스케끼를 빨아 먹으며 가슴이 아싸하게 저미곤 했습니다. 그리고 몇 년 후 나더러 아이스케끼 장사를 하자고 권하던 소년은 서울의 명문 K대학의 배지를 달고 종로에서 한번 만나 반갑게 악수를 하고는 그 후 소식이 없습니다.

세월이 많이 흘렀습니다. 이제는 거리에서 '아이스케끼' 하며 소리를 지르는 소년들의 목소리를 들을 수 없습니다. 옛날에는 보지도 못했던 팥 아이스케끼가 냉장고에 저장이 되어 있고 이름도 아이스 바로 바뀌어, 커피, 파인애플, 딸기, 초콜릿 등을 넣은 고급 아이스바가 딱딱하게 얼어 냉장고에 가득히 저장이 되어 있습니다.

나는 병원의 편의점에서도 또 길을 가다 제과점에 들어가서 아이스바를 사먹곤 했습니다. 물론 맛도 있지만 아이스케끼(아이스바)를 입에 물고 있으면 그 더웠던 대구의 여름이 생각나곤 합니다. 그러면 갑자기 하루 종일 길을 걸어 발이 먼지에 쌓여 후덥지근하고 피곤했던 운동화 속의 발처럼 갑갑해지고 피곤해집니다.

가끔 버스에서 내려 정거장 옆의 제과점에서 아이스바를 사서 물고 아파트로 오는 길을 걸으면 아내가 보기에 안 되었던지 "여보 그래도 대학교수라는 분이 체면을 좀 차려야지. 길에서 어린애처럼…" 하고 면박을 주곤 하지만 나는 "글쎄 느들이 아이스케끼 속에 배어있는 눈물처럼 짭짤하고 인생의 맛처럼 쌉쌀한 그 맛을 알아?" 말대답을 하고는 고집을 굽히지 않습니다.

그렇습니다. 아이스케끼를 길에서 사먹는 나의 고집에는 거리를 헤매며 미군들을 만나면 "헬로 헬로 먹던 껌도 좋아요, 헬로 헬로 씹던 껌도 좋아요." 하며 우리를 자조하던 시절, '코리아' 하면 세계에서 제일 가난하던 나라의 소년들이 이제는 이 나라를 세상 사람들이 부러워하는 나라로 만들고, 반쯤은 녹아 버린 아이스케끼를 빨며 살아 보겠다는 삶의 의욕을 불태우던 소년들이 그래도 남부끄럽지 않은 사람들이 되고 그중의 하나가 지금 유망한 대통령 후보가 되었다고 소리라도 지르고 싶은 심정으로 아이스바를 빨곤 합니다.

며칠 전 이명박 후보가 청계천에서 아이스케끼를 사먹는 기사가 나던 날 네티즌들은 여러 가지 의견들을 내보냈습니다.

"생 쇼를 하네. 대통령 한번 되려고 수백 억을 가진 대통령 후보가 길에서 먼지 묻은 아이스케끼를 사 먹냐" "아 ! 참신하다. 그 모습이 정말로 아름답다." "옆의 사람들도 좀 나누어주지 혼자 먹냐." "아이스케끼가 천원이라니 비싸다. 제과점에서는 6백 원인데." 등 다양했습니다.

나는 갑자기 이명박 후보가 좋아졌습니다. 길에서 아이스케끼를 사 먹을 줄 아는 대통령.

길에서 아이스케끼를 사먹으며 인생의 고통을, 가난을, 그리고 살려고 노력하는 가난한 소년들을 이해하는 사람이 대통령이 되었으면 하고 생각했습니다. 물론 대통령이 되고서야 길에서 아이스케끼를 사 먹을 수 없겠지만 지금의 마음가짐을 그때까지 계속 지녔으면 하는 바람이 간절합니다. 전 대통령들처럼 선거운동 때는 대중식당에서 식사를 하더니 대통령이 되고 난 후 태풍이 불어 시민들의 집이 날아가고 항구의 배들이 뒤집히는데 상어 지느러미로 된 진수성찬을 먹으며 연회를 즐기지 않았으면 합니다.

나는 이명박 대통령 후보가 가난한 소년시절을 지냈다는 이야기를 들었습니다. 여자고등학교 앞에서 뻥튀기 장사를 하고 야간 고등학교를 다녔다는 이야기를 들었습니다. 그리고 현대건설에 공채되어 남다른 노력을 하여 오늘에 이르렀다는 이야기도 들었습니다.

물론 가난한 소년기를 보냈다고 모두 가난한 사람의 편에 서는 것도 아니고 가난한 사람을 이해하는 것도 아닙니다. 얼마 전 대통령을 지낸 어떤 분은 어머니 혼자 그를 키우며 몇 번을 개가해야 하는 거친 인생을 살았지만 그가 권력을 잡은 후에는 옛날 황제보다 화려한 생활을 했으며 지금도 아방궁이라고 부르는 큰 집에서 살고 있습니다.

나는 이명박 후보가 국민을 기만하는 사람이 되지 않기를 바랍니다.

아이스케끼 한 개 먹으며 너무도 많은 생각을 했는지 모릅니다.

그 때 아이스케끼를 팔던 친구는 지금 무엇을 하고 있을까. 대학을 나와 무엇을 했을까. 그리고 그의 자식들은 아버지가 길에서 양철통을 메고 '아이스케끼'라고 소리를 지르며 그 더운 대구의 길거리를 헤매던 일을 알고나 있을까.

그리고 내 귀에는 다시 소리가 들려오는 것 같았습니다.

"아이스 케끼~" " 아이스케끼~."

# 내가 그럴 줄 알았어

며칠 전 조선일보에는 대산 김석진이라는 분의 이야기가 났습니다. 한학을 한 그는 대학과 중용을 공부하고 주역을 오래 공부를 했는데 주역은 점을 칠 수 있다는 것입니다. 지난 2002년 대통령 선거 때와 지난 8월 한나라당 경선 때의 점괘를 보고 노무현씨가 대통령에 당선이 될 것과 이명박씨가 한나라당 경선에 이길 것을 미리 알았다는 것이었습니다.

또 일간지에는 차○진이라는 예언가가 앞일을 예언하는 일에 용하다고 하며 신문에 칼럼을 쓰며 홍보를 하고 있습니다.

가끔 주간지를 보면 옛날 김일성이가 죽을 것을 예언했다는 예언가나 미국의 부시 대통령이 당선될 것을 예언했다는 복술가들의 이야기가 신문에 실리고 그들의 문 앞에는 정치인들이나 사업가들이 줄을 선다고 합니다. 누가 대통령이 될지 또는 누가 권력을 잡을지를 미리 알고 줄을 서야 자기의 앞길도 열리고 집안의 흥망성쇠도 달렸기에 사업가와 정치인들이 복술가나 예언가를 찾아다닌다고 합니다. 아마 2002년 노무현씨가 대통령이 될 줄 알았다면 2~3일을 앞두고 정몽준씨는 노무현씨와 결별을 선언하여 노무현씨가 대통령이 된 후에 찬밥 신세가 되지 않았을 것이고 형님인 정몽헌씨가 자살을 할 정도로 압박도 받지 않았을 것입니다.

사람들은 누구나 한 시간 앞의 일을 알지 못합니다. 한 시간이 아니라 단 1초 앞의 일도 알지 못합니다. 만일 한 시간 후의 일만 알 수 있다면 마감시간에 복권을 한 장 사서 한 달 안에 재벌이 될 수도 있고, 2001년 9월 11일의 참사를 막을 수도 있었고, 지진이 나기 전에 모두 대피시켜 많은 사람들의 목숨을 건질 수도 있을 것입니다. 그런데 우리는 정말 한 치 앞을 내다볼 수 없습니다.

30분 후에 나의 심장이 멈추는지도 모르고, 공항에 나가 앉아 있으면서도 내가 타고 갈 비행기가 제 시간에 뜰지도 알 수 없습니다. 그래서 큰일을 앞둔 사람은 약간의 암시라도 얻으려고 점쟁이를 찾아가고 예언가를 찾아갑니다.

그래서 용한 복술가의 집 앞에는 사람들이 장사진을 이루고 또 그들은 만나기가 좀처럼 쉽지 않다고 합니다. 얼마나 그들의 사업이 잘되는지 얼마 전 신문에 난 이야기로는 젊은 여자 복술가가 강남의 아파트를 38채나 소유한 부자가 세무청의 조사 명단에 올랐다고 합니다.

"나도 그럴 줄 알았더라면 어려운 의과대학에 들어가서 힘들게 공부하지 말고, 또 애를 써서 수술을 해놓고 수술이 잘 되었네 못 되었네 잔소리를 듣지 말고 주역이나 열심히 읽어 점괘나 들고 앉아 있을 걸 그랬지?" 했더니 아내가 "당신 노망나기는 아직 이르니 좀 참으시죠" 하고 통박을 주었습니다.

그런데 묘한 것이 있습니다. 그들은 예언을 일이 지나간 다음에 발표를 합니다. 선거가 끝이 난 다음에 "내가 누가 될 줄 알았어." 하고 이야기를 합니다. 그럼 그 이야기를 사전에 누가 들었는가 하면 아주 가까운 가족이나 부인만이 들었다는 것입니다.

사실 그런 예언이라면 나도 할 수 있습니다. 2002년 11월 여론조사는 벌써 노무현씨가 이회창씨를 7~12% 리드하고 있었습니다. 그럼 저 밑으로 따라오는 권영길씨가 당선이 안 된다는 것은 우리 집 손자도 알수 있는 것이고 그 중 당선 가능성이 가장 많은 사람이 노무현씨가 되는 것 아닙니까? 이번 한나라당 경선에도 이명박씨가 박근혜씨를 약 15% 정도 리드하고 있었으니 두 사람 중 누가 가능성이 많으냐고 하면 당연히 이명박씨를 고르겠죠. 그리고 대통령 선거도 이명박씨가 정동영씨를 48대 20정도로 리드하고 있었으니 나 같은 바보도 이명박씨가 당선된다는 예언은 할 수 있습니다. 그런데 이명박씨가 이긴다는 점괘가 나왔다고 자기의 예언이 용하다고 하니 듣는 이가 황당할 뿐입니다.

그래도 정치하는 사람이나 사업을 하려는 사람, 결혼을 앞둔 자녀를 둔 부모님들은 복술가를 찾지 않고는 못 배기는 모양입니다.

성경에는 분명히 예언가 복술가를 찾는 것이 죄라고 명시를 하고 있고 전쟁을 앞두고 복술가를 찾은 사울 왕을 하나님께서는 사무엘을 통하여 질책을 하고 하나님은 사울을 버립니다.

그런데 매일 아침 새벽기도를 가는 권사님이나 집사님들도 자기 남편의 정치적 장래를 걱정하거나, 사업이 잘 되는지, 자식들의 궁합을 보려고 복술가를 찾아 갑니다.

내 장모님은 교회의 권사님이셨습니다. 새벽기도를 빠지지 않고 다니시고 가끔 기도원에도 가시어 금식기도를 하시곤 했습니다.

그런데 무남독녀인 따님이 결혼을 하기로 결정을 하자 누구에겐지 가서 사주와 궁합을 보고 택일을 했습니다. 그런데 그 점쟁이가 나하고 무슨 억한 심정이 있었던지 6월 15일(월요일) 12시에 결혼식을 해야 한다고 하여 그때 한참 병원 일에 바쁜 친구들이 거의 참석을 못하여 쓸

쓸한 결혼식을 하게 되었습니다. 그런데 그 사주가 또 엉터리였습니다. 나는 음력생일을 기억하지 못하여 내가 적어준 음력생일이 엉터리였으니 궁합도 사주도 엉터리가 된 셈입니다. 그래도 이빨이 빠져 틀니를 끼우도록 40여 년을 잘 살고 있습니다.

아내의 몸이 약하니 또 걱정이 되어 백운학씨에게 가서 문의를 하니 내 이름이 너무 강하여 아내의 기가 눌리니 내 이름을 바꾸어야 한다고 이름을 지어 주었습니다.

그런데 이름을 바꾸는 일이 쉽지 않습니다. 학교 졸업장, 의사 면허증 등등 고쳐야 할 것이 너무나 많습니다. 그래 도저히 그럴 수 없다고 했더니 그 대신 다른 이름으로 된 도장을 만들어 몸에 지니고 다니라고 흰 뿔로 된 비싼 도장을 새겨 주었습니다. 나는 그 도장을 일주일도 지니지 못하고 잃어버리고 말았습니다.

옛날 초음파 검사가 나오기 전의 일입니다. 제가 아는 산부인과 의사 하나는 기가 막히게 아들인지 딸인지를 맞춘다고 소문이 자자했습니다. 그래서 참 용하다고 생각을 했는데, 한참 후에 그 비밀을 알아냈습니다. 임신한 부인이 진찰을 오면 차트에는 무조건 딸이라고 쓰고 산모에게는 아들이라고 이야기를 한답니다. 그리고 어린애를 나은 후 아들이면 "자 보십시오. 내가 아들이라고 했지요." 하고 으스댔습니다. 그러나 딸이 나오면 산모에게 "전 벌써 딸인 줄 알았습니다. 그러나 어머님이 실망하실까 봐 아들이라고 이야기를 했습니다."라며 딸이라고 적힌 차트를 보여 준다는 겁니다. 물론 아들을 낳은 산모야 차트를 보여 달라고 할 리가 없죠. 이렇게 해서 이분은 아들, 딸을 기가 막히게 마치는 명의가 된 것이었습니다.

산부인과 의사들에 의하면 아들과 딸의 출산 비율이 아들이 약 51~52 정도 되고 딸이 48~49정도 된다고 합니다. 그러니 모두 아들이라고 해도 반 이상은 맞히는 것이죠. 물론 그 선생님도 가끔 환자 보호자들에게 어려움을 당하기는 했겠지만……

점쟁이에게 찾아가는 사람이 중년의 여자라면 문제는 대개 남편이 바람을 피우거나, 사업을 시작하거나, 아들 딸이 속을 썩이거나, 집에 우환이 있거나일 것입니다. 그러니 들어오는 여자에게 "왜 남편이 속 썩이냐?" 해서 아니라고 하면 "요새 속 안 썩이는 자식이 어디 있냐?" 하고 넘겨 짚으면 75%는 맞출 것입니다.

아주 젊은 여학생이 왔다면 남자 친구의 일이거나, 진학이나 진로에 관한 문제가 대부분일 것입니다. 그러니 "진중하게 생각해서 진로를 정해야 남자 친구와의 관계도 좋아질 것 아니냐." 하고 넘겨짚으면 대부분 맞을 것 아닙니까.

나는 주역을 읽지 못하여 점을 칠 줄 모릅니다. 그러나 저도 2002년 선거에 노무현씨가 이길 줄 알았고, 지난번 한나라당 경선에는 이명박씨가 이길 줄 알았고, 이번 대통령 선거에도 이명박씨가 이길 줄 알았습니다. 그리고 나는 일이 지난 후에 이야기한 것이 아니고 친구들에게 "이번에 여론을 보니까 이명박씨가 이기겠던데 뭐." 하고 공언을 했습니다. 물론 나는 주역을 읽지도 않고 공인된 점쟁이가 아니어서 신문에도 안 나오고 주간지나 주간서울에도 나오지 않았지만 말입니다.

그렇습니다. 우리는 앞일을 모릅니다. 그러나 우리의 생활이 근면하고 성실하다면 대부분은 내일이 우리를 실망시키지 않을 것입니다.

점술가들은 절박한 심정으로 찾아가는 여자들에게 거짓말이나 하여 돈을 벌고 '어떻게 하면 힘 안 들이고 한탕을 할까?' 하는 좋지 않은 심보를 가진 사람들의 불안한 심리 상태를 이용하여 치부를 하는지도 모릅니다.

# 비만과의 싸움

　미국에서는 지금 비만과의 전쟁이 치열하다. 미국 사람의 61%가 과체중이고 15~20%가 병적 비만이라고 하지만 내가 보면 80%가 표준 체중은 지난 것 같다.

　비만은 그저 체중을 줄여야지 하는 부유층의 사치한 문제가 아니라 한 국가가 이 때문에 멸망할지도 모른다는 심각한 문제가 될 수가 있다. 비만 때문에 생기는 질환이 아주 심각하고 경제적인 손실이 크기 때문이다. 우선 체중이 과하면 심장에 부담이 오고 또 지방이 몸에 축적이 되는 만큼 혈관에 콜레스테롤이 축적이 되어 혈관이 좁아지고 혈액순환이 제대로 되지 않는다. 물론 혈압이 오르고 당뇨병이 유발되고 지방 간 때문에 생기는 간질환도 유발되고 무거운 체중을 지고 살려니 관절염이 생긴다. 그래서 노동도 할 수 없고 운동도 할 수 없으니 더욱더 체중이 늘어나는 악순환이 계속이 된다. 요새는 비만증 환자들에게서 암이 발생하는 율이 높다는 보고도 나왔다.

　병원에는 비만증으로 인한 성인병을 치료하는 특과가 생겼는데 수천 억 달러의 의료비가 든다고 한다. 이 병 때문에 인류의 종말이 올지도 모른다. 이제 에이즈는 약만 먹으면 이 병으로 죽지 않는다고 하고 약값도 비싸지 않다는 결과가 나왔다. 그러나 비만은 치료하는데 돈도 많이 들고 또 여러 합병증이 있으며 치료가 잘 되지 않는다는 것이 문제이다.

미국에서 제일 많이 하는 수술이 심장 수술인데 심장병의 제일 많은 원인이 고콜레스테롤 증상으로 생기는 동맥 폐쇄증이다. 그리고 당뇨병은 성인의 약 10~15%가 생긴다고 하는데 당뇨병도 비만이 주요인이다.

체중이 10kg가 늘면 그만큼의 무게를 24시간 지고 사는 폭이다. 그러니 얼마나 불편하며 얼마나 괴로울까. 이 무거운 짐을 항상 지고 다녀야하는 다리나 허리는 얼마나 힘든 일을 해야 할까. 그런데 몸무게가 20kg가 늘고 30kg가 는다면…. 생각만 해도 아찔하다.

그러니 비만증을 앓고 있는 사람의 많은 사람들이 직업이 없고 사회 보장 혜택을 받고 산다. 그리고 이상한 것은 경제적으로 여유가 있는 사람들은 비만증이 별로 많지 않은데 경제적으로 저소득층에 있는 사람들이 비만증이 많고 걸음도 제대로 못 걷는 뚱뚱한 사람들이 많다는 것이다. 물론 그들은 부자들은 기름기를 뺀 비싼 고기만 먹고 가난한 사람들은 기름기가 그대로 붙어 있는 싼 고기를 먹거나 기름이 잔뜩 밴 소시지를 먹기 때문이라고 항변한다. 정말 그럴까.

한 번 내과의사가 지방 흡입술을 해서 체중을 좀 줄여달라는 환자가 있다기에 보자고 했는데 환자가 움직이지를 못한다고 했다. 그래서 집으로 가보았더니 환자의 몸무게가 600kg가 넘는데 제일 큰 침대위에 누워서 나를 쳐다보는데 몸이 너무 무거워 일어나질 못했고 몸에 맞는 옷이 없어 시트로 감싼 몸집이 어찌나 큰지 인간 코끼리인줄 알았다. 수술이 적용이 안 된다고 이야기를 하고 왔지만 이 한 사람을 위하여 수중을 드는 사람이 3~4명이나 되니 얼마나 큰 사회의 손실이겠는가.

쇼핑 몰에 가면 간신히 몸을 움직이는 비만증의 사람들을 볼 수가 있다.

나도 운동을 안 하고 서울에 사는 동안 몸무게가 약 7kg가 늘었다. 나는 화들짝 놀랐다. 그러다가 나도 돌이킬 수 없는 비만증 환자가 되지 않을까 하고….

미국에 와서 그 몸무게를 원상으로 돌리는데 약 3개월의 노력이 필요했다. 몸무게를 줄이고 나니 몸도 가볍고 테니스를 치는데도 숨이 차지 않고 뛰기에도 편하다. 비만을 줄이는 것은 담배를 끊는 것이나 술을 끊는 것처럼 음식을 줄이고 운동을 하는 비장한 결심 밖에는 없다.

우선 미국 식당은 음식을 너무나 많이 준다. 무슨 음식을 시키든지 접시에 그득히 담아주어 보기에는 좋은데 그것을 도저히 다 먹을 수 없다. 그래서 갈 때 마다 남기고 오거나 남은 것을 싸가지고 오게 되는데 이제는 요령이 생겨서 아내와 같이 가면 한 사람분만 먹고 한 사람분은 건드리지 않고 그냥 싸가지고 온다. 또한 미국의 음식은 너무나 기름지다. 요새는 미국사람들도 체중을 의식하여 채소만 먹는 사람들이 생겼지만 큰 고기 덩어리를 앞에 놓고 칼로 썰어 큰 고기 조각을 입에 넣는 모양이 서울의 아줌마가 눈을 뒤집어 뜨고 입이 찢어져라 하고 쌈밥을 먹는 모습을 떠올리게 한다. 그러나 쌈밥은 비만을 별로 일으키지 않지만 저 큰 고깃덩어리는 비만을 일으킬 것이다.

서양의 애들이나 아가씨들은 정말 예쁘다. 노란 머리에 크고 파란 눈, 고운 피부 오똑한 코… 서울의 여자들도 아름답지만 아름다운 백인들을 당할 수는 없을 것 같다. 그러나 그들이 20대를 지나가면서 몸이 붙고 뚱뚱해지기 시작하면 그 아름답던 얼굴도 변하고 앞에서면 숨이 막힐 정도로 아름다움과는 이별이다.

서울에 있다가 미국에 오니 숨이 답답할 때가 많은데 특히 사람들에 둘러싸여 있을 때는 이 느낌이 더하다. 이유는 사람들이 너무도 뚱뚱해서 그렇고 이런 사람들에게서 나오는 냄새 또한 장난이 아니다. 서울의 지하철에서는 대낮에도 술을 먹고 품어대는 술 냄새가 났는데 뚱뚱한 사람들에게서는 나는 느끼한 노린내는 고약하고 구역질이 난다.

서울에도 뚱뚱한 사람들이 많고 과체중 때문에 논란이 많다. 그러나 양복에 몸을 감출 정도인데 미국에서는 양복을 입을 수 없을 정도로 뚱뚱한 사람들이 너무나 많다.

요새는 직장이 없으니 쇼핑을 가는 아내의 운전수 노릇을 하거나 호위 노릇을 할 때가 많아서 오늘도 쇼핑몰에 따라 갔다. 그런데 나는 사야할 물건도 없고 마누라 뒤에서 얼쩡거리는 것도 별로 마음에 내키지 않아 걸상에 앉아 한 두어 시간 책을 읽으며 지나가는 사람들을 멀거니 쳐다보았다. 그런데 어쩌면 그리도 뚱뚱한 사람들이 많은지 뒤룩뒤룩하고 뒤뚱뒤뚱한 사람들이 즐비하다. 내가 한번 통계를 내어보지 하고 세어 보았더니 거의 80%는 표준치를 넘는 것 같았다.

물론 열 명에 두세 명은 날씬한 몸매를 유지하고 있는 사람들이 있고 일주일에 한 두 번 같이 테니스를 치는 노인들 중에는 날씬한 몸매를 유지하고 있는 사람들이 많다.

뚱뚱하지 않은 사람들의 특징은 대개 부지런하다. 그들은 항상 움직이고 일하고 운동을 한다. 그러나 뚱뚱한 사람들은 늘어지게 앉아서 먹고 낮잠을 자고 아침에 늦게 일어나며 움직이는 것이 완만하다.

사람들은 자기의 약점을 인정하려고 하지 않는다. 그러니 비만도 유전자의 원인이라고 조상탓을 하려고 하지만 나는 그렇게 생각하지 않는다. 그러니 비만을 고치기는 쉽다. 굶는 것보다 쉬운 것이 어디 있겠는가. 다만 먹는 것에 대한 유혹을 물리치기가 힘이 들 뿐이다.

오늘도 쇼핑몰에서 기우뚱기우뚱 하면서 걷는 뚱뚱한 사람들을 보면서 굶어 죽는 제 3세계의 수많은 어린이들에게 죄송스럽고 국가나 사회의 도움을 받으면서 저렇게 많이 먹는 사람들이 원망스럽기까지 하다.

# 남자는 바보야

　주위에서는 나더러 말을 잘한다고들 하지만 사실 나도 일상생활에서 갑자기 '톡' 쏘는 말을 받았을 때는 어리둥절하여 말대답을 하지 못할 때가 많이 있습니다. 더욱이 그 말이 논리적이지 않는 공격적인 말일 때는 말 한마디 못하고 고스란히 폭격을 당하고 맙니다. 그래서 지난 후에 이렇게 대답했을 걸. 하고 후회하지만 이미 사태는 물 건너간 후여서 그저 속을 앓을 때가 많이 있습니다.

　그러니 저는 말의 순발력이 둔한 어눌한 사람입니다.

　교회에서 목사님이 설교를 하면서 집안이 화평하려면 아내와 말싸움을 하면서 이기려고 하지 말라고 하십니다. 그런다고 해서 내가 그 말에 순종을 할 만큼 착하지는 않은데, 집에서 아내와 이야기를 하면 본전을 찾은 일이 별로 없습니다. 그래서 아내와 이야기 하다가 말이 몰리면 말문을 닫고 침묵으로 버티는 때가 많습니다.

　말만 어눌한 게 아니라 길눈도 신통치 않아서 운전을 할 때 아내의 도움을 받곤 합니다. 아니 도움을 받는다고 하는 것보다는 지시를 받는다고 하는 편이 나을는지 모릅니다. 그럴 때면 아내는 나를 바보 취급을 할 때가 더러 있습니다. "학교에서 공부는 잘했다면서 벌써 몇 번 온 길도 못 찾아요?"하고 오금을 박으면 기분이 코를 풀어 구겨진 휴지처럼 엉망이 되곤 합니다. 아마 나를 아는 사람들은 밖에서는 말을 잘한다고 설치면서 아내 앞에서는 꼼짝 못한다는 사실을 상상하기가 쉽지 않을 것입니다. 그래서 며칠 전에는 GPS란 컴퓨터 안내자를 사서 차에 붙이고 다니기로 했지만 갈때 마다 그것을 켜놓을 수도 없고 아는 길을 간다는데 컴퓨터로 된 안내자를 작동시킬 수도 없습니다.

그렇다고 또 문제가 전부 해결된 것은 아닙니다. 매일 새벽이면 나가던 병원을 그만 두고 집에 있는 시간이 많아지면서 아내가 어디를 가자고 하면 안 가겠다고 핑계를 댈 일이 없어졌습니다. 요새는 남존 여비란 말을 남자가 존재를 하려면 여자의 비위를 맞추어야 살아 남을 수 있다고 해석을 하는 모양이니 아내의 비위를 맞추려면 시종 무관 겸 운전사 노릇을 할 수밖에 없습니다. 그럴 때면 아내의 운전지시를 받아야 하는데 아내의 운전지시가 이랬다저랬다 하기 때문에 당황할 때가 많이 있습니다. 다음에 우회전을 하라고 하여 엉뚱한 길로 들어갔다가 다시 차를 돌려 나오는가 하면 너무 갑자기 돌라고 하여 급정거를 해야 할 때도 있습니다. 엉뚱한 곳에서 회전을 하여 딴 길로 들어서 아내에게 불평을 하면 "당신이 언제 내 말을 들었어요? 왜 평소대로 당신 고집대로 하지 않고 내 말을 듣는 척 해요." 하고 반격을 합니다. 만일 내가 내 마음대로 가다가 잘못된 길로 들어가면 그때는 아내에게 왔다 입니다. "봐요. 당신 내 말 들어 손해 볼 것 하나도 없다고 하지 않았어요. 웬 고집이 그렇게 세요." 하고 오금을 박습니다. 그러니 잘되면 아내 덕, 잘못되면 모두 내 탓이고 내 잘못입니다.

며칠 전 아내와 몇 군데 쇼핑을 다녀왔습니다. 그런데 그날따라 아내의 운전지시가 왔다갔다 하여 길을 잘못 들기도 하고 차선을 잘못 잡기도 하여 뒷차의 운전자에게 욕을 먹기도 했습니다. 그래서 은근히 화가 나서 "좀 잘 가르쳐주지 않고 왜 그래요. 또 잘못 하고도 미안하단 말도 없을까." 하고 도전을 했습니다. 그랬더니 "사람이 그럴 때도 있지. 실수 없이 사는 사람이 어디 있어요 그리고 당신은 잘못 했을 때마다 사과를 했어요? 얼마 전에 J박사 부인이 그럽디다. 이 선생은 집에서 잘못 했을 때 잘못했다고 사과해요? 우리 집 J박사는 죽으면 죽었지 잘못을 인정하는 일이 없어요. 하더라고요. 당신이나 J 박사나 남자들이 모두 똑 같지 뭐." 하고 반격의 사격을 멈추지 않았습니다.

"그래요. 당신에게 말로 도전을 하는 내가 잘못이지." 하고 대답을 했더니 "뭐라고요? 우리가 말싸움을 할 때마다 당신은 말할 게 없으니까 양보하는 척 하는데 내가 맨날 지고 산다는 것은 세상이 다 알아요." 하면서 그전에 K박사 부인이 한 말을 다시 반복했습니다. "이 선생님 집에서 말싸움을 하면 누가 이겨요? 보나마나 이 선생한테 사모님이 꼼짝 못할 꺼야. 이 선생이 말을 워낙 잘하니까."

누구 말마따나 버선목이라 뒤집어 보일 수도 없고 또 몰래카메라에 그때마다 녹음을 하여 이 메일에 올릴 수도 없이 억울합니다.

"그 사실도 아닌 이야기를 백 번도 더 들었어요."라는 내말에 아내는 엄숙하게 "공자의 말씀처럼 진실을 이야기할 때는 하루에 백번씩 매일이라도 들으면서 가슴에 새겨야 돼요." 하고는 자기도 우스운지 '쿡, 쿡' 하고 웃었습니다.

그 전에 친구들에게 "야, 은퇴를 하면 아내 곁에서 그동안 못해 주었던 서비스도 하고 기사노릇도 하고 일도 도와주면서 아내를 데리고 극장도 가고 해라. 방구석에 틀어 박혀서 이방인 노릇하지 말고…" 하면서 으스댔는데 그것이 얼마나 허황된 이야기라는 것인지 깨달았습니다.

나도 점점 방콕에 말을 아끼는 은둔 처사가 되어 가고 있으니까.

　하기야 아내 앞에 꼼짝 못하는 아내 무섭장이가 나만이 아니고 친구들의 모임에 가면 주르륵 주르륵 소리가 나게 많이 있으니까 나만 비관할 일은 아니겠지만…….

　아주머님들, 직장에서 은퇴하여 일도 없고 수입도 없고 그동안 쌓아 놓은 사회의 명성마저 잃어버린 불쌍한 남자들의 기를 좀 세워 주실 수는 없을까요?

# 문화의 갈등

　1903년 하와이의 오하우 섬으로 노동 이민을 온 86명의 한인들이 이민 역사의 시작이지만 현대의 많은 사람들이 이민을 오게 된 것은 1960년대와 1970년대일 것이라고 생각을 한다. 물론 그 후에도 꾸준히 한국 사람들이 미국으로 옮겨와서 이제는 큰 한인 사회를 이루었지만….

　그런데 대부분의 사람들이 이민을 오면 한국에서의 정신문화가 이민을 왔던 그 시대 그대로 정지되는 모양이다. 1930년대에 중국으로 연변으로 이민을 간 사람들은 1930년대의 언어풍습, 음식풍습을 그대로 지녀서 가끔 TV에 나오는 사람들은 마치 역사극에 출연하는 것 같은 말을 하고 1960년대에 미국으로 이민온 사람들은 1960년대의 서울 문화풍습을 그대로 유지하고 있다.

　얼마 전 뉴저지의 한인교회 목사님이 설교를 하시면서 지금 미국의 한인교회는 서울의 교회에 비해서 30년 정도 뒤떨어져 있다고 했다.

　아마 목사님은 서울의 대형교회와 비교해서 한 말이겠지만 맞는 면도 있기는 하다. 서울에서 대형교회에 가면 LA에 있는 크리스탈 캐대드랄 교회에서 하는 것처럼 예배순서가 물 흐르듯이 흘러 간다. 사회자가 있어도 "몇 장 찬송을 부릅시다." " 이제 ××장로님이 나오셔서 기도 하겠습니다." "이제 ××권사님이 나오셔서 성경 봉독하겠습니다." "이제 목사님이 나오셔서 ××제목을 가지고 설교를 해주시겠습니다. 많은 은혜를 받으시기를 바랍니다." 그리고 미주알고주알 알려주는 광고시간이 없다. 이것들이 모두 주보에 적혀 있는데 글을 모르는 사람들을 위해서가 아니라면 다시 반복할 필요가 없을 것이다. 이런 불필요한 순서를 모두 합하면 10분에서 12분가량 걸리는데 이 시간이 음악시간으로 채워진다.

물론 예배를 오페라 보듯이 하자는 것이 아니지만 그런 교회가 대형교회로 발전하는 것이 사실이기도 하다. 그러니 대부분의 미국의 한인교회는 아직도 1960년대의 예배형식을 그대로 답습한다고 해도 과언이 아니고 목사님이 30년이 뒤졌다고 불평하는 것도 일리는 있는 말이다.

교회뿐만이 아니다. 미국의 패션이 서울보다 늦다고 하고 또 미국의 패션은 서울의 것보다 화려하지가 못하다. 물론 점잖은 남자의 의상은 미국의 것이 돋보이지만 여자의 패션은 서울처럼 빨리 변하지도 않고 화려하지도 않다. 그렇다고 미국의 문화가 서울의 문화에 뒤떨어졌다고는 할 수 없다.

뉴욕에는 우리가 좋아하는 한국 음식점이 많이 있다. 그리고 우리 세대들이 좋아하는 음식들을 먹을 수 있다. 그러나 요새 서울에 유행하고 젊은 사람들이 좋아하는 퓨전 음식은 좀처럼 볼 수 없다.

그런데 미국에 사는 우리세대는 우리가 가져온 1960년대의 서울의 문화를 생각하고 아직도 서울이 구공탄을 때고 비오는 날엔 왕십리에서 진흙탕 길을 걸어야 하고 잠실에는 나룻배로 강을 건너는 정도로 생각하는 코리언 아메리칸들이 많이 있다. 그리고는 내가 10년 전에 서울에 갔었는데 거리는 먼지 천지이고 아파트도 불편하여 못 살겠더라고 말을 한다.

그런데 그런 이들에게 서울이 얼마나 깨끗하고 아름다운 도시라고 설명을 해도 내가 마치 정신개조가 된 사람으로 취급을 하며 내 말을 믿지 않는다.

서울을 가보면 또 사정이 달라진다. "야, 작년에 내가 뉴욕에 있는 동생한테 갔었는데 뉴욕이 왜 그렇게 더럽고 한국 사람들은 촌스러우냐." 하면서 나를 곤혹스럽게 한다. "후러싱의 한국 음식점에 가도 제주도나 강릉의 음식점보다도 못하고 사람들은 노래방에 가도 1960년대의 흘러간 노래나 부르고…. 선물을 사려고 뉴욕의 32가에 있는 신세계백화점이라는 곳에 갔더니 이게 말씀이 아니더라. 신세계백화점의 이명희 회장이 알면 통곡을 하겠더라." 하고 나의 기를 죽인다. 나는 "야, 후러싱이나 32가의 한인 거리를 압구정동에 비하면 어떻게 하냐. 압구정동 하고 비교하려면 5번 아비뉴의 50가 정도 가서 비교를 해야지." 하면서도 유쾌하지는 않다.

또 미국에서 공부한 사람들은 한결 같이 김경준이나 에리카 김 처럼 사기꾼들이 많고 미국에서 학위를 받은 많은 사람들은 미인가 대학에서 가짜박사학위를 샀거나 신정아처럼 가짜로 받은 것처럼 조롱의 대상이 되곤 한다.

그렇다. 한국이 경제적으로 발전되어 서울 사람들이 기세를 부리게 되어서 나도 기쁘고 뿌듯하다. 그리고 나는 뉴요커나 서울 사람 중 누가 더 잘났다고 생각하지도 않는다. 모두 자기의 형편에 따라 뉴욕에 살고 서울에 살 뿐이다.

이제 세계는 글로벌화되었다지 않는가. 서울에 살아도 뉴욕에 살아도 서로를 존중하고 위해 주며 살아갈 수는 없을까.

# 2007년 U.S. Open 테니스

    2007년의 U. S. Open 테니스는 남녀가 모두 세계 제 1위의 선수들이 우승을 하여 이변이 없었으니 별로 재미가 없었다고 할지도 모르겠습니다. 물론 남자들의 경기에서는 승승장구하여 180여 주일 동안 세계 제일의 자리를 굳게 지키고 있는 로저 페들러가 이길 것을 예상했지만, 여자부 경기에서는 현재 제 1위를 지키고 있는 저스틴 헤닌(자기 나라 발음으로는 에닝)이 이길 것이라고 예상하는 사람은 별로 없었습니다.

    여름의 막바지에 열린 U. S. Open 테니스의 장소인 뉴욕의 후러싱 미도우팍은 아름다운 공원의 풍경과 뒤로 보이는 대서양 바다, 그리고 녹색 바닥이 아름다운 새로 단장한 애쉬 스타디움과 빌리진 킹 스타디움이 나를 흥분시키곤 합니다.

    세계에서 내놓으라 하는 선수들이 모두 몰려들어 마지막 그랜드슬램의 테니스 경기에 출전하여 기량을 보이려고 혼신의 힘을 기울이고 있습니다.

    나는 남자 선수들 중 경기매너가 너무 좋고, 거의 완벽하다고 할 수 있는 실력을 갖춘 페들러가 우승하는 것은 너무도 당연하다고 믿고 있

없고 그러한 나의 예상이 빗나가지 않아 그는 여유 있게 상대방 선수들을 제압하고 우승컵을 안았습니다. 그렇지만 나는 여자선수들의 경기에 더 흥미가 쏠렸습니다. 그것은 에닝이 1위의 자리에 오르기는 했지만 이번 경기에서는 그녀의 우승을 장담할 수가 없었기 때문입니다.

에닝은 워낙 체구가 작고 몸이 자주 아파 많은 경기에 출전을 하지 않았고 약 2개월 전에 열린 윔블던에서 러시아 선수에게 패배를 했습니다. 키는 운동선수로는 작다고 할 수 있는 166㎝ 정도이고 체중이 57kg밖에 되지 않는 왜소한 선수입니다. 그런 체격으로 상당한 힘이 요구되는 테니스를 한다는 것이 아주 흥미롭습니다. 그런데다가 대진표를 보면 예상대로 에닝이 3회전을 이기고 올라온다면 세레나 윌리암스와 또 비너스 윌리암스와 경기를 해야만 합니다. 이들과 에닝이 같이 서면 마치 헤비급과 밴텀급의 권투를 보는 것처럼 체격이 비교가 안 되는데다가 얼굴의 표정마저 대조가 됩니다. 그래서 에닝이 우승을 한다기보다는 그가 윌리암스 자매를 이길 수 있느냐가 관심의 초점이었습니다.

나는 운동 경기를 볼 때 특별이 응원을 해야 할 팀이나 선수가 없으면 몸이 작은 선수를 응원하는 경향이 있습니다. 내가 몸집이 작으니까 작은 선수를 응원하게 되는 게 아마도 나의 콤플렉스 해소에 도움이 되는 듯 싶습니다. 그리고 작은 선수가 큰 선수를 이기는 것이 더욱 통쾌하지 않습니까.

내가 에닝 선수에게 관심을 가지게 된 것은 2003년 봄, 우연히 세레나 윌리암스와의 경기를 승리로 이끄는 모습을 보게 되면서부터 입니다. "야! 쟤가 누구냐? 저렇게 작은 선수가 세레나 윌리암스를 이기다니…. 이건 완전히 다윗과 골리앗의 게임이구나." 하고 흥분을 했습니다. 나중에 보니 이 경기가 처음 윌리암스 자매를 이긴 경기였습니다.

에닝은 1982년 벨기에서 출생하여 다섯 살 때부터 테니스를 배우기 시작을 했다고 합니다. 운동 신경이 있어 축구도 잘하고 테니스도 잘하여 무엇을 할까 고심하다가 테니스를 택했다고 합니다. 어머니가 13세 때 돌아가시고 한동안 우울증에 빠졌으며, 이후 어머니에 대한 그리움을 운동으로 극복하고 계속 테니스를 쳤다고 합니다. 어떤 때는 해가 지고 공이 안 보일 때까지 테니스장에서 돌아오지 않았다고 합니다.

15세 때 처음 청소년 대회에 나가 우승을 하고 자신감을 가지게 되어 17세 때 국가대표로 Fed Cup 대회에 출전을 하였습니다. 어머니가 없이 외로움 속에 살던 에닝은 자기를 위로해 주고 돌봐주는 피엘 하데니를 만나 사랑에 빠졌습니다. 그리고는 프로로 전향했지만 별로 주목을 끌지 못하다가 2002년 후렌치 오픈과 윔블던에 출전하여 주목을 끌더니 점점 발전하여 2003년에는 후렌치 오픈과 U. S. Open 그리고 2004년 오스트랄리아 오픈에서 승리를 했습니다.

그러다가 몸에 병이 나서 운동을 포기해야할 지경에 이르렀습니다. 운동만 하면 열이 나고 기침이 나서 호흡곤란을 일으켜 병원에 입원해야만 했고 그럴 때마다 운동을 하지 말고 쉬라는 의사의 권고를 받았습니다. 그러나 '나는 운동을 안 하면 아무런 존재도 아니다.' 라는 마음으로 2004년 그리스 올림픽에 나가 테니스경기에서 금메달을 따내어 벨지움의 단 한 개의 금메달 수상자가 되었습니다.

그 후 약 2년간 모로코와 스위스에서 자기를 따르는 어린애들을 돌보고 도와주면서 휴양을 했습니다. 그가 금년에 다시 코트로 돌아왔을 때 아무도 그가 좋은 성적을 내리라고 생각하는 사람은 없었습니다.

나는 에닝의 경기는 빠지지 않고 열심히 보았습니다. 그는 열심히 뛰고 온몸을 공에 실어 치면서 정확한 테니스 경기를 보여 주었습니다. 1회전, 2회전, 3회전을 이기고 세레나 윌리암스와 대결을 할 때 미국의 TV 에서는 세레나 윌리암스의 컨디션이 얼마나 좋으며 그의 서브를 막아낼 선수는 아무도 없다는 등 극찬을 아끼지 않았습니다. 그리고 에닝이 잘 치기는 하지만 세레나에게 이기기는 힘이 들거라고 존 켁켄로도 떠들며 논평들을 했습니다. 인터뷰에 나온 세레나도 그가 좋은 선수이기는 하지만 나는 그를 이길 수가 있고 준비가 되었다 라며 "come on. come on." 하고 큰소리를 쳤습니다.

경기가 시작이 되었습니다. 마치도 아라비아의 경기용 말같이 근육질의 몸집이 큰 세레나는 보기에도 기가 질리는 모습이었고 흰 모자를 쓴 에닝은 더욱 더 왜소해 보였습니다.

관중석에서는 일방적인 응원이 세레나에게 쏟아지고 TV에서도 세레나를 응원하는 논평들이 계속 되었습니다.

나는 처음부터 에닝을 응원하기 시작했습니다. 첫 게임에서 에닝이 세레나의 서브게임을 빼앗고 올라 갈 때는 나도 신이 났는데 다시 서브를 빼앗기고 동점이 되었을 때는 안쓰러움에 경기를 보기에 힘이 들 정도였습니다. '내가 무엇 때문에 이렇게 열심히 에닝을 응원을 하지?' 하고 나 혼자 웃다가는 '그럼 다윗이 골리앗을 물리쳐야지. 나처럼 작은 키의 선수가(사실은 나보다 6㎝나 크지만) 골리앗을 이겨야지' 하는 생각으로 응원을 했습니다.

첫번 세트는 타이 브레이크 게임이었는데 에닝은 7 : 3으로 여유 있게 이기고 제 2세트에서도 여유 있게 이겼습니다.

다음날에는 쉬고 그 다음날에는 언니인 비너스 윌리암스와 경기를 하게 되었는데 인터뷰에 나온 언니 비너스는 "반드시 이겨 동생의 복수를 하겠다. 나는 그를 대비해 준비가 되어 있다. 자…" 하고 말하며, 마치 권투 선수들이 체중을 재고 상대방 선수의 기를 꺾으려고 하는 전투적이고 공격적인 말투와 몸집을 보였으며 이 모습이 내게는 몹시 거슬렸고 나는 에닝을 더 응원하겠다고 생각했습니다.

경기장에 나온 두 선수를 보면서 '테니스도 체중으로 경량급과 중량급을 나누어야 하지 않을까?' 라고 생각할 정도로 차이가 나는 몸집을 보면서 에닝이 애처롭기까지 했습니다.

그러나 막상 경기가 시작되었을 때 에닝은 코트를 종횡무진 빠르게 움직이면서 공을 치고 빈 공간에 공을 송곳처럼 찔러 넣었습니다.

처음 게임에서 비너스의 서비스를 꺾은 에닝이 쉽게 경기를 풀어가는 듯 했습니다. 그러나 여자의 서브라고 믿기 힘든 비너스의 강한 서브와 그의 힘을 당할 수가 없었는지 서비스경기를 빼앗기더니 6 : 6이 되고 타이 브레이크에 들어갔습니다. 비너스는 힘이 있고 강하기는 했지만 자기 힘에 자기가 넘어가서 실수를 많이 범하더니 타이 브레이크에서 지고 두 번째 세트에서는 힘없이 무너져서 에닝이 승리를 했습니다.

나는 남이 보면 주책이라 할 정도로 깡충 뛰며 소리를 질렀습니다.

아내는 기가 막힌 듯이 픽 웃더니 '참 늙으면서 주책도 심해진다고' 생각을 했던지 아무 말 없이 자기 방으로 들어가 버렸습니다. 그렇다고 내가 에닝을 만나 본 적도 없습니다. 그렇다고 미인도 아닙니다. 모자를 벗고 인터뷰를 할 때는 벨기에의 시골에서 본 농사꾼 여자의 모습입니다. 요새 새로 나온 러시아의 여자 선수들 중에는 마리아 사라포바를 비롯하여 미인도 많고 몸짱도 많습니다.

내가 그를 좋아하는 이유는 작은 몸집을 가지고 혼신의 힘을 다하여 정확하게 공을 쳐서 골리앗 같은 큰 선수들을 이긴다는 것과, 투병을 하면서도 '나는 운동을 안 하면 아무것도 아니다.'라는 정신으로 운동을 한다는 것과, 시간이 나면 병을 앓고 있는 어린이들이나 소외된 어린이들을 찾아 시간을 같이 보내며 도와주는 아름다운 마음씨를 가지고 있다는 것입니다.

많은 여자 선수들이 한번 챔피언이 되면 모델 노릇을 한다고 야단이고 상품 광고에 나와 돈을 벌고 그 돈을 어쩔 줄 몰라 바람을 피우고 마약을 하고 놀아나는 것을 보며 에닝의 생활과 비교를 하게 됩니다.

지금 25세니까 몸이 아프지 않으면 앞으로 5년 동안은 선수 생활을 더하고 많은 경기에서 이길 수 있을 것입니다.

나는 이런 선수들을 보며 응원을 하는 것이 기쁩니다. 에닝 화이팅 !

# 4

## 인심은 조석변이인데

# 부잣집들

서울에는 부자들이 많이 있습니다. 강남에는 몇십 억을 호가하는 아파트들이 즐비하게 늘어서 있고 몇 억씩 하는 골프회원권들을 몇 개씩 가지고 골프를 치고 렉서스나 벤츠를 타고 다니는 부자들을 보면서 기가 죽어지냈습니다.

그런데 지난 며칠 동안 휴가를 다녀온다는 것이 내 기를 죽이다 못해 완전히 뭉개버리고 이제는 남은 자존심과 욕심이 없이 완전히 마음을 비우는 도가 통하여 왔습니다.

우선 지난 주간에는 플로리다의 올랜드에 갔습니다. 올랜드는 디즈니 월드가 있어서 어린애들이 즐겨 찾는 곳이기도 한데 같이 갔던 친구가 부동산에 관심이 많은 친구여서 팔자에 없는 집 구경을 하게 되었습니다.

그런데 서울의 10억 20억 하는 집을 보고 기가 죽었는데 올랜드에 사는 부자들은 집터만 200만 불을 주어야 경관이 있는 집터를 구한다고 합니다. 그리고 집을 짓는데 다시 한 200만 불이 들고 경관을 꾸미는데 100만 불 정도가 든다고 합니다.

그리고 350세대가 골프 코스 하나를 가지고 놀며 외부의 손님은 들어 올 수 없습니다. 고급 식당이 6개나 되고 스파와 마사지실, 클럽 하우스를 쓴다고 합니다. 회원이 아니면 이 시설을 쓸 수도 없고 이 안에서는 돈을 가지고 사는 것이 아니라 회원권으로 통한다고 합니다. 집을 소개하는 중개사는 여기서 상주하는 사람들은 없고 겨울 한철 와서 살다가 가는 사람들이라고 하며 골프를 치고 식당을 이용하고 회원권을 유지하려면 일 년에 10만 불은 들 것이라고 이야기를 합니다. 그런데 이런 집들이 여기저기 즐비하다는 것입니다.

같이 간 친구는 플로리다에 천 만 불을 호가하는 궁전 같은 집을 가지고 있고 부동산에 아주 취미가 있는 친구라서 공짜로 부잣집을 보여준다고 하면서 여기저기 끌고 다녔는데 들어가 보지는 못했지만 타이거 우즈의 집이라고 멀리서 가르쳐 주었는데 집값이 얼마인지도 몰랐습니다. 큰 회사의 회장님 정도 되지 않으면 여기에 들어와 살 생각은 하지 않는 게 정신건강에 좋을듯 합니다.

그러니 강남의 30억 짜리 집을 가지고 일 년 내내 상주하며 이 집을 큰 재산으로 생각하는 강남의 부자와는 계급이 틀립니다.

집을 보고 온 날 저녁은 식당의 밥맛도 별로였지만 밥이 별로 당기지 않았습니다.

그런데 지난 주일에는 애들이 생일선물이라고 준비해준 캐러비안 크루즈를 다녀왔습니다. 마이애미에서 배를 타고 바하마 섬들을 돌아왔습니다. 나소우라는 섬에 내려서 다시 작은 배를 타고 천국의 섬이라는 곳에 갔습니다. 푸른 바닷가에 큰 집들이 여기저기 줄을 서 있는데 영국의 롤스로이스 자동차 회사 사장, 찰스 채플린의 집들이 늘어서 있고 농구선수 마이클 조던의 집, 배우 니콜라스 케이지, 엘비스 프레슬리의 딸의 집들이 있었습니다.

인상적인 것은 아랍 왕자의 집인데 자기를 위한 큰집이 있고 방문하는 손님을 위한 집이 옆에 있는데 관광 안내원도 집값을 모르겠다고 하며 아마도 2천만 불이 넘지 않을까 했습니다. 그런데 더욱 재미있는 것은 집을 지은 지가 6년이 넘는데 한 번도 와서 잔 일이 없다는 이야기입니다. 이런 집 앞에는 배를 대는 독크가 있고 멋진 하얀 색깔의 보트가 매여져 있는데 한 번도 쓴 일이 없다니 그저 멋으로 사논 집인 모양입니다.

거기에서 좀 떨어진 곳에는 핑크색깔의 그림 같은, 호텔 같은 집이 있는데 건물 사이를 연결한 다리가 인상적입니다. 그 맨 위층에는 마이클 잭슨이 한 달씩 머물다 가는 방이 있는데 하룻밤 체제비가 2만5천 불이라고 합니다.

혹시나 내가 영어를 잘못 알아들었는가 하여 2천5백 불인가 하고 다시 물었더니 얼굴이 검은 안내인은 이런 중국 촌놈을 봤나 하는 표정으로 2만5천 불이라고 다시 강조를 합니다. 한 달을 이런 호텔에서 묵으면 나의 전 재산을 가지고도 모자랄 지경입니다.

하기야 내가 세계의 부자들의 사는 것을 보고 왈가왈부하니 쥐새끼가 코끼리하고 맞짱을 뜨자고 하는 격이지 부러워 한다는 것 자체가 외람된 이야기입니다.

돌아오는 배에서 가만히 생각을 했습니다. 그래도 나의 형편이 세계적으로 보면 중간 이상은 되지 않나. 나보다 못 사는 사람들이 세상에 얼마나 많은데… 물론 먹을 것이 없어 고생하는 사람들도 많이 있는데 그래도 일 년에 한 두어번 여행이라도 다니는 사람들은 더욱 더 적을 것이 아닌가. 그뿐인가. 나는 보고 싶은 영화도 보고 맛있는 자장면이나 냉면, 칼국수정도는 걱정하지 않고 사 먹을 수 있고 친구들에게 대접을 할 수 있지 않는가. 밑을 보고 살면 고개도 안 아프고 편하지만 아득히 높은 곳을 보고 살려면 고개도 아프고 힘도 들지 않을까 생각을 했습니다.

　그렇습니다. 배가 아파봐야 내 배가 아프지 아무런 소용이 없을 것입니다. 저 큰 집에 사는 사람은 배를 타고 지나가다 이 집을 쳐다보며 내가 배가 아파 하는 줄도 모를 것입니다. 그러니 배 아파하지 말고 그들과 멀리 떨어져 있는 것이 정신건강에 좋을 것입니다.

　그저 하나님은 공평하십니다. 그들도 하루가 24시간이고 좀 많이 먹으면 배부르고 많이 먹으면 살이 찐다고 걱정을 하고 나처럼 매해 늙어갈 것입니다.

　돌아오는 길에 아내에게 "여보, 저런 집을 쓰고 살면 너무 커서 청소하기도 힘이 들고 집을 관리하기도 힘이 들 꺼야." 하고 말을 건넸더니 아내는 나를 한심하다는 듯이 쳐다보며 "여보 저런 집을 쓰는 사람이 자기 손으로 청소를 하겠소 사람들을 써도 수십 명을 쓰지." 하고 오금을 박았습니다.

　나는 "참 그런가." 하고 멋쩍게 웃으며 "나는 그런 집을 안 써봤으니 알 수가 있나." 하고 바보 같은 대답을 했습니다.

# 인심은 조석변이인데

　한국의 대통령 선거가 끝난 지 열흘이 되었다. 선거가 끝난 후 열흘 동안 세상이 많이 변했는데 그중 무엇이 제일 많이 변했을까 생각을 해본다. 한 달 전만 해도 TV에서 이명박 후보를 비윤리적이고 비도덕적이고 대통령의 자격이 없는 온갖 비리의 주인공이라고 입에 침을 튀기며 비난하던 비평가들이 옷도 갈아입지 않은 채 이제는 뻥튀기 장사에서 대통령이 된 신화의 주인공이고 현대건설의 신화를 만든 CEO라고 입이 마르게 칭찬을 한다. 그 까짓것 한방이면 끝이 난다고 하던 여당의 중진은 선거에 진 것이 왜 내 잘못이냐고 같은 편끼리 으르렁대고 있다.

　어제까지도 정동영씨가 유일한 대통령감이라고 입에 거품을 물던 여당의 정치지도자들이 언제 그랬더냐는 듯이 이제는 신당의 지도자도 못되는 사람이라고 비난을 하고 선거에 진 원인도 그에게 있으니 다음에는 국회의원도 나오지 말고 2선으로 물러나라고 윽박지른다.

　아무리 옛사람들이 인심이 조석변이라고 했지만 요새 신문이나 TV에 보도되는 인심은 쳐다보고 있는 나의 얼굴이 화끈거릴 지경이다.

아마도 빨리 빨리의 종주국인지라 인심이 변하는 것도 빨리 빨리 공화국의 이름에 걸맞게 빨리 변하는가 보다. 그런데 어제까지도 사람들 앞에서 욕을 하며 없애버리겠다고 하던 사람이 다음날 입에 침을 튀기며 칭찬을 한다면 듣는 사람의 마음이 어떨까 하고 한번 생각을 해보았을까.

기자실에 대못을 치던 장본인은 기자들에게 저녁이나 먹자고 어색한 웃음을 짓는가 하면 벌써부터 어떻게 하면 새로운 권력자에게 줄을 댈까 하고 연줄을 찾기에 혈안이 되었다고 하니 이는 보통사람의 심장을 가진 사람은 못할 짓이다.

아프가니스탄에 억류되었던 인질을 찾을 때 앞에 서서 공을 자랑하며 국정원장이면 남의 앞에 공개되지 말아야 하지 않느냐는 기자들의 질문에 알지도 못하면서 비판한다고 핀잔을 하던 김 국정원장은 어떻게 하면 국회의원이 될까 하고 공천 줄을 찾아다닌다고 하고, 또 대통령 선거 때는 이명박씨의 비리를 조사시키고 BBK의 김경준씨를 입국시키는데 한몫을 했다더니 요새는 대통령 당선자의 얼굴을 한 번이라도 보게 해달라고 측근들에게 매달린다고 한다. 북한의 김정일의 대변인 노릇을 하던 성공회 신부인 이재정 장관은 국민을 무식한 우중으로 깔보며 우리가 보낸 쌀값을 엉터리로 발표를 하며 설쳐대더니 다시금 학생들을 가르치는 교수로 돌아간다고 하고 노무현 대통령의 평양 방문 때 김정일 앞에서 고개를 깊이 숙이며 절을 하던 통일부 간부들은 통일부가 딴 부서에 합병된다는 소식에 자기의 밥그릇이 없어질까 봐 전전긍긍한다고 한다.

나는 무식하여 이명박 당선자의 국토 대운하 계획이 어떻게 이루어지고 어떤 결과를 가져 올는지 모르지만 대선 때는 대운하 계획을 아무것도 모르는 무식한 사람의 무모한 계획이라고 비난을 하던 건설교

통부의 간부들은 자기의 의견이 아니었다고 말을 바꾸느라고 야단이다. 임기가 아직도 남아 유임이 될지도 모른다고 보도된 높은 사람들은 자리를 만들어준 노무현 대통령과 자기와는 아무런 연관이 없다고 거리를 두고 새로운 권력자에게 잘 보이려고 안면을 바꾸느라고 야단이다.

선거 때는 여당의 정동영 후보의 긍정적인 면을 부각시키고 이명박 후보의 의혹만 방송을 하던 MBC나 KBS는 방송이란 것이 원래 그런 것 아니냐고 멋쩍은 웃음을 웃으며 요새는 이명박 당선자를 칭찬하느라고 정신이 없다. 언제 이명박 당선자의 어릴 적 사진들을 구했던지 고등학교 시절의 사진들이며 뻥튀기를 할 때의 사진까지 그렇게도 재빨리 보여 주는지 감탄할 지경이다.

그런데 권력을 잡으면 아첨을 하는 사람들이 좋아지는 모양이다. 5년 전 대통령에 당선이 된 노무현 씨도 처음에 나에게 아첨을 하려고 하다가는 가문이 망신할 것이라고 엄포를 놓더니 그 주위에 예스맨들만 포진시켰고 철저히 자기에게 좋은 말을 하는 사람들을 골라 썼다. 자기에게 쓴말을 하는 신문에 세무사찰을 시키고 툭하면 신문을 고소하더니 신문기자들이 아예 들어오지도 못하게 기자실에 대못을 치고 대못을 친 간부에게는 훈장을 주었다. 그러니 이런 권력자의 속성을 잘 아는 머리 좋은 사람들이 또 다시 출세를 위하여 아첨을 하는 건 너무나도 당연하지 않을까. 아첨도 아무나 하는 게 아니다.

얼마 전 「아첨의 기술」이라는 책이 인기를 끌었다지만 아첨하는 이야기를 듣고 있으면 몸속에 엔도르핀이 분비가 되어 기분이 좋아진다고 했던가.

나의 얼마 되지 않는 직장 생활에서도 윗사람에게 바른말을 하고 충정을 이야기 해주는 사람들은 명퇴를 당하고 조기에 목이 잘려도 아첨을 하는 사람들은 생명이 길고 승진이 되는 걸 많이 보았다.

새로운 대통령 당선자도 아첨을 하지 말고 소신대로 일을 하라고 했다 하며, 능력 위주로 사람을 쓸 것이라고 공언을 하였다. 그러나 자기의 말대로 지켜질는지는 아무도 모른다. 그도 사람이고 권력자가 될 것이고 아첨을 하는 말을 듣기 좋아할 테니까.

그리고 그에게 아첨을 하던 사람들은 또 배반을 하고 다음의 권력자에게 아첨을 한다는 것을 지금은 알지 못할 테니까. 죽음의 그림자, 사람이 죽는다는 것처럼 명백한 사실도 없다. 아무리 위대한 사람도 죽지 않은 사람은 없다. 석가도, 공자도, 마호메트도, 소크라테스도 죽었다. 성경의 아브라함이나 모세나 다윗왕도 죽었고 예수님이 살려준 나사로도 죽었다.

그런데 언제 어디서 죽는가 하는 것처럼 Uncertain한 것도 없다. 간혹 자기의 죽는 날과 장소를 안 사람이 있다고는 하지만 거의 자기가 죽는 날과 장소를 모르게 마련이다.

우리가 태어나는 순서가 있었는지는 알 길이 없지만 학교를 졸업하고 결혼을 하고 군대를 갔다 오고 생일잔치를 하고 환갑잔치를 하는 것은 순서가 있고 그 순서를 알 수 있는데, 죽는 순서는 알 수가 없다. 세계의 인구가 67억이라고 하니 일 년에 1억이 넘는 사람이 죽을 것이니 이는 역사의 어느 전쟁보다도 많은 사람이 죽는다. 이렇게 매일 죽음을 보면서도 나는 예외로 죽지 않을 것처럼 막연히 생각을 하는데 이처럼 어리석은 일이 어디에 있을까.

모든 종교와 철학은 죽음에 대한 준비이고 죽음에 대한 교육이라 해도 과언이 아닐 것이다. 이처럼 우리가 죽음을 생각하지 않는 것은 아니지만 죽음은 뜻밖의 일이 되고 우리 주위의 사람이 죽을 때 우리는 당황하고 정신적인 충격을 받게 된다.

그래서 우리는 일생동안 죽음에 대한 해답을 얻으려고 사색하고 연구를 하지만 역시 죽음은 우리에게 아무런 답을 주지 않는다.

　『제인 에어』를 쓴 샤롯 브론테,『폭풍의 언덕』의 에밀리 브론테,『보바리 부인』의 플로베르,『좁은 문』『전원일기』를 쓴 앙드레 지드,『이방인』『전락』을 쓴 까뮈,『성』『심판』을 쓴 카프카 등은 평생 죽음의 그림자 밑에서 방황을 하고 그의 작품들 속에서 죽음의 구름이 덮여 있어 읽는 사람들의 마음을 우울하게 한다.

　아마도 내가 열세 살 정도의 소년이었을 때 옆집에 열 살 정도 되는 소녀가 살았다. 지금은 그 얼굴도 기억이 나지 않지만 해사한 얼굴이 귀엽게 생겼고 일찍 죽는 어린애들이 조숙하고 똑똑하듯이 상당히 조숙했던 것 같다. 이 소녀는 소위 폐병(결핵)을 앓고 있어서 부모들이 스트렙토마이신을 비싸게 구해다가 주사를 놓곤 했는데 이 소녀는 그 병을 얻어다가 나에게 잉크병으로 쓰라고 주던 기억이 난다.

　그러던 어느 날 이 소녀는 마루에 앉아 나를 쳐다보며 "오빠 사람이 죽으면 땅 속에 묻는 다지. 그러면 숨이 답답해서 어떻게 해?" 하면서 나를 말끔히 쳐다보는 것이었다. 중학교 일학년 학생이 어떻게 대답을 할 것인가. 나는 "글쎄 왜 그런 생각을 하지. 너는 절대 죽지 않아." 하면서 손을 잡아 주었던 생각이 난다.

　얼마 후 그 소녀는 죽었고 초라한 상여가 나가던 날 나는 '얘가 숨이 답답해 어떻게 할까.' 하는 생각에 내 가슴이 오랫동안 답답했던 기억이 난다.『바람과 함께 살아지다』에서 후레드와 스카 알레드 사이에 딸이 하나 있었다. 그런데 그 소녀가 말에서 떨어져 죽는다. 그 애의 방의 불을 스카 알레드가 끄려 하자 후레드가 소리를 지르는 대목이 나온다. "불을 끄지 말아. 그애는 어두운 것을 싫어 한단 말이야."

　이제 반세기가 지났다. 그런데 나는 아직도 가끔 그 소녀의 질문이 떠오르고 나는 아직도 그 대답을 해줄 수가 없다.

나는 어려서 평양 기독병원의 관사에서 살았는데 우리 집에서 멀지 않은 곳에 소위 영안실이 있었고 가끔 죽은 사람들의 가족들이 애곡하는 소리가 들리곤 했다. 그때마다 죽음의 어두운 그림자가 나를 괴롭혔다.

일생을 살면서 친구들의 부모님, 학교의 선배들, 같이 일하던 의사들의 장례식에 많이 참석을 했는데 아직도 장례식장에 들어가기가 으스스하고 기분이 좋지 않다.

며칠 전 장인어른이 별세를 하셨다. 그는 만 100세를 3주일 남겨 놓고 넘어져 뇌출혈로 약 일주일동안 혼수상태에 있다가 운명하셨다.

소위 요새 나이 드신 분들이 건배를 하며 9988234를 외치는 "99세까지 팔팔하게 살다가 이삼일 앓고 죽자."를 이루신 분이다. 그러나 장인은 살아 계실 때 죽음을 몹시 두려워하셨다. 그래서 장의사 앞을 지나는 것조차 싫어하시고 친지들이 돌아갔다고 하는 소식조차 듣기를 언짢아하셨다.

그런데 돌아가신 모습을 장례식에서 보니 그렇게 평화로울 수가 없었다. 살아 계셨을 때 죽음을 무서워하던 그의 모습과는 너무도 다른 평안한 모습이었다. 과연 그는 죽음의 그림자를 해결하셨을까.

오늘도 내가 펴든 신문에는 한 페이지가 넘는 자리를 차지하는 부고들이 실려 있다. 그 많은 사람들은 죽음에 대한 해답을 구했을까.

내가 믿는 예수님은 "나를 믿는 사람은 죽어도 살겠고 살아서 믿는 사람은 영원히 죽지 아니하리라."고 하셨는데 어째 그런 사람이 보이지 않는 것일까.

# 스파에 나오는 사람들

내가 사는 뉴저지의 아파트에는 소위 '스파'라는 것이 있습니다. 그곳은 각종 운동기구가 갖추어져 있고 사우나와 수영장 시설, 마당에는 걷거나 뛸 수 있도록 조경되어 있습니다.

이러한 시설을 갖춘 '스파'는 콘도미니엄의 품격이 업그레이드되고 아마 집값도 약간 오르는데 도움이 되지 않는가 생각이 됩니다. 그래서 부동산 광고에 나오는 뉴저지의 웬만한 콘도미니엄의 광고는 거의 '스파'시설이 있다는 것을 강조하고 있습니다.

미국 국민의 반이 넘는 사람들이 병적이라 할 수 있을 정도의 비만을 가지고 있고 나머지 20%도 비만이라고 하니 거리에는 너무도 뚱뚱하여 뒤뚱거리며 걷는 사람들을 많이 볼 수 있습니다. 그래서 사람들은 뚱뚱해지지 않으려는 필사의 노력을 하고 많은 사람들이 매일 아침 '스파'를 찾습니다.

아침 6시에 개장을 하는 '스파' 앞에는 시간도 되기 전에 사람들이 줄을 서서 기다리고 서 있는데 큰 가방을 든 사람, 옷을 건 옷걸이를 들고 있는 사람, 아예 정장을 하고 온 사람들 각양각색 입니다. 이들은 문을 열자마자 벨트에 올라가 달리기를 시작합니다. 물론 역기를 들고 철봉에 매달리고 자전거에 올라 앉아 페달을 밟고 또 어떤이들은 공을 안고 바닥을 구르는 등 마치도 요가 같은 온갖 동작들을 합니다. 그러나 대종을 이루고 있는 것은 역시 기계 위에서 뛰거나 걷는 사람들입니다.

밖의 마당에는 아직 동도 트지 않았는데 여러 사람들이 걷거나 뛰며 마당을 돌고 있습니다. 언덕 밑으로는 허드슨 강이 흐르고 강 건너 뉴욕의 거리에는 전깃불이 휘황찬란합니다.

나도 4년이 좀 넘게 서울에 살면서 운동과는 담을 쌓고 친구들과 어울려 맛있는 먹거리를 찾아 다녔더니 체중이 많이 늘어서 이러다가는 '나도 비만증에 걸리지 않을까?' 하는 걱정에 '스파'를 찾기 시작 했습니다. 그런데 '스파'에 나오는 사람들을 가만히 보면 과체중을 걱정할 만한 사람은 거의 찾아 볼 수 없습니다. 2차 대전 후에 아우슈비츠에서 살아 나온 사람들이거나 북한에서 탈북한 사람들이 아닐까 걱정스럽게 마른 사람들도 많이 있고 보기에 적당한 사람들이 대부분이고 체중을 걱정할만한 사람들은 그리 많지 않습니다. 그러니 체중조절에도 부익부 빈익빈의 현상이 진행되고 있습니다. 너무도 뚱뚱하여 잘 걷지도 못하는 사람들은 운동을 하지 않은 채 식탁에 모여 앉아 먹고 또 먹어 체중이 늘어나고, 체중을 걱정하지 않아도 될 사람들은 거식증에 걸린 듯 먹을 것을 쳐다보지도 않은 채 체중을 줄인다고 야단을 치고 있습니다.

나는 대개 밖에 나가 강 건너의 찬란한 뉴욕의 불빛을 보며 반은 걷고 반은 뛰는데 내 앞을 휙 휙 지나가는 젊은이들을 볼 때마다 점점 쇠퇴해가는 인생의 퇴락을 느낍니다.

나는 습관상 '스파'에 오는 사람들을 한 사람씩 살펴봅니다. 파키스탄에서 왔는지 인도에서 왔는지는 모르지만 얼굴이 검고 머리가 치렁치렁하게 늘어진 여자는 하루도 빠지지 않고 열심히 뛰는데 아주 빠른 속도로 아마 한 시간은 뛰는 모양입니다. 몸은 뼈와 가죽만 남았는데 어디서 그런 힘이 솟는지 모르겠습니다. '스파'에 올 때 출근 할 때 입을 옷을 옷걸이에 걸어 가지고 오는 것을 보니까 아마도 아침운동을 하고 곧장 출근을 하는 모양입니다. 그 여자뿐만 아니라 여러 사람이 운동 후 샤워를 하고 출근을 하는지 정장들을 가지고 옵니다.

83세라는 일본 할머니는 정원을 슬슬 걷는데 다섯 바퀴를 돌면 일 마일이라는 정원을 꼿꼿한 자세로 열 바퀴를 돌곤 합니다. 젊은 사람들이 옆으로 휙 휙 지나가도 거들떠보지도 않고 자기의 속도를 유지 합니다. 얼짱이라고는 할 수 없지만 키도 크고 날씬한 몸짱의 아가씨는 몸에 딱 붙는 옷을 차려 입고 역기도 들고 공을 옆구리에 대고 체조를 하는데 아는 친구들이 많은지 그곳에서 운동하는 남자들과 웃고 떠들며 이야기도 잘합니다. 운동을 하러 왔는지 놀러 왔는지 모를 정도로 시시덕거리고 거울 앞에 서서 머리를 다듬고 맵시를 봅니다. 키가 훌쩍 크고 빼빼 마른 흑인 하나는 역기를 들고 아령을 하면서 여기저기 다니면서 몸매를 다듬는 사람들을 도와주는 모양입니다.

키가 작고 은발이 아름다운 할머니는 트레드 밀 위를 걷기도 하고 약간씩 뛰기도 하는데 만나기만 하면 '좋은 아침' 하고 인사를 하며 미소를 띄워줍니다.

금발에 얼굴이 창백한 백인 하나는 매일 아침에 나오기는 하는데 운동을 하는지 어슬렁거리는지 모를 정도로 왔다 갔다 하면서 시간만 보냅니다.

초로의 백인 아저씨는 자전거 위에 신문을 놓고 한 시간 동안 신문을 다 읽을 때까지 페달을 밟습니다. 그리고는 신문을 옆구리에 낀 채로 정장을 입고 나갑니다.

검은 운동복으로 단단히 무장을 하고 오는 젊은이 하나는 뛰거나 걸으면서 계속 물을 마십니다. 아마 30분을 돌며 물 한 병을 다 마시는 모양입니다. 어떤 젊은이는 거울 앞에 서서 몸매를 보며 아령도 하고 팔운동도 하고 가슴 근육을 단련시키는 것이 아마도 보디빌딩을 하는 모양입니다.

재미있는 사람이 있습니다. 중국 사람인데 아침 여섯 시에 문을 열자마자 뜨거운 사우나에 들어 앉아 결가부좌를 하고 명상을 합니다. 그리고 약 15분마다 한 번씩 나와서 찬물로 샤워하면서 팔딱팔딱 뛰곤 합니다. 그리고는 다시 뜨거운 사우나로 들어갑니다. 이렇게 한 시간을 땀흘립니다. 그는 사우나에 걸린 그림처럼 빠지는 날이 없습니다.

수영장에는 남자와 여자들이 많이 몰려있는 모양인데 나는 수영장에는 가보지 않아 수영장의 분위기는 모르겠습니다. 그런데 아내의 말로는 아줌마들이 많이 모여 수영 반 수다 반으로 아침의 모임을 즐긴다고 합니다.

정원을 15번을 돌고 나면 약 3마일을 간다고 하고 약 370칼로리가 소모된다고 하는데, 운동은 되지만 체중이 주는 것 같지는 않습니다. 그러나 서울에서 온 지 한 달 만에 체중이 4파운드는 줄어들었으니 일주일에 1파운드는 줄은 것 같습니다. 아마 조미료를 많이 먹어 부었던 몸이 빠진 것이겠지요.

그러나 그보다는 아침에 이만한 거리를 걷거나 뛸 수 있다는 자신감이 생긴 것이 중요한 것 같습니다. 운동을 하고나면 엔도르핀이 분비가 되는지 기분이 상쾌하고 아침의 햇빛이 더욱 밝게 느껴지는 것 같습니다.

오늘 아침에도 '스파'에 나가서 죽어라하고 뛰는 사람, 걷는 사람, 그리고 역기를 들어 올리느라고 얼굴이 벌개진 사람, 몸맵시를 뽐내며 남자들과 시시덕거리는 아가씨, 그리고 뜨거운 사우나에 앉아 명상에 빠진 중국인 아저씨, 모두 좀 더 나은 삶을 살아보려고 열심히 뛰고 있습니다. 그리고 운동이 끝날 때쯤이면 저 멀리 숲속에서 밝은 태양이 떠오르며 뉴욕의 새로운 날이 시작됩니다.

# 알파걸

얼마 전에는 골드미스란 말이 유행을 했습니다. 골드미스란, 사회적 전문직에서, 모든 공부를 하다보니 결혼의 시기를 놓친 올드미스지만 아주 값이 나가는 귀중한 미스라는 말이었습니다. 그런데 다시 요즘 알파걸이란 말이 유행을 하고 있습니다.

알파걸이란 희랍 알파벳의 첫 자를 따서 모든 것의 첫째 가는 여자란 말이랍니다.

한국의 지세가 "동방의 산세가 서방의 산세를 제어하니 음기가 승하고 여자의 기세가 남자의 기세를 누를 것"이라고 하는 풍수지리 도사의 말이 맞는지 확실히 한국 여자들이 남자들보다 잘났습니다.

가끔 친구들이 나더러 덜 떨어진 페미니스트라고 하지만 나는 어려서부터 여자들의 기세에 눌려 살아서 그런 모양입니다. 저의 외할아버님도 할머니의 기세에 눌려 사셨고 우리 집에서도 어머님이 아버님 위에 군림하는 실세였습니다. 어머님은 아버님이 쥐꼬리만한 돈을 벌어다 주면 그 돈의 몇 배가 되는 최대의 효과로 살림을 했고 집안의 대소사를 처리했습니다.

우리 안방을 즐겁게 해주는 역사 드라마를 봐도 왕은 허수아비에 지나지 않았고 여자들이 나라를 주물렀습니다. 그러나 그때는 여자들이 대청에 나와 정치를 하는 일은 드물었고 안방에서 은밀히 정치를 하고 사람들의 눈이 띄지 않는 곳에서 작업을 했는데 이제는 그야말로 대명천지 밝은 하늘 아래 떳떳하게 작업한다는 것이 다르다고나 할까요.

한국의 여자들은 정말 남자들보다 잘났습니다. 알파걸이란 말이 유행하기 전에도 여자들에게 동등한 기회를 주기만 하면 남자들보다 우수했습니다.

오래 전 연세대학은 최고의 학생들을 뽑으려고 각 고등학교의 우등생들에게 무시험 전형제를 운영했었습니다. 그래서 우리 학급은 각 고등학교에서 1, 2등을 하던 친구들이 많이 모여 들어 전국의 수재들이 모였다고 떠들어 댔습니다. 그러나 그 중에서 졸업할 때는 김정선이라는 여학생이 수석을 했습니다. 물론 우리보다 일 년 먼저 졸업한 선배님들도 백순영이라는 여자 선배님이 수석을 했습니다. 그러니 당시의 알파걸이라고 해야 하겠습니다.

그런데 나 같은 남자들에게는 다행하게도 우리나라는 공자님이라는 선현 때문에 오래도록 남성 우월주의가 법제화되어 있어서 남자들이 좋은 자리를 독차지하고 여자들이 얼씬거리지 못하게 법으로 막고 있었습니다. 그러나 이제는 우리나라도 세계화한다고 할 수 없이 남자들에게는 안 되었지만 여자들에게도 동등한 기회를 주게 되고 여자에게도 문을 열어 주게 되었습니다.

그렇게 문을 열자마자 그동안 문을 닫고 저희들끼리 해먹던 남자들이 자리를 빼앗기게 되었습니다. 1997년 그동안 절대 금녀이었던 육군사관 학교의 문이 열리고 강유미라는 여학생이 수석으로 합격을 했습니다. 1998년 사법고시와 변리사시험에서도 여자(전진아 판사)가 수석을 하고, 1999년 육군사관 학교와 공군사관학교에서 여자가 수석입학을 하였습니다. 지난 3년간 판검사 임용에서 여자들이 남자들을 계속 앞섰고, 2007년에도 여자들이 53.7%로 남자들보다 앞섰습니다. 2000년 행정고시에서 수석합격을 한 김신숙 사무관은 지금은 두 아이의 어머니이고, 2000년 사법고시 수석합격자인 정수진 판사도 두 아이의 어머니인데도 야무지게 일을 해낸다고 합니다. 두 아이를 키우면서도 남자들보다 앞서는 알파걸입니다.

2001년 외무고시 수석합격자인 박은주 사무관은 외교 통상부에 근무 중이고, 근래에는 여자 외교관이 남자들보다 많다고 합니다. 2004년부터 2006년까지 해군사관 학교의 수석졸업은 여자라고 하며, 2005년 수석졸업을 한 정은숙 중위는 서울대학교 의과대학에서 의학공부를 하고 있다고 합니다. 그러다가는 힘으로 하는 군인세계마저 여자들에게 빼앗길까봐 사관학교에서는 여자의 정원을 10%로 제한한다는 법을 만들었습니다. 남자들이 한숨을 돌렸다고 할까요.

며칠 전 신문에 발표된 바에 의하면 한국의 영재들이 모였다는 서울대학에서 지난 3년간 수석졸업생 48명 중 32명이 여자였다고 하며 우수한 학생들이 모였다는 의과대학, 치과대학, 사회대학은 계속 3년간 여자들이 수석졸업을 했습니다.

의과대학에 성적이 좋은 여학생들이 몰린다는 이야기는 벌써 옛날 이야기이고 친지들의 이야기를 들으면 의과대학의 우등생들은 줄줄이 여자라는 것입니다. 내가 근무했던 관동대학교 의과대학에서도 1등에서 5등까지가 여자들 이름이 대부분이고 남자들의 이름은 드문드문 합니다.

작년 성형외과 수련 지망자 중에 여자가 있었습니다. 그는 학교 성적도 1등이었고 인턴 성적도 1등이었습니다. 그러니 성적순으로 하면 당연이 선발될 수밖에 없었습니다. 그런데 문제가 있었습니다. 성형외과 의국이 방이 하나뿐인데 여자가 들어오면 방을 하나 더 마련해야 하는데 병원에서는 방이 없으니 알아서 하라는 것이고 밑에 여자가 오면 아무래도 일을 시키기가 힘이 든다는 상급 수련의의 하소연도 있고 또 여자는 밤새워 응급실에서 당직을 하기에 힘이 든다는 간호사들과 응급실의 건의가 있었습니다. 더욱이 제 밑의 조교수 한 분이 여자는 절대 안 된다고 하며 만일 여자가 수련의로 들어오면 자신이 퇴직을 하겠다는 강경한 태도입니다. 나는 곤란했습니다. 할 수 없이 이 여의사를 단념시켜야 했는데, 여의사를 설득 시키느라고 등에서 진땀을 흘렸습니다. 다행히 여의사가 내과를 택하여 나를 곤경에서 살려 주었지만······.

이제는 힘으로 일하는 사회가 아니라 컴퓨터와 기계로 일을하는 시대가 되어서 힘만 있고 머리가 잘 돌아가지 않는 남자들보다는 여자들이 더 효용적인 시대입니다.

얼마 전에 갔던 몽고에도 이제는 양이나 소를 치는 유목민의 생활에서 벗어나 하이테크 산업시대가 되니 여자들은 빨리 적응을 하여 직장을 가지는데 남자들은 일자리를 잃고 거리를 방황하고 여자들에게 버림을 받는다고 하는 이야기를 들었습니다.

오죽하면 요새는 환관이 판치는 세상도 아닌데 남자가 ×를 떼어 내고 성전환 수술을 하겠다고 야단이고 성전환 수술을 한 하리수라는 가수의 인기가 하늘을 찌르지 않습니까.

솔직히 말해서 정치에서도 이명박 대통령 후보보다는 박근혜 전 대표가 똑똑하고 인기 있고 잘났고 여당의 정동영 후보보다는 강 금실씨나 추미혜씨가 인기도 있고 똑똑하다고 합니다. 세계를 제패한 한국 여자 골퍼들의 이야기는 이제는 진부한 이야기이고 김연아 같은 어린 여자선수도 세계를 떠들썩하게 하지 않습니까.

얼마 전에는 그 많은 한국 남자 배우들을 제치고 전도연이라는 여배우가 세계적인 영화제에서 여우주연상을 타지 않았습니까. 한국 최초의 우주인도 이소연이라는 여자가 테이프를 끊었습니다.

자살한 정몽헌씨의 기업을 받은 현대 에스컬레이터나 현대상선의 현정은 여사는 요란하게 나서지 않고도 기업을 착실히 운영을 하고 이병철 여사의 맏딸 이인희 여사는 한솔그룹을 또 다른 재벌로 키웠고 신세계백화점 그룹 회장인 이명희 여사는 타의 추종을 불허하는 백화점 왕국을 건설하지 않았습니까.

아들을 낳아야 한다던 사회의 통념은 딸을 낳아야 한다는 사회적인 인식으로 바뀌어 TV드라마에도 "딸을 낳아야 좋아." 하는 유행으로 변했습니다. 요새 초등학교와 중학교에는 남자 대 여자의 수가 54 대 46으로 여자들이 부족하여 여자 짝을 갖지 못한 남학생들이 스트레스를 받고 있다고 합니다.

노처녀는 골드 미스로 사회의 주목을 받는데 노총각은 그대로 구질구질하고 장가 보내달라고 치근대니 할 수 없이 베트남 여자나 필리핀 여자, 또 중국 여자들을 수입하여 장가를 보내주고 있습니다. 그러나 얼마 있다가 그 나라들이 잘 살게 되면 베트남 여자나 필리핀 여자에게도 장가를 갈 수 없는 날이 올 것입니다.

그러니 앞으로는 옛날 우리 조상들이 첩을 얻고 한집에 두 여자를 데리고 살았던 것처럼 여자들이 남자 첩들을 몇씩 데리고 살면서 안방, 사랑방을 거닐며 살 날이 올지도 모릅니다.

나야 다행히 그런 시대를 살지 않았으니 마음 놓고 장가를 갔지만 젊은 양반들 열심히 공부하고 자기 발전을 해서 여자들에게 뒤떨어지지 않도록 피나는 노력을 해야 할 것입니다.

그래야 나처럼 버림받지 않고 하루 세끼 더운밥을 얻어먹으며 살 수 있을 테니까요.

하기는 우리 집에서도 아내가 실세여서 내가 숨을 죽이고 살기는 하지만……

# 정말 코미디야 코미디

어느 나라나 그렇지만 한국의 소설가나 시나리오 작가는 힘이 듭니다. 좀 재미있게 쓰려고 학교 교사나 경찰들을 조롱하는 글을 쓰면 곧 자기들을 비하했다고 전교조에서 항의가 들어오고 명예 훼손죄로 고소한다는 공갈이 들어옵니다.

특히 힘이 든 것은 코미디언들(요새는 개그맨이라고 하든가)일 것입니다. 이들은 사람들을 웃기기 위하여 대상을 바보로 만들어야 하는데 바보가 된 사람들은 그냥 웃어 주지 않고 자기들을 조롱했다고 야단입니다.

가령 의사들을 바보로 만들거나 의사들이 나쁘다고 농담을 하면 대한의사협회에서 들고 일어나 고소를 하고 검사나 판사를 조롱하면 당장 잡아다가 괘씸죄로 집어넣어 버립니다.

노동운동을 하는 사람들을 대상으로 조크를 하면 몽둥이를 들고 때려 부순다고 야단이고 국회의원을 대상으로 삼으면 국민의 대변인을 모독한다고 야단입니다.

소경이나 벙어리, 또 정신박약자를 대상으로 삼으면 신체장애자를 조롱했다고 인권위원들이나 시민연대가 들고 일어나서 작가를 아주 나쁜 사람으로 취직을 시킵니다. 아줌마들을 건드렸다가는 여성운동가나 힘 있는 한국의 아줌마에게 그야말로 박살이 납니다.

그러니 요새 나오는 웃찾사와 같은 개그 프로그램은 연애하는 젊은이들이나 바보들을 대상으로 삼는데, 사람들은 자기는 바보가 아니라고 생각하는지 말썽이 별로 없습니다. 그런데 참 묘한 일이 있습니다. 이상하게도 높은 사람들 즉 대통령이나 총리가 코미디의 대상이 자주 된다는 사실입니다. 옛날 군부시대에는 대통령 욕을 하면 국가원수 모독죄로 끌려가서 코뼈가 부러지도록 얻어맞았고 북한에서 김정일을 조롱했다가는 그 사람뿐만 아니라 그 가족도 살아서는 얼굴을 다시 못 볼 것입니다.

이렇듯 언제부터인지 한국의 대통령도 미국의 대통령처럼 조크의 목표물이 되었습니다. 미국에서 닉슨이나 카터, 레이건 대통령이었을 때 그들은 제일 포퓰러한 만화의 주인공이 되었고 클린턴이 모니카 르윈스키와의 스캔들에 휩싸였을 때는 정말 부끄러운 만화들이 신문에, 주간지에 게재되고 얼굴이 뜨뜻한 농담들이 유행을 했습니다. 아이젠하워 대통령의 문어 같은 머리, 카터 대통령의 큰 입과 두드러진 이빨, 레이건 대통령의 큰 귀, 클린턴 대통령의 큰 코, 닉슨 대통령의 큰 코와 험악한 얼굴이 만화의 주제로 자주 사용이 되곤 했습니다.

김대중 씨가 대통령일 때는 그 특유의 큰 코와 지팡이가 만화에 자주 오르내렸고 노무현 씨가 대통령이 되고부터는 독특한 눈을 가진 노무현 대통령을 풍자하는 만화가 조선일보, 동아일보, 중앙일보에 거의 매일 실렸습니다. 그런데 미국의 대통령이 자기를 풍자한 것에 화를 내는 사람은 별로 보지 못했습니다. 물론 닉슨 대통령이 기자들과 잘못 사귄 이야기는 너무도 유명하고 워터게이트로써 대통령을 물러나게 된 것도 기자들과의 악연이 원인이 되었다고 하지만 닉슨 대통령이 기자실을 폐쇄하고 기자실에 대못을 박았다는 소식은 듣지 못했습니다.

그런데 노무현 대통령은 유난히 기자들을 미워했습니다. 아니 기자들 전체를 미워한 것이 아니라 자기를 비판하는 기자들을 참지 못했습니다. 한겨레신문의 기자나 오마이뉴스 신문의 기자들, KBS나 MBC의 기자들과는 농담도 하고 웃는 낯으로 만났으나 소위 조중동의 기자들은 기자회견에 들어오지도 못하게 하고 툭하면 신문을 상대로 명예훼손이라고 고소를 하고 신문사의 세무사찰을 하더니 드디어 기자실을 폐쇄하고 기자실에 대못을 쳤습니다. 그럴수록 대통령은 존경을 받는 것이 아니라 조롱의 대상이 되었습니다. 시내의 택시 운전사들은 노무현 대통령에게 투표한 것을 후회하며 "요놈의 손구락 요놈의 손구락" 하고 톡톡 치고 대통령을 두꺼비라고 하며 어떤 사람은 보기도 흉측한 옴두꺼비라고 불렀습니다.

노무현 대통령이 되고 난 후 얼마 있다가 눈꺼풀 수술을 받았습니다. TV에 나온 대통령의 부은 눈을 보고 한 마디씩 하지 않는 사람이 없었습니다.

언젠가 성형외과 학회에서 친구들이 모여 차를 마시며 농담들을 하고 있을 때였습니다. 어떤 친구가 "아니 왜 서울대학에서는 노무현 대통령 쌍꺼풀 수술을 하고는 입방아에 올라요?" 그러니까 누군가 하는 말이 "아니 서울대학 의과대학에서 수술한 것이 아니라 수의과 대학에서 황우석 씨가 수술을 했지요." 하고 대답을 해서 모두 웃었습니다.

아마도 노무현 대통령의 별명이 두꺼비여서 수의사가 수술을 했고 정부의 특별한 사랑과 특혜를 받은 황우석 교수가 놀림의 대상이 되었을 것입니다. 문제는 이런 조롱의 대상이 된 것은 스스로가 자초한 결과라고 하는 편이 좋을 것입니다. 그는 너무도 막말을 하고 사리에 맞지 않는 말을 했습니다. 검사들에게는 "그럼 막 가자는 것인가요?" 하고 던지는 말을 하고 대통령을 못해먹겠다고 하다가 탄핵을 받으니까 자기가 등용한 헌법재판관들을 통해 위헌판결을 내리게 해서 다시 대통령으로 돌아오고 대통령의 보좌관이 비리혐의로 몰리니까 껀도 안 되는 걸 가지고 그런다고 막말을 했습니다.

처음 대통령에 당선이 되어서 미국에 가서는 미국이 아니었으면 지금쯤 강제노동수용소에 가 있을 것이라고 하더니 서울에 와서는 "내 허풍이 좀 너무 했나?" 하고 연극을 했습니다. 중국에 가서는 한국전쟁 때 군대를 보내 인해전술을 편 모택동을 가장 존경한다고 했으니 그의 본심이 무엇인지 알 수가 없습니다.

재작년 평택 미군기지 이동 반대 데모 때는 국무총리의 남편이 가서 주도했는데 경찰을 보내 데모를 막으면서도 데모를 주도한 범민련에 수십 억이나 되는 돈을 주었다는 보도도 있었습니다.

그러니 그의 본심을 알 길이 없고 그의 인기는 땅에 떨어져 이번 출마한 대통령 입후보들 가운데 그의 뜻을 계승하겠다는 사람은 아무도 없고 심지어 자기 밑에서 장관을 지낸 사람들까지 그를 비난하는 입장에 섰습니다.

이제 다음 대통령 당선자가 인수인계를 하며 의견이 맞지 않으니까 "그렇지 않아도 초라한 모습으로 퇴장하는데 등뒤에 소금을 뿌리는 거냐. 가만있지 않겠다."고 이를 악무는 모습을 보며 이것은 나라를 경영하는 대통령이 아니라 술집의 이권을 두고 싸움을 하는 조폭의 중간 보스 정도의 수준밖에 안 되는 모습입니다.

그리고 이거야 말로 웃찾사의 소재가 되기에 충분한 코미디의 대상이 될 것이고 많은 사람을 웃기는 개그가 될 것입니다.

정말 코미디야 코미디.

# 축구의 열기 속에서

홀리건이라는 말이 있습니다. 거의 미친 사람들처럼 축구에 열광을 하는 응원단을 부르는 모양인데 영국에서 독일까지 축구 응원을 가며 자기의 팀이 지면 패싸움을 벌이고 축구 경기장을 소란케 하는 사람들입니다. 유럽에서는 영국, 이탈리아의 홀리건이 유명하고 남미의 축구광들이 또 대단합니다.

1950년대에 엘살바도르와 온두라스는 축구를 하다가 탱크를 동원하여 상대방의 나라까지 침범하는 전쟁까지 벌였고 홀리건 때문에 축구 경기장이 무너지고 많은 사람들이 죽는 참사가 벌어지는 일이 툭 하면 해외 토픽 뉴스에 보도됩니다.

한국의 축구열기도 만만치 않습니다. 빨리 빨리의 원조에다 불같이 정열적인 한국인의 성격에 축구열기가 가미되어 축구만하면 서울은 달아오르는 것이 아니라 끓어오릅니다.

물론 옛날부터 한국 사람들이 축구를 좋아하기는 했지만 2002년 한국에서 월드컵 축구 경기를 치르면서 축구 열기는 불이 붙었습니다. 월드컵경기에서 한 게임도 이겨보지 못한 한국대표팀이 축구 강국들을 물리치고 예선을 통과하더니 본선에 올라 준결승까지 올라가 세계를 깜짝 놀라게 하더니 세계축구의 4강의 자리를 차지한 것입니다. 나는 그때 오하이오에 있어서 그 열기를 체험하지 못했지만 서울에 사는 친구들의 이야기를 들으면 마치 혁명이 일어난 것 같았다고 이야기를 합니다. "대한민국 짜자자 짝 짝" 하는 응원 구호에 경기장 주위의 땅이 흔들리고 경기가 끝나고 온 시내에 사람들이 쏟아져 나오고 도로는 구호를 외치며 몰려다니는 사람들과 경적을 울리는 차들로 막히고 맥주집에서는 맥주가 공짜로 제공되고 음식점에서도 음식이 공짜로 제공되었다고 합니다. 이 열기는 그날만 불붙은 것이 아니라 몇 년이 지난 지금도 계속되고 있습니다.

지금도 가끔 방영이 되는 2002년도 월드컵 축구의 TV재방송을 보면 서울시청 앞 광장은 붉은 셔츠를 입은 사람들로 가득 차 붉은 물결을 이루고 그 소리에 구름도 물러갈 듯합니다.

그리고 월드컵 축구가 끝난 지 4년이 지난 2006년 겨울에도 그때의 축구경기 광경을 보여주고 또 보여주고 하여 나처럼 머리가 좋지 않은 사람도 이제 골이 들어가는 시간이고 여기서 홍명보 선수가 넘어 지는 장면이 나오는 시간이구나 하고 경기 장면을 외우게 되었습니다.

물론 진 경기는 보여주기 싫겠지요. 그래서 월드컵이나 외국과의 경기에서 진 게임은 경기 생방송에서나 볼까 다음에 방영하는 일이 거의 없는데 이긴 경기는 보여주고 또 보여주며, 우려먹고 또 우려 먹습니다. 그런데 그렇게 빨리 변하는 서울사람들이 축구만큼은 그 경기를 보고 또 보아도 물리지 않는 모양입니다.

이제 2년이 좀 더 있으면 열리는 남아프리카의 월드컵 경기 지역 예선이 진행되는데 이 경기가 벌어지는 날이면 서울 시청 앞 광장에는 몇 시간 전부터 사람들이 가득 몰려듭니다. 거의 모두가 붉은색 셔츠를 입고 꽹과리를 두드리며 "대한민국 짜 자 자 짝 짝" 하면서 응원하는데 한국 사람들처럼 싫증을 잘 내고 끈기가 없는 사람들이 한결 같이 축구에 열광하는 것을 보면 신기할 뿐입니다. 작년 여름 아랍과의 경기를 저녁 7시부터 하는데 오후 2시부터 시청 앞 광장에는 사람들이 가득 차 노래를 부르고 춤을 추고 축제를 벌였습니다.

그런 날이면 서울에서 축구를 싫어하는 사람은 살 수가 없습니다. 시청 앞 광장과 광화문, 종로에는 축구응원의 파도가 해일을 이루고 택시를 타면 택시운전사가, 지하철을 타도 축구, 음식점에 가도 축구, 축구의 불길을 피할 길이 없습니다.

이운재, 박주영, 안정환, 박지성, 이영표, 이천수, 최진철, 황선홍, 이동국, 이을용, 김남일, 설기현, 차두리의 이름을 모르면 대한민국 국민이 아닙니다. 지금 한국의 대통령의 이름을 모르는 것은 용납이 되지만 오늘 골을 넣은 안정환의 이름을 모르면 아주 무식한 사람정도가 아니라 반국가적인 인물로 지탄을 받습니다.

그보다 더한 것은 친구들과의 모임에서도 직장 동료들과의 점심식사 시간에도 어제의 게임을 모르면 왕따를 당하고 아주 무식한 사람으로 취급을 받는다는 말입니다.

서울에 있는 동안 친구가 티켓을 얻어 주어 우즈베키스탄과 한국 대표팀의 축구경기를 보러 상암월드컵 경기장에 간 일이 있습니다. 나 같은 촌놈도 어느 정도의 축구 열기를 짐작하는 터라 축구가 시작하기 2시간 전에 경기장에 들어갔습니다. 그런데 경기장 안에는 벌써 사람들로 가득 차 있고 노래를 부르고 치어리더들이 춤을 추고 응원을 하느라고 야단이었습니다. 물론 떡볶이, 김밥, 어묵 등을 사서 먹으면서….

경기가 시작이 되자 나같이 키가 작은 사람은 경기를 구경할 수가 없었습니다. 사람들이 일어나 소리를 지르고 동동 구르고 마치 신 들린 사람들처럼 뛰는데 나는 동동 뛰는 앞사람의 엉덩이만 보고 있어야 했습니다. 그러다가 그 사람이 휘청거리면 삼풍백화점의 참사가 생각나서 겁이 나고 걱정이 되기만 했습니다. 내 옆의 옆에 있는 여자는 골이 들어가자 감격의 눈물을 흘리는 것이 아니라 그대로 울어 버렸습니다. 경기가 끝나고 나오는 길은 그야말로 장난이 아닙니다. 젊은이들은 아직도 무엇에 취했는지 "대한민국 짜 자 자 짝 짝" 하고 소리를 지르고 여럿이 몰려 나와 길을 휩쓸어 겁을 주었습니다.

그 다음에도 친구가 축구표를 주었지만 나는 차라리 TV로 보기로 하고 표를 딴 친구에게 주고 말았습니다. 내가 축구표를 다른 친구에게 주자 이런 좋은 표를 주는 나를 이상하게 쳐다보더니 고맙다는 인사와 더불어 독수리가 병아리를 채가듯 채갔습니다.

나도 축구를 좋아하는 하지만 미치지는 않습니다. 내게는 축구도 하나의 운동경기일 뿐, 질 수도 있고 이길 수도 있는 게임일 뿐입니다. 그러나 많은 사람들에게는 죽어도 이겨야 할 인생의 중대한 일인 모양입니다. 축구에 미치지 않는 사람의 인권은 어디에 가서 찾아야 할지 모르겠습니다. 그리고 여자들은 축구를 좋아하지 않는 사람들도 많다고 들었습니다. 그래서 여자들은 남자들이 모여 앉아 축구 이야기를 하는 것과 군대 갔을 때 이야기를 하는 것을 싫어한다고 합니다. 그러니 남자들이 군대에 가서 축구하던 이야기를 하면 아무리 마음이 좋은 여자들도 화를 내고 집에 가자고 한답니다.

그렇습니다. 축구를 좋아하는 것이 나쁘리야 있겠습니까만 축구를 좋아하지 않는 사람들이 숨을 쉴 자리는 만들어 주었으면 합니다. "대한민국 짜자자 짝 짝" 하는 불길 속에서 피해 나올 수 있는 틈을 주었으면 합니다.

# 플로리다 사람들

　우리는 남쪽나라 사람들을 게으르다고 이야기 합니다. 물론 평안도 사람보다는 충청도 사람들이 느리고 함경도 사람들보다는 전라도 사람들이 느립니다. 게다가 필리핀, 태국, 월남 사람들은 한국 사람들 보다 동작이 많이 느려서 그곳으로 여행을 하는 성질이 급한 우리들은 답답함을 느낍니다. 아마도 잘 살지는 못하지만 먹고 사는데 문제가 없기 때문에 그럴지도 모릅니다.

　이규태 선생의 논리에 의하면 남쪽나라 사람들은 일 년에 이모작, 삼모작의 농사를 지으니까 먹을 것 걱정은 별로 안하지만, 한국에서도 특히 북한에는 일 년에 일모작을 하는데 그것도 얼마 되지 않는 봄에 씨를 뿌려야 하고 장마가 지기 전에 김을 매야 하며 서리가 내리기 전에 거두어들이지 않으면 농사를 망치게 되니 시기를 놓치지 않으려다 보니까 자연히 성질이 급하게 되었다는 논리입니다.

　물론 눈부시게 발전하고 정신없이 빠르게 변하는 시대에 뒤지지 않으려면 생각도 빠르게 돌아가야 하고 동작도 빨라야지 그렇지 않으면 요즈음처럼 경쟁이 치열한 세상에서 어디서든 살아남기가 힘이 들 것이고 아내를 거느리고 자식들을 키우며 자기 집이라고 지키고 살아갈 자격이 없을는지도 모릅니다.

미국에서도 마찬가지입니다. 뉴잉글랜드 지방에 사는 사람들이 텍사스에 사는 사람이나 앨라배마에 사는 사람들보다 성질이 급합니다. 남쪽 사람들은 말도 느리게 하고 행동도 느리게 합니다. 물론 더 남쪽으로 내려가서 멕시코나 니카라구아에 가면 사람들의 행동이 더 느려지고 급한 것이 하나도 없습니다. 내가 듣기론 남쪽 사람들이 빨리 움직이는 때는 장례식뿐이라고 합니다. 더운 지방에서 사람이 죽으면 빨리 상해 냄새가 나기 때문에 장례식 하나는 급하게 치르지만 다른 일에는 '지금 못하면 이따가 하고, 오늘 못하면 내일 하지'로 만만디라고 합니다.

그래서 동남아에 여행을 가는 한국 사람들은 남쪽 사람들의 느린 행동이 마음에 들지 않아 빨리 빨리 하라고 독촉을 하고 처음 이런 상황을 맞는 남쪽 사람들은 "한국 사람들은 성질도 참 별난 사람들이다." 하고 한국 사람들의 별명을 '빨리 빨리'로 부르고 있습니다. 성질이 급하다는 것은 부지런한 것과도 연관이 있고 부지런하고 성질이 급한 사람일수록 생산적이기는 하지만 이기주의적인 부류의 사람들이라고 해도 틀린 말은 아닐 것입니다.

이렇듯 성질이 급한 한국 사람들에 대한 긍정적인 평가는 세계에서도 제일 부지런하고 생산적이라는 것입니다. 반면 부정적인 면에서는 누구보다도 이기적이고 불친절하고 도전적이라는 것입니다.

오하이오의 작은 도시에서 느긋하게 살던 촌놈이 서울에서 4년을 살다가 왔습니다. 처음 서울에 가서는 어디가 어딘지도 몰라서 어리둥절했지만 살아남기 위하여 급한 물살에 휘말린 것처럼 바쁘게 허우적거려야 했습니다. 지하철에서 내려 출구로 갈려면 거의 뛰다시피 걸어야 사람들의 물결에 맞추어 갈 수가 있고, 종로나 광화문에 가도 사람들이 무엇이 그리 급한지 종종걸음으로 걷고 있습니다. 좀 어물거리면 사람들이 어깨를 툭툭 치면서 구석으로 밀어 버립니다. 백화점에서도 시장에서도 사람들은 바쁘게 걸어가고 큰소리로 말을 하고 물건을 사는데도 전쟁을 하듯이 흥정하고 물건을 팔고 삽니다.

처음에는 백화점 코너에 사람들이 빙 둘러서서 아우성을 치길래 싸움이 난 줄 알고 '싸움구경 하게 되었구나.' 하고 사람들 틈에 고개를 들이 밀고 들여다봤더니 여자의 가방을 좀 싸게 판다는 세일코너였습니다. 그런데 내가 무서워하는 아주머니들이 눈에 불을 켜고 가방들을 들었다 났다 밀었다 당기면서 고르는데 그 모습이 하도 살풍경해서 싸움판 같았습니다. 이렇게 물건을 사는데도 전쟁을 하듯이 덤벼들어야 싸고 좋은 물건을 살 수 있으니 서울에 사는 사람들이 사나워지지 않을 수 없나 봅니다.

나 같은 촌놈도 서울에 사는 동안 훈련이 많이 되었는지 성질이 좀 급해지고 걸음걸이도 빨라졌습니다. 명동에서 앞에서 흐느적거리며 걷는 사람들의 어깨를 치며 지나가는 것도 배우고 지하철에서 내려 입구까지 가는데도 사람들의 물결에 뒤지지 않게 걷는 방법도 배우게 되었습니다. 이렇게 4년을 살다가 플로리다로 왔습니다. 그리고 또 다시 문화의 차이때문에 어리둥절하게 되었습니다.

우선 플로리다의 사람들은 노인들이 많습니다. 젊은 사람들이나 어린애들을 잘 볼 수 없습니다. 출산율이 줄어든다고 야단을 치는 서울에는 어린이들이나 젊은이들이 거리를 꽉 메우고 있지만 뉴욕이나 플로리다에서는 젊은이들이나 어린애들을 그리 많이 볼 수 없습니다.

쇼핑몰에 가도 사람들은 얼마 없어 한가합니다. 사람들의 행동도 느릿느릿하며 바쁘게 움직이는 사람이 없습니다. 골프장에서도 약 10분이나 15분마다 사람을 내보내니 천천히 정도가 아니라 느릿느릿 움직이게 되고 한국의 캐디처럼 사람들을 바쁘게 몰고 다니는 현상을 볼 수 없습니다.

은행이나 상점에 가도 직원들이 빨리 빨리 움직이는 것이 아니라 답답할 정도로 사람들을 기다리게 합니다. 며칠 전 처방전을 가지고 약을 사러 간 일이 있습니다. 서울에서는 처방전을 내밀면 3분도 안되어 약을 주었는데 여기서는 처방전을 보고 약이 있는지 없는지 봐야 한다고 한참을 컴퓨터 앞에 앉아 있더니 약이 있으나 내일 와서 찾아 가든지 아니면 한 시간이나 두 시간을 기다리라는 것이었습니다. 아니 약이 있는데 왜 기다려야 하느냐고 물으니까 이 약을 처음 받아 가는 사람에게는 약의 부작용, 적용해야 하는 증세 등을 프린트해서 같이 주어야 한다는 것이었습니다. 내가 약에 대해서 잘 아니까 괜찮다고 해도 안된다는 것이었습니다. 글쎄 친절하기는 하지만 이정도면 불친절한 것보다도 못할 지경입니다.

바쁘다는 중심가도 서울의 거리에 약 사분의 일정도의 차밖에 다니지 않습니다. 우리 집 앞길에는 약 5분정도가 되어야 차가 한 대 지나갈 정도입니다.

서울에서는 무서워 운전할 생각도 못했던 촌놈이 차를 몰고 나갈 용기까지 낼 수 있을 정도였습니다. 서울에서 보던 것처럼 빨간 신호등에 길을 건너는 차는 물론 보지 못했고 노란불이어서 충분히 건널 수 있을 것 같은데도 차는 멈추고 있었습니다. 우리 동네의 건널목에서는 차들이 서울처럼 먼저 가려고 끼어드는 것이 아니라 정지 신호 앞에 서면 서로 먼저 가라고 손으로 신호를 보내는 신기한 동네입니다.

오래간만에 동네에 테니스를 치러 갔습니다. 토요일 오전에 동네 사람들이 모여 테니스를 치는데 처음 본 동양인이 다가와서는 "네 이름이 무어냐?” “어디에서 왔느냐?” “여기서 일 년 내내 사느냐? 아니면 북쪽으로 올라가느냐?”하고 친절하게 묻습니다. 그러면서 테니스 친구가 늘어 반갑다고 환영을 해줍니다. 그리고는 테니스를 치는데 서로 방해가 되지 않으려고 조심을 합니다. 이 배려가 지나쳐서 나처럼 세련되지 않은 사람에게는 부담이 될 정도입니다. 나도 서울에서 몇 번 테니스를 친 일이 있는데 테니스 코트나 시설은 훌륭했지만 테니스를 치는 사람들의 태도는 칭찬할 수 없었습니다. 옆의 코트에서 치는 사람이 남이야 테니스를 치든지 말든지 큰 소리로 떠들고, 서비스하려고 준비를 하는데 코트 옆으로 바짝 붙어 음료수를 마시며 유유히 지나가는 일이 종종 있었습니다.

이제 ‘퀵, 퀵’의 도시 서울에서 ‘슬로우, 슬로우’의 도시 플로리다의 네이폴로 이사를 왔습니다. 아내의 말대로라면 A급으로 성질이 급한 내가 어떻게 플로리다의 정서에 맞게 성질을 죽여가며 살아야 할지가 큰 걱정입니다. 여기서는 ‘빨리 빨리’ 소리를 질러도 알아들을 사람도 없는데……

# 골치 아픈 우편물

오하이오에 일 년 내내 살면서 여행한다고 해야 일주일이나 길어야 고작 이주일이었습니다. 여행을 하더라도 사무실의 비서가 집에 와서 웬만한 것들을 모두 챙겨 주어서 우편물이 이렇게 골치가 아픈 문제인 줄 몰랐습니다. 춥고 긴 겨울이 싫어 오하이오를 떠나 플로리다로 이사를 하자마자 서울에 일자리가 생겨 한국에서 근무를 하게 되어 집을 비우는 날이 많아지면서 우편물이 얼마나 골치가 아픈 문제인가를 새삼 알게 되었습니다.

우선 신문이나 광고물처럼 분량이 많은 우편물들을 그대로 내버려 둘 수 없습니다. 이런 우편물들이 집 앞에 쌓이면 빈집이라고 광고를 하는 것과 마찬가지가 되고 도둑님들에게 초대장을 보내는 것이나 다름이 없습니다. 그런데 신문사에 전화를 해도 무신경한 신문사는 신문을 그대로 보내고 잡지나 광고물들은 미리 전화를 할 수도 없는 처지여서 일주일이면 한 번에 들기 힘이 들 정도로 배달이 됩니다.

편지나 청구서 같은 메일은 우체국에 미리 연락을 하면 한 달 정도는 우체국에서 모았다가 배달을 해주지만 그 이상은 어림도 없습니다.

그보다 중요한 것들이 있습니다. 잃어버리면 큰 일이 나는 신용카드도 배달이 되고 가끔은 예기치 못했던 곳에서 약간씩의 돈도 보내옵니다. 신용카드는 잃어버리면 큰 일이고 돈도 손해를 볼 뿐만이 아니라 이를 해결하려면 골치가 아픕니다. 또 보내온 수표는 제때에 찾지 못하면 무효가 되어버리고 맙니다.

은퇴자금 관리를 해주는 사무실의 보고서도 매달 배달이 되니까 이것이 남의 손에 들어가면 "나의 은퇴자금이 얼마나 있고 누가 관리를 합니다." 하고 광고를 하는 거나 마찬가지입니다.

또 중요한 일이 있습니다. 매달 내야 하는 전기요금, 전화요금, 케이블 요금, 콘도 관리비, 공공요금, 신용카드에 지불할 돈 등은 며칠만 늦어도 벌금에다 사채보다 비싼 이자를 물리는가 하면 보험회사에 지불할 돈이나 건강보험은 정신 차려 챙기지 않으면 마치 기다리기라도 했었다는 듯이 가차 없이 보험이 취소되었다는 통지를 보냅니다. 그리고 보험은 한 번 취소가 되면 신용등급이 낮아져 다시 보험에 들려면 골치가 아프고 보험금이 올라갑니다.

그래서 한동안은 모든 요금이나 신용카드에 지불할 돈을 은행에 있는 통장에서 직접 지불하기로 정했었습니다. 그런데 얼마를 지나다 보니 전화요금이 엄청나게 나오고 신용카드를 쓴 일이 없는데도 몇 십 불씩 뽑아가고 있는 것을 알게 되었습니다. 그래서 전화를 해서 알아보았더니 신용카드를 잃어버렸을 때를 대비한 보험, 신용카드에 지불할 돈을 지불하지 못하고 사망했을 때를 대비한 보험까지 자기 마음대로 가입시켜 놓고는 한 달에 몇십 불씩을 뽑아가고 있었습니다. 내가 언제 그런 보험에 들겠다고 신청했느냐고 항의를 하니까 오래 전에 이런 보험에 대한 설명서를 보내면서 싫으면 기간 내에 연락을 하라고 했는데 연락이 없어서 승인한 줄 알았다고 전화를 받은 여직원은 친절하게 설명을 해주었습니다.

아마 속으로는 '이런 바보야 너 같은 바보가 있으니 우리 같은 사람들이 돈을 벌어먹지.' 하고 싱그레 웃었는지 모릅니다. 케이블 요금에도 불필요한 서비스 요금이 붙고 내가 잘 알지도 못하는 일에 돈이 나가곤 합니다. 전화요금은 제일 비싼 프로그램에 집어넣고 돈을 뽑아 갔습니다. 하여간 미국에는 합법적인 사기꾼님들과 도적님들이 많이 있습니다. 정신 차리고 살피지 않으면 하품하는 사람의 금이빨을 뽑아 갈 정도로 지독한 사람들이니 하품을 하더라도 정신을 차리고 눈을 똑바로 뜨고 해야 합니다.

그뿐이 아닙니다. 집에 오는 서류마다 돋보기를 쓰고 작은 글자일수록 자세히 살펴야 한다고 합니다. 그러나 그 일이 쉬운 일이 아닙니다. 하루에도 몇 통씩의 편지가 보험회사에서, 은행에서 배달이 되는데 돋보기를 쓰고서도 보일까 말까한 작은 글씨로 몇 장씩 따라오는 서류를 다 읽어 보는 사람이 있다고 하면 정신과 의사의 치료를 받아야 할 편집증 환자일 것입니다. 그렇다고 대강 겉장만 훑어보고 쓰레기통으로 직송을 하는 나 같은 바보는 가끔 금전적인 손해를 보게 마련입니다. 그리고 손해를 본 후에 화가 나서 전화를 하거나 나중에 이런 비리를 발견하더라도 공인된 도둑님들은 어떻게 할 수가 없습니다.

이들은 합법적으로 서류를 우리에게 보내고 전자 현미경으로 보아야 보일까 말까 한 작은 글씨로 자세하게 설명을 했으므로 자기들의 잘못은 하나도 없고 읽어 보지 않은 나에게 잘못이 있다고 설명합니다. 물론 경찰이 이런 사람들을 잡아 가지 않을 뿐 아니라 내가 억지로 법정에 끌고 가도 판사는 우리 편을 들어 주지 않습니다. 결국 무식은 죄입니다.

이제는 한국의 사기꾼들도 미국 물을 먹었는지 물건을 팔 때도 계약을 할 때도 중요한 대목의 글자가 점점 작아지고 있습니다.

그래도 한국의 사기꾼들은 아직은 좀 어설픈 데가 있습니다. 지난겨울 서울에 있을 때 하루는 아내만 있는 집에 전화가 왔습니다. 당신 남편이 신용카드의 돈을 갚지 못하여 카드회사에서 우리에게 돈을 받아 달라고 의뢰가 왔는데 오늘 오후 3시까지 다음과 같은 은행구좌로 5백만 원을 속히 입금을 시키라는 전화였습니다. 제 아내는 "우리 남편의 신용카드 문제는 내가 알 바가 아니고 그 사람한테 받아야 할 것이고 또 나에게 그렇게 큰돈이 나갈 것이라는 이야기를 한일이 없으니 나는 모르겠습니다. 그러니 전화번호를 가르쳐 주시면 제 남편에게 전화를 하여 해결하도록 하겠습니다."라며 전화번호를 물으니 다시 전화를 하겠다고 하고는 끊어 버렸습니다. 한 3일 지나서 TV에서 전화로 사기치는 사람들이 있으니 조심하라는 보도가 나와 '어설픈 사기꾼에게 넘어가는 사람들도 있구나.' 하고 웃었습니다. 좀 기술이 있다는 사기꾼들은 현금 자동인출기 위에 몰래 카메라를 설치하고 비밀번호를 알아내어 현금을 빼어가는 일이 있다고 하지만 이런 도둑님들은 오래 전에 벌써 미국을 다녀갔습니다.

합법적인 사기꾼들이 우편물을 통해서 사기를 치는데, '우리가 이러이러한 프로그램을 소개하니까 곧 대답을 해다오 언제까지 싫다는 대답이 없으면 자기네 상품을 사거나 자기들의 보험에 들거나 자기들의 건의에 동의한 것으로 간주한다.'는 내용으로 이는 누가 붙어 있어서 우편물들을 읽어 보고 대응하지 않으면 안 됩니다.

아마도 나 같은 어설픈 사람들이 많이 있어서 이런 수법으로 재미를 본 친구들의 수작인 모양입니다.

왜냐하면 누가 나의 정보를 주는지 알 수 없지만 이들은 은행의 통장에서 돈을 찾아 가고 또 신용카드에서 돈을 찾아가기 때문에 나중에 안다고 하더라고 해결을 하는 데는 시간과 노력이 많이 듭니다. 그런데 이런 작은 글씨까지 읽어가며 우편물을 챙겨줄 사람이 세상에 어디 있겠습니까.

한동안은 이웃의 아는 사람에게 집의 열쇠와 수표책을 맡기고 우편물을 해결해 달라고 부탁을 해 보았고 돈을 주고 사람을 써보기도 했습니다. 그런데 이들이 나의 사정을 세세하게 알 수가 없으니 의사협회나 학회에서 오는 우편물까지 다 해결할 수도 없고 은퇴자금, 연금, 투자에 관한 일에서부터 은행 잔고까지 이웃 사람이 알게 되니 쓸데없는 말과 말이 생기게 되어 중단을 했습니다. 막내딸에게 이 중대한 임무를 맡겼더니 메일을 매일 챙기지 않아 공공요금이 밀리기도 했습니다.

이처럼 매일같이 챙겨야 하는 메일은 신경이 쓰이는 일이어서 남에게 우편물을 맡긴다는 것이 얼마나 힘이 든다는 것을 깨닫게 되었습니다.

저녁을 먹는 모임에서 이런 사정을 친구에게 이야기를 했더니 "야, 행복한 비명이로구나. 집이 하나이고 다닐 데도 없고 도둑맞을 돈도 없는 사람한테 뭣 좀 있다고 약 올리는 거냐? 그러더니 성경에 '마음이 가난한 자는 복이 있나니 그랬지만 마음만 가난한 사람을 말하는 것이 아니고 잃어버릴 것이 없는 가난한 자는 복이 있나니 마음 놓고 편히 잠을 잘 수 있을 것이다.'라는 말이야." 하고 내게 오금을 박았습니다.

아무튼 이제부터 배달이 되는 메일을 모두 내손으로 받고 또 설명서에 따라오는 깨알 같은 설명도 모두 읽고 스팸 전화에도 대응을 하며 살아야 되겠습니다. 이제는 은퇴를 하여 시간도 넉넉하게 있을 테니 그만 돌아다니고 방 속에 콕 박혀 있는 방콕의 생활을 해야 할 모양입니다.

# 5

## 서울이나 미국이나

# 나를 슬프게 하는 것들

옛날 외가에 가서 할머니를 만나면 내 손을 붙들고 자꾸 우셨다.

오랜 세월이 흘러 내가 할아버지가 되어 손자, 손녀를 가슴에 안으면 자꾸 슬퍼진다.

낙엽이 떨어진 길이나 숲을 걸으면 어깨가 추워지고 슬퍼진다.

비에 젖어 흙탕물에 버려진 비닐봉지도 나를 슬프게 한다.

파랗고 검은 색깔이 도는 썩은 웅덩이의 고인 물이 나를 슬프게 한다.

버지니아 산길 옆의 회색 빛깔의 낡은 집과 포치에 놓인 낡은 의자가 나를 슬프게 한다.

낙엽이 반쯤 떨어져 앙상한 나뭇가지가 보이기 시작하는 나무 등걸이 나를 슬프게 한다.

24시간 영업을 하는 식당의 환하게 불 켜진 빈 홀이 나를 슬프게 한다.

아주 늦은 밤 환하게 불 켜진 기차역의 텅 빈 광장이 나를 슬프게 한다.

슬리퍼 사이로 보이는 까만 페디큐어가 반쯤 벗겨진 여인의 발톱이 나를 슬프게 한다.

지하철에서 "아이구 다리야 아이구 다리야." 하며 앞에 앉은 젊은이의 양보를 강요하는 아줌마의 엄살이 나를 슬프게 한다.

남대문과 종로 3가 지하도에서 다 팔아야 이만 원도 안 될 깻잎과 풋고추를 무릎 앞에 놓고 지나가는 사람들의 얼굴을 쳐다보는 할머니가 나를 슬프게 한다.

눈꺼풀에 기운이 빠지고 주름진 얼굴에 대낮부터 술 냄새를 풍기며 푸푸 하고 거친 숨을 쉬는 초로의 아저씨가 나를 슬프게 한다.

대낮에 PC방에 앉아 고스톱을 치거나 게임을 하면서 잔뜩 담배를 물고 앉아있는 건장한 청년이 나를 슬프게 한다.

"골라요 골라! 백화점에서 한 개에 십만 원짜리 블라우스가 한 개에 오천 원. 아줌마 어디 가도 이 값에 못 사!" 하고 구라를 떠는 젊은이가 나를 슬프게 한다.

누가 수술을 했는지는 몰라도 어울리지도 않는 샤일록의 코처럼 매부리코를 얼굴 중앙에 올려놓고 다니는 여인이 나를 슬프게 한다.

얼굴은 아줌마의 나이인데 처녀처럼 보이려고 어울리지도 않는 핫미니를 입고 지하철에 앉아 화장을 하는 주름진 얼굴의 여인이 나를 슬프게 한다.

여고생 교복을 입고 몰려다니며 "야, 쪽 팔리게 그놈이 나더러 찢어지쟤. 그래서 확 차버렸지." 하고 남이 듣거나 말거나 떠들어대는 소녀들이 나를 슬프게 한다.

정권이 바뀔 때마다 어디 붙어야 국회의원 한 번 더해 먹을까 하고 이리저리 몰려다니는 잘난 남자들이 나를 슬프게 한다.

어설픈 틀니로 딱딱한 빵을 물어뜯느라고 안면근육들을 긴장시키던

식당의 할머니가 나를 슬프게 한다.

젊은 선수들을 응원하느라고 목에 핏줄을 세우는 주름진 까만 얼굴의 중년의 코치의 몸짓이 나를 슬프게 한다.

명동 한복판에서 남이야 듣건 말건 낡아빠진 스피커를 앞에 놓고 찢어질 듯 날카로운 목소리로 찬송을 부르고 설교를 하는 아저씨와 아줌마가 나를 슬프게 한다.

고등학교 국어 교과서의 안톤 슈낙의 「우리를 슬프게 하는 것」을 읽으면서도 하나도 슬프지 않았는데 왜 이제는 이런 것들이 나를 슬프게 할까.

# 나의 요리 솜씨

나는 잘하지는 못하지만 요리하는 것이 취미이다. 어려서 주로 집안에서 놀던 나는 할머니와 어머니가 하는 음식을 눈 여겨 보았고 가끔 거들기도 하였다. 그러다가 어머님이 직장을 갖게 되었고, 그 후 나는 할 수 없이 어린나이에 살림을 하고 음식도 하게 되었다.

물론 평양에서 살때야 그냥 쌀이나 끓여 먹었지 음식다운 음식을 하기야 했겠는가만 가끔 수제비를 끓인다든가 찌개를 하면 옆집 아주머니가 "그 녀석 맛있게 끓였는데." 칭찬을 해주곤 했다.

대학시절 자취를 하면서 학생들을 가르칠 때 음식을 해 놓으면 같은 교회의 학생회원들이 와서 뺏어 먹으면서 "남자가 쫌팽이처럼 부엌일이나 하구. 저런 남자한테 시집가면 평생 고생한데." 하면서 낄낄 거렸다.

사실 남자가 부엌에서 냄비나 들고 왔다갔다 하는 것이 창피한 일이지 무슨 자랑이라고 글까지 쓰려 하는지 나의 주책도 감당이 안 되는 수준인가 보다.

신혼시절 무남독녀로 자란 아내가 김치는 물론 오이소박이도 만들

줄 몰랐다. 밥은 삼층밥을 하기가 일쑤여서 아내에게 삼층밥을 짓지 않는 방법과 김치 담그는 법을 가르쳐 주다가 병원에 소문이 나서 요새 말로 쪽 팔린 일(?)이 있다.

그러나 미국에서는 남자가 부엌에 들어가는 것은 창피한 일도 아니고 부엌에 들어가기도 쉽다. 또 "남자 자식이 ×× 떨어지려고 부엌에나 들랑거리고" 하는 어머님도 안계시니 부엌에 들어가 음식을 장만하는 일이 가끔 있다. 더구나 아내는 밀가루 음식을 싫어하여 내가 좋아하는 수제비나 칼국수는 별로 만들어 주는 일이 없으니 자급자족을 할 수밖에…

그래서 주말에 교회에 다녀와서 내가 수제비도 만들고 국수도 만들면 애들이 좋아하여 'Daddy's Recipe'를 해달라고 조를 때도 있었다.

추운 겨울 온가족이 스키를 다녀와서 고기, 채소, 김치 등 있는 것다 집어넣고 전골을 만들고 국수를 집어넣으면 만들기가 무섭게 바닥이 나곤 했다. 내 동생이 온 가족을 데리고 미국에 연수를 와서 약 2년 반을 같이 살았는데 나의 전골은 인기가 있는 메뉴 중의 하나였다. 물론 아내는 "아니 음식을 한다고 있는 양념 없는 양념을 그렇게 푹푹 집어넣으니 맛이 있을 수밖에…" 하고 나의 실력을 평가절하 하려고 애를 쓴다. 나는 "아니, 그럼 그냥 양념만 섞어 놓는다고 맛이 나나? 다 조화가 이루어야 하는 거야." 하고 너스레를 친다. 아내는 가끔 내가 부엌에 있으려면 "부엌 어지르지 말고 저리 가요." 하고 나를 부엌에서 몰아내기도 한다.

볼티모어에서 아내가 막내를 낳고 병원에서 퇴원하던 날, 내가 끓인 미역국은 일생에 잊지 못할 맛있는 미역국이었다고 아내는 아직도 이야기를 하는데 사실 그 미역국이 무엇이 맛이 있었겠는가. 그 가난하던 때 병원에서 나오는 양식만 먹었던 아내의 입맛 덕이었을 것이다. 간혹 아내와 앉아 TV에서 요리하는 것을 보면 재미가 있다. 자세히 관찰을 하면 새로운 요리나 그전부터 전해 내려오던 요리나 대개의 공통점이 있는 것 같다.

그러니 그것을 토대로 응용하면 새로운 음식을 개발할 수 있고 한식과 양식이 섞인 소위 퓨전요리를 만들어낼 수 있다.

오래 전에 선배이신 정 선생이 우리 집을 찾았다. 아내가 무었을 대접할까 하고 걱정을 하길래 가만 있으라고 하고는 차를 타고 나가 랍스터를 사왔다. 그리고는 나의 비장 레시피인 소스를 만들고 후라이 팬에 볶으면서 소스를 뿌려 주었다. 정말 맛이 있었는지 모르지만 정 선생 부부는 "우리가 이렇게 맛있는 랍스터는 처음 먹어 보았다."고 칭찬을 해주고 미팅에서 만날 때마다 그 랍스터 이야기를 해서 나를 계면쩍게 했다.

한 번은 TV에서 사과를 가지고 스시를 만드는 것을 보았다. 그리고 얼마 후 친구들을 초대해 사과 스시를 만들어 주었는데 처음 몇 조각을 먹을 때까지는 무슨 생선인지 모르겠다고 고개를 저었다. 나중에 사과라고 하니 모두 깜짝 놀랐고 처음 먹는 생선인 줄 알았지 사과인 줄을 몰랐다고 하며 웃었다.

아내가 뉴욕의 친정에 갔다 오던 날 나는 TV에서 배운 샤브샤브를 만들고 다 먹고 난 후 김과 양념을 넣고 죽까지 만들어 주었다. 미국에만 살던 아내는 이게 무슨 음식인데… 하면서 맛이 있다며 십년에 한 번 해주는 칭찬을 해주었다.

서울의 일이 끝나고 미국으로 오기 전 나는 병원의 성형외과 식구들은 모두 초대하여 내가 만든 떡볶이로 대접을 했다. 모두 파는 떡볶이보다 맛이 있다고 떠들어대며 먹어서 떡이 모자라 냉장고에서 남은 떡을 꺼내어 만들기도 했다.

이 떡볶이는 서량 시인, 장미선 아나운서와 김정기 시인도 뉴저지의 우리 집에 오셔서 시식하고 나의 솜씨를 평가(?)해 주었다.

서울에서 친구들과 일산에 있는 솔내음이라는 음식집에 간 일이 있었다. 그 집의 된장찌개와 쌈장이 참 맛있었다. 된장찌개도 맛이 있었지만 쌈장이 더 맛이 있다고 칭찬을 하면서 나오는데 그 집에서 된장을 판다고 했다. 우리는 된장을 사다가 집에서 만들어 보았으나 그 맛이 나지 않았다.

나는 다시 그 집에 두 번을 더 가서 음식을 먹으면서 쌈장 속에 무엇이 들었는지 관찰을 하고 집에서 실습을 했다. 그리고 꼭 같지는 않지만 비슷하게 완성이 되었다.

오늘 친구들을 초청하여 쌈장 밥을 대접하면서 심사를 받아야겠다.

# 효도관광을 다녀와서

  여행을 좋아하여 꽤 여러 나라를 돌아 다녔는데 멀지도 않은 일본은 여행할 기회가 없었습니다. 하긴 미국에 살면서 일본에 간다는 것은 긴 여행이지만 서울에 사는 사람들에게는 이웃집에 마실 가는 거나 다름이 없습니다. 친구들에게 "일본 여행 가자."고 이야기를 했더니 "촌놈 아니라고 할까봐 티를 내냐? 서울에 있는 친구들 치고 일본에 안 가본 사람은 백내장 수술을 하고 찾아 봐도 못 찾는다. 골프나 치러 갈려면 모를까 관광하러 가려면 너 혼자 가야 할 거다." 하고 무안을 주었습니다.

  정말 일본과 서울은 가까운 나라입니다. 김포공항에서는 거의 매시간 동경의 나리따 공항으로 가는 비행기가 뜨고 돈이 많은 식도락가는 동경에서 스시를 시켜다 먹고 동경으로 출퇴근을 해도 된다는 정도로 왕래가 빈번하여 아침에 동경에 가서 일을 보고 저녁에 돌아오는 거리이니 관광을 간다는 이야기는 '나는 촌놈이다.'라고 광고하는 것이나 다름이 없습니다.

  그렇다고 일본을 한 번도 못 가보고 미국으로 돌아온다는 것은 영화를 보면서 마지막 장면을 안 보고 돌아와 후회하는 것 같아서 우리는 유명하다는 하나여행사에 전화를 하여 일본 관광을 하는 팀에 우리를 끼어달라고 부탁을 했습니다.

우리가 부탁한 3월 12일에는 인원이 부족하여 안 되고 3월 15일에 떠나는 팀이 있으니 끼어서 갈 테면 가라는 연락이 왔고 우리는 '잘 되었다.' 하고 일본관광에 나섰습니다.

인터넷에서 도쿄의 기후를 알아보고 날씨에 맞는 옷들을 싸가지고 약속한 날 아침 일찍이 인천공항으로 갔습니다. 공항 내의 하나관광 테이블에는 일본으로 가는 관광객들이 몰려 있었는데 아마도 칠, 팔 십 명은 될 듯싶었습니다. 나는 속으로 '나만 촌놈은 아니구나. 여기 나 말고도 촌놈들이 많이 있네.' 하고 자위를 했는데 얼마 있다가 나타난 안내원의 주위에 몰려든 사람들을 보고 '아차' 했습니다.

시골에서 올라온 노인들이 안내원을 따라 우왕좌왕하기 시작했는데 그야말로 일생에 비행기를 처음 타보는 사람들이 수두룩하여 어디 가서 어떻게 수속을 하는지도 모르는 사람들이었습니다. 그런 사람들일수록 목소리는 커서 '여보' '××아버지' '××엄마' 하며 자기들 끼리 서로 부르고 찾느라고 공항이 시끄럽기만 했습니다.

탑승수속을 하는데도 줄을 서서 순서를 기다리는 것이 아니라 새치기로 들어와서는 앞사람을 제치고 밀고 당기고 하여 접수구는 금방 아수라장이 되어 버렸습니다. 공항안내원들이 줄을 서라고 몇 마디를 하다가 포기해 버리고 탑승수속은 1950년대 호남선 완행열차의 탑승구처럼 아우성 속에 진행이 되었습니다.

우리도 밀고 밀리는 사람들 속에 끼어 이리 밀리고 저리 밀리면서 이거 잘못 온 것 아닌가 걱정을 하면서 탑승 수속을 하고 게이트로 향했습니다. 그들은 떼를 지어 몰려다니며 소란을 부리더니 탑승을 시작하자 또다시 서로 먼저 타려고 소란을 피웠습니다. 안내원이 좌석이 지정이 되어 있으니 천천히 탑승하셔도 된다고 해도 막무가내였습니다.

항공기 안에서는 가족들의 자리가 떨어졌다고 아저씨 아주머니를 부르며 야단을 치고 남자 친구들이 모여서 앉는다고 소란을 떨고 승무원들은 이들을 진정 시키느라고 바빴습니다.

비행기가 이륙하고 항공기에서 아침 식사가 나오자 가지고 온 소주를 따라 서로 권하고 마시면서 아침식사를 하더니 어떤 아저씨는 술에 취하여 비틀비틀 하더니 끝내는 일본에 도착하여 에스컬레이터에서 쓰러지는 소동을 벌이기도 했습니다.

나는 이 여행이 어찌될까 하고 근심스럽기만 했습니다. 술에 취한 분은 우리 팀이 아니어서 다행이었지만······.

관광버스를 타고 인원을 점검하자 비로소 우리 팀의 모습이 드러 났습니다. 우리 팀은 총 39명이었는데 이 중에 효도 관광으로 자식들이 보내주었다는 할아버지 할머니들이 주류였습니다. 그들은 전라도 광주, 장흥에서 올라오신 친구 일행이 12쌍이고 여고 동창들이 계를 해서 모였다는 분이 4명, 동네 아주머니들이 동행했다는 팀이 5명, 어머니와 딸이 여행한다는 사람들이 4명, 그리고 우리 부부였습니다.

연령층은 80대 3분, 나머지는 60대 후반에서 70대였습니다. 그 중 최고령은 84세이었습니다.

이들은 버스가 오자 먼저 오른다고 밀고 당기더니 먼저 오른 사람이 나머지 친구들의 자리를 잡아 준다고 모자나 짐을 올려놓아 일행이 아닌 사람들은 뒤쪽에 앉을 수밖에 없었습니다. 그리고 버스에서 떠드는 소리가 마치 남대문 시장의 모습을 방불케 했습니다.

관광 안내원이 인사를 하고 일본에 대한 소개를 시작하자 그 중에 몇 사람은 해방 전에 일어공부를 하고 일본교과서를 가지고 공부를 했다고 도요도미 히데요시가 어떻고 오다 노부나가가 어떻고 하며 떠들기 시작했습니다. 관광안내원이 "아저씨 제게도 이야기를 할 기회를 주세요." 하고 애원하면서 장내를 진정 시켰습니다.

그 중에 리더로 보이는 사람은 60대 후반의 사람인데 아마 효도관광을 하시는 노인들을 데리고 온 모양이었습니다. 그는 마치 지휘관이라도 된 듯 안하무인으로 무엇을 하든지 자기가 먼저 해야 했습니다. 버스가 서면 순서를 무시하고 자기가 먼저 내려야 하고 관광을 할 때도 사람들이 몰려가 구경을 하면 사람들을 비집고 들어가 사람들을 밀치고 다녔습니다.

우리는 오사까 죠오(大坂城)에 처음 내려서 점심식사를 하게 되어 식당으로 들어갔습니다. 리더 되는 사람이 먼저 뛰어 들어가더니 중앙에 자리를 잡고는 "우리 일행들은 다 이리 오시오." 하고 딴사람들을 한쪽으로 밀어 냈습니다. 우리는 그러려니 하고 딴 쪽으로 가서 식사를 하고, 성을 구경했습니다. 도요도미 히데요시가 제일 화려하게 지었다는 오사까죠, 그리고 그 후 아들 히데요리가 도꾸가와 이예야스에게 패할 때까지 살았다는 성은 아직도 깨끗하게 보존이 되고 많은 관광객들이 참배를 하고 있었습니다. 우리는 그 성을 구경하고 내려와서 정원을 거닐다가 보니, 버스 떠날 시간이 아직도 30분이나 남았는데도 노인들은 버스 앞에 줄을 서서 기다리고 있었습니다. 그리고 문이 열리자마자 뛰어 올라 다시 자리잡기 경쟁이 시작되었습니다.

더욱 재미있는 것은 다음날 아침 7시에 식사를 시작하고 8시에 출발한다고 설명을 여러 번 했는데, 6시 30분부터 가방을 싸가지고 내려와서 교대로 식사하면서 버스의 앞자리를 잡으려고 기다리는 것이었습니다.

나는 그런 노인들이 참 안쓰럽게 생각되었습니다. "왜 벌써 그 무거운 가방을 가지고 내려오세요. 버스가 떠나려면 아직도 한 시간이 더 남았는데요." 하고 설명을 드려도 "아 괜찮소" 하고는 버스 앞을 떠나지 않았습니다. 우리는 아침식사를 천천히 하고 호텔 주위를 산책하고 사진을 찍고 돌아다녀도 그들은 버스 주위에서 떠나지 않았습니다.

그리고 출발 10분 전 차문을 열자마자 모두 버스에 올라가 다시 자리를 잡느라고 야단이었습니다. 시간이 거의 되어 나타난 우리는 항상 지각생이 되어서 버스의 맨 뒤 좌석에 앉아야만 했습니다.

동경의 황궁에 가서 사진을 찍을 때에도 남들이 먼저 서서 포즈를 취하건 말건 그 옆이나 앞에 서서 포즈를 취하는 노인들에게 저는 할 말이 없었습니다.

아마도 좌석제가 없던 호남선 완행열차를 타던 습관을 아직도 버리지 못하는 것일까요?

물론 이들만이 아닙니다. 지하철 표를 사려고 줄을 서도 나이가 드신 분들은 줄을 서는 법이 거의 없습니다. 물론 무료승차권을 받으니 시간이 걸리지 않지만 남들이 서있는 줄을 끊고 들어가 손을 내미는 노인들을 볼 때 나도 나이가 든 사람으로서 부끄럽습니다.

나이가 좀 든 사람들은 "요새 젊은이들은 정말 싸가지가 없어." 하고 젊은이들을 나무라고 노인들이 전철에 타도 자리를 양보할 줄 모른다는 불평을 합니다.

물론 지하철에서 까치다리를 하고 앉아 앞에 선 노인의 바지에 구두를 슬슬 문지르는 젊은이는 괘씸하지만 나이가 좀 들었다고 타자마자 좌석에 다가가서는 밤샘 근무를 하고 피곤하게 앉아 졸고 있는 젊은이를 밀어내며 눈을 부라리는 노인들을 볼 때마다 '나이 먹은 것이 무슨 큰 자랑이고 특권인가.' 하고 생각할 때도 많이 있습니다.

그렇습니다. 젊은 사람들이 싸가지가 없다면 그들이 누구에게서 그

싸가지를 배웠을까요. 바로 나이 먹고도 정신을 못 차리는 아버님들, 줄을 설 줄 모르고 어디서든지 새치기를 하고 떠들어대고 예의를 지킬 줄 모르는 당신들에게서 배운 것입니다.

이번 일본 여행을 다니면서 참 좋은 것을 많이 구경하고 또 많은 것들을 배웠습니다. 그러나 내가 나이가 들었어도 앞으로는 효도 관광에는 가능한 한 끼어가지 말아야겠다고 생각했습니다.

# 재미없는 천국

오래 전 어떤 여자가 수필을 쓰면서 서울은 재미있는 지옥이고 미국을 재미없는 천국이라고 표현했습니다.

근 반평생을 미국의 오하이오의 작은 도시에 살다가 서울이나 다름이 없는 고양시의 명지병원에 취직이 되어 서울에 갔습니다. 조용하고 평화스럽기는 하지만 심심한 도시에 있던 촌놈을 서울 시내에 갖다 놓으니 촌닭이 종로경찰서에 잡혀온 것처럼 정신이 없었습니다. 거리는 높은 고층 건물들로 가득 차고 휘황찬란한 광고와 간판으로 도배한 건물들이 늘어섰는데, 사람들은 모두 바쁘게 걸어 다니고 어디로 가야할지 길을 알 수 없었습니다.

길에는 자동차들의 물결이 장마 때 홍수처럼 흘러 다니는데 성질이 급하기는 세계 참피온급 실력의 운전이라 나처럼 멍청하게 길에서 우물거리다가는 하루에 욕을 수십 번 얻어먹고 저승문을 들락날락 해야할지 몰랐습니다. 거리는 가득 찬 자동차의 매연으로 하늘은 회색빛이고 거기에 중국에서 날아온 황사까지 겹쳐 거리에 나가 몇 시간만 있으면 목이 아프고 눈이 쓰라렸습니다. 그렇지 않아도 숨을 쉬기가 힘이

든데 거리에서 담배를 피우면서 내 얼굴에 연기를 뿜어 대는 사람들이 어찌나 많은지 제대로 숨을 쉬며 길을 갈 수 없었습니다.

남대문시장이나 동대문시장에 가면 사람들이 어찌나 많고 또 내 어깨와 옆구리를 치고 다니는지 한참만 걸으면 피곤하고 집에 돌아오면 엄살이 아니라 패싸움에서 얻어맞은 것처럼 몸의 여기저기가 쑤셨습니다.

어쩌다가 길을 물으면 다섯 명에 한 명정도 가르쳐 주는데 보통 대답이 없이 완전히 무시하거나 "몰라요." 하고 집어던지는 말과 잘못 하면 시비를 걸거나 신경질이나 받았으니, 서울이 좋다고 하지만 속히 미국으로 돌아가야겠다고 생각을 했었습니다.

처음에 얻은 화정의 전철역 옆 오피스텔은 젊은 사람들이 많이 사는데 매일 밤마다 늦게까지 떠들어 소란스럽고 우리 방 앞에 먹고 난 자장면 그릇이나 짬뽕 그릇을 밀어놓아 짬뽕 국물이나 해장국 국물이 쏟아져 문을 열고 나갈 때마다 내 기분에 구정물을 뿌리는가 하면 화장실에 가면 옆집에서 피우는 담배연기가 스며들어와 머리와 가슴을 아프게 했습니다.

환자를 보는 것도 익숙하지가 않아 미국에서처럼 환자를 수술 하고 설명하면 왜 큰 주사를 한 대 주고 약을 주지 않느냐고 시비를 하고, 하루에도 몇 번씩 진단서의 치료기간을 가지고 시비를 걸어와 환자를 보는 것도 겁이 났습니다.

'그래도 남자가 약속을 하고 왔는데 적어도 3개월은 일을 해야지. 서울에 오자마자 쫓겨 갔다고 하면 체면이 무엇이 되겠는가.' 하고 신병 훈련을 받는 셈치고 3개월을 지냈습니다.

그런데 3개월을 지내면서 차차 친구들도 생기고 먹자골목에서 맛있는 음식도 먹어보고 맛있는 음식집들을 알아내면서 '이왕 온 것이니 일

년은 채워야지.' 하는 생각으로 바뀌었습니다.

더욱 재미를 붙인 것은 주말에 서울 시내에 가서 영화를 보는 것이었습니다. 사실 미국에서는 자기들이 만든 영화밖에 상영을 하지 않는데 서울에서는 한국영화, 중국영화, 미국영화, 일본영화, 심지어 유럽의 여러 나라 영화들도 상영이 됩니다. 그것도 친절하게 우리가 알아볼 수 있게 한글자막을 넣어서…. 그리고 요새는 대개 한 건물에 영화관이 여러 개 있어서 영화를 하나 보고 바로 옆집에 가서 자장면이나 냉면을 먹고 다음 영화를 감상할 시간이 충분히 있습니다.

성질이 급한 사람들이라 음식을 주문하면 3분 안에 갖다 주고 먹는데 5분밖에 걸리지 않으니까 영화 한 편을 보고 다음 영화를 기다리기까지 20분 정도면 점심을 먹고 화장실까지 다녀오고도 트림할 시간이 남습니다.

영화를 끝내고 집으로 돌아오는 길에 김밥 한 줄 그리고 맛있는 과일을 사가지고 돌아와 책을 읽으면서 민생문제를 해결하면 주말을 즐겁게 지낼 수 있었습니다.

이렇게 일 년을 지내니 다시 일 년을 지내는 것도 좋으리라고 생각을 했습니다. 그리고 다음의 일 년은 성형외과에 새로운 동료 직원들이 들어 왔습니다. 나는 심심하지가 않았습니다. 나는 골치 아픈 오피스텔을 나와 아파트로 이사를 했습니다. 아파트는 오피스텔보다 훨씬 안정감이 있고 조용했습니다. 성형외과 과원들과 친구가 되어 점심도 먹으러 다니고 일이 끝난 후 일산에서 서울로 맛있는 음식점도 찾아다니면서 서울의 생활을 즐기기 시작했습니다.

원고 교정을 해달라고 부탁을 받거나 밖에서 강의나 집회를 인도 해달라고 부탁이 들어오면 '나를 알아주는 사람들이 있구나.' 하고 즐거웠고 강의료를 받으면 동료들끼리 나가서 맛있는 것을 사먹으면서 낄낄댔습니다.

점점 더 아는 사람들도 많아지고 단골 음식점에 가면 반갑게 맞아주는 주인아주머니들도 생기게 되었습니다. 그리고 가끔은 나의 책을 읽었다는 독자들을 만나면 '내 책을 읽어 주는 사람들도 있구나.' 하고 흐뭇했습니다. 점점 행동 범위가 넓어지고 예술의 전당, 세종문화회관에 음악회도 다니고 사람들이 열광을 하는 축구 구경도 했습니다.

서울로 들어 갈 때 115파운드 하던 체중이 130파운드에 도달하게 되고 친구들은 "야! 너 서울물이 좋은가보다. 살이 많이 쪘는데." 하는 이야기를 듣게 되었습니다.

이제는 길에서 우물거리지 않게끔 내가 가야 하는 길을 찾는 방법도 터득을 했고 남대문시장이나 동대문에서 어깨를 치고 가도 굳은살이 박혔는지 처음처럼 아프지도 않게 되었습니다.

김밥도 맛있게 하는 집을 알게 되고 간판은 크지 않지만 맛있는 음식을 하는 집도 많이 알게 되었습니다. 집에 세간은 점점 많아지고 찾아오는 사람들도 많아졌습니다.

이렇게 4년을 살다보니 '서울이 복잡하기는 해도 살만한 곳이로구나.' 생각하게 되더니 이제는 '재미있는 곳이구나.' 하고 생각하게 되었습니다.

이제 4년의 서울 생활을 끝내고 미국으로 돌아 왔습니다. 새로 이사 온 플로리다는 참으로 아름답습니다. 뭉게뭉게 구름이 떠가는 푸른 하늘에 산들바람이 불어 날씨는 더할 수 없이 좋습니다. 야자수에 둘러싸인 골프장은 수채화보다도 아름답고 이 가운데 있는 우리 집은 정원 속에 있는 것 같습니다. 아침에 일어나서 숲속에서 떠오르는 태양을 바라보며 커피잔을 들고 앉아 있으면 마치 영화의 주인공이 된 듯한 기분입니다. 자동차의 매연도 서울에 비하면 거의 없다고 할 정도이고 중국의 황사도 여기까지 날아 오지는 않습니다.

밤하늘에는 별빛이 아름답게 보이고 달도 서울에서의 달보다 훨씬 깨끗하게 보입니다.

새벽에 일어나 운동을 하고 커피를 마시면 마치 휴양지에 여행을 온 듯한 기분입니다.

그런데 말입니다. 이런 생활이 3일이 되니 답답하기 이를 데 없습니다. 할 일이 없이 하루 종일 밖의 경치만 내다보고 앉아있는다는 것은 형벌이나 다름이 없습니다.

우리 집의 바른쪽 집에 사는 사람은 미시간 주에서 온 50대의 사람인데 아무런 운동도 하지 않고, 종일 정원의 꽃이나 다듬고 집을 고치고 또 고치면서 시간을 보냅니다.

우리 집 왼쪽의 할아버지는 시카고에서 왔다고 하는데 그도 역시 하루 종일 집 주위를 맴돌며 무엇인가 집의 일을 하는 것 외에는 딴 일을 하는 것을 보지 못하였습니다.

나는 아침에 운동을 다녀오면 할 일이 없습니다. 처음에는 집의 일을 좀 했지만 워낙 집을 가꾸고 꽃이나 나무를 가꾸는 일에는 재주도 없고 문외한인지라 아내한테 타박만 받다가 이 일은 포기하고 TV를 보거나 책을 읽거나 하다가 집을 한 바퀴 돌곤 합니다. 그런데 아무리 집 주위를 돌아도 우리 앞집도 그 옆집도 조용하기만 합니다.

미국에서 제일 크다고 선전을 하는 코코넛 포인트라는 쇼핑몰을 한 바퀴 돌아도 나의 어깨를 치고 가는 사람도 없고 어떻게 하다가 나의 앞길을 막기라도 하면 'Excuse me' 하고 돌아서 가는 예의 바른 사람들 속에 할 일이 없습니다. 지금 우리 집 앞길은 조용합니다. 마치 영화 「하이눈」의 결투 직전 같다고 표현을 해야 할는지 아니면 깊은 산속의 절간이라고 해야 할는지 하여간 고요하다 못해 적막합니다. 한 5분이

나 10분마다 살얼음 위를 걷는 것처럼 차가 한 대 조용히 지나갑니다. 이 조용한 길을 걷다가 사람을 만나면 아는 사람이든지 모르는 사람이든지 "How are you?" "I am fine and you?" 하고 인사를 하고 손을 흔들지만 그야말로 맹물을 마시는 것처럼 밍밍하기만 합니다.

정말 서울은 복잡하고 힘이 들고 스트레스를 느끼지만 재미있는 지옥입니다. 이것저것 할 일도 많고 재미있는 일도 많고 맛있는 음식점도 많고 PC방도 많고 영화관도 많습니다. 여기 플로리다는 조용하고 질서 있고 아름답지만 할 일이 없는 천국입니다. 이후 우리가 천국에 가면 이렇게 한가하고 조용하고 할 일이 없고 심심한곳 일까요? 자못 걱정이 됩니다.

# 재미있는 지옥

어떤 장로님이 죽어서 저세상으로 갔습니다. 장로님은 '그래도 내가 교회를 몇 십 년을 다녔고 헌금을 많이 하고 봉사 활동도 많이 하여 장로까지 되어 세상에서 큰 소리 치며 살았고 존경을 받았는데 천국에 가는 거야 0순위이겠지.'라고 생각하며 살았습니다.

죽은 후 저 세상에 가서 눈을 뜨니 침실 앞의 정원에 아름다운 나무와 풀들이 우거져 있고 갖가지 꽃들이 가득하게 피어 있었습니다. 자기가 누워있던 화려한 침대가 있는 방에서 나와 거실로 나오니까 집은 아름다운 궁전처럼 보석으로 장식이 되어 있었고 대리석으로 바닥을 깔았습니다. 식당의 테이블에는 산해진미가 놓여 있는데 일어서기만 하면 "어떻게 도와 드릴까요." 하고 수종을 드는 사람이 와서 서브를 해주는 것이었습니다.

이 사람은 '그러면 그렇지 하나님도 나를 몰라보실 리가 없지.' 하고 대단히 만족스러워 했습니다. 거드름을 피우면서 맛있는 것을 골라서 실컷 먹고 정원을 돌아다니면서 꽃도 만져보고 날아다니는 새들도 감상을 했습니다. 이렇게 한 3일이 지나자 갑갑해지기 시작했습니다. 무엇을 하려고 일어서기만 하면 "무엇을 도와 드릴까요." 하고 수종하는 사람이 다가오니 무엇을 할 수도 없고 하루 종일 가만히 있자니 갑갑하기 끝이 없습니다. 그는 견디다 못해 수종 드는 사람에게 물었습니다. "역시 천국에 오는 문이 좁은 것은 확실하군요. 그래도 그렇지 이 천국에는 나 혼자만 있고 아무도 없습니까. 누구와 이야기라도 하면 심심하지 않을 텐데." 라는 말에 수종을 드는 사람이 하는 말이 "여기는 천국이 아닙니다. 여기가 바로 지옥이지요. 우리가 여기서 수종을 드는 것은 당신이 아무것도 하지 못하게 감시하기 위해서 지키고 있는 것입니다."라고 하더라는 말입니다.

아마도 1975년경이었을 것입니다. 제가 수련의로 있을 때 마이애미에 학회 참석차 간 일이 있었습니다. 마이애미 공항에 내리니 공항 앞에 "Welcome to Second Paradise"라고 커다란 간판이 붙어 있었습니다. 지금은 쿠바와 푸에르토리코 또 멕시코와 남미에서 히스패닉 인들이 많이 몰려들어 도시가 슬럼화 되고 범죄가 들끓어 황폐해졌지만 그때만 해도 깨끗하게 정돈된 마이애미 시가는 정말 그림에 나오는 것처럼 아름다웠습니다. 도시는 푸른 나무들로 덮여있고 길가에는 아름다운 꽃들이 피어 있는 정원들이 많이 있었습니다.

흰 색깔의 집들과 빨간 지붕의 집들이 인상적이었고 도로도 한가했습니다. 차를 타고 마이애미 시내를 지나 다리를 건너 마이애미 비취로 들어가니 대서양의 푸른 물결이 펼쳐져 있었고 한편으로는 아름다운 호텔들과 고급 음식점들이 즐비하게 늘어서 있는 거리가 길게 뻗어 있었습니다. 길가에는 열대나무들과 아름다운 꽃들이 아름답게 장식이 되어 있었습니다. 길에는 고급승용차들이 여유 있게 다니고 은빛 머리를 한 노인들이 해변에 누워 잡지나 소설을 들고 한가로이 누워있었습니다. 북쪽 나라에서 온 가난한 수련의의 눈에는 '이것이야말로 천국의 그림이 아닌가.' 하는 생각을 했습니다.

그 후부터 플로리다라고 하면 그때 받은 천국 같다는 인상이 아직도 남아 있었습니다.

한 이주일 전 서울에서 정년퇴직을 하고 플로리다로 왔습니다. '얼빠진 장로님처럼 젊어서 열심히 일을 했으니 나도 Second Paradise에 올 수 있구나.' 하고 만족스럽게 생각을 했습니다. 황사가 날아와 하늘이 보이지 않는 도시, 아침에 길에 나가면 담배꽁초와 쓰레기들이 여기저기 버려진 도시, 아파트를 나와 엘리베이터를 타려고 하면 젊은 아줌마들과 학생들이 서로 먼저 타려고 앞을 가로 막고 또 먼저 내리려고 어깨싸움을 하는 도시, 길을 가면 탁하고 어깨를 치거나 허리를 치며 지나가서 깜짝깜짝 놀라게 하는 도시, 버스를 타면 앉기도 전에 출발을 하여 평형과 곡예의 테스트를 하고 앉아야 하는 도시, 지하철의 기차가 서면 사람들이 내리기도 전에 비비고 들어가 자리를 차지하려고 운동경기를 하는 도시, 또 그 속에서 그래도 버티고 살아 남으려고 발버둥 쳐야 하는 도시, 길을 물으면 다섯 사람 중에 한 사람 정도 대답을 해주는데 잘못하면 욕이나 얻어먹을 정도로 거칠은 도시, 빨간 신호등이 켜져 있어도 달려오는 버스나 택시, 승용차를 살펴보고 길을 건너야 하는 위험한 도시, 거리마다 사람의 물결 속에 앞사람에게 부딪치지 않고 뒷사람에게 어깨를 맞지 않게 정신 똑바로 차리고 걸어야 하는 도시에서 조용하고 조용한 플로리다로 왔습니다.

플로리다의 요즘 날씨는 서울의 초여름처럼 낮에는 덥고 아침저녁에는 시원하여 지내기가 좋습니다.

얼마 전 우리 집을 찾아왔던 친구가 하는 말처럼 여기는 정말 아름답습니다. 온 도시가 푸른 나무와 꽃들에 묻히고 넓고 곧장 뻗은 길에는 차도 많지 않습니다. 골프장 안에 있는 우리 집은 앞에 연못이 있고 저만큼 골프를 치는 훼어웨이가 있어서 마치도 정원 안에 있는 것 같습니다. 아침 일찍 일어나 베란다에 앉아 떠오르는 태양을 보며 커피를 들면 마치도 영화 속의 한 장면 같습니다.

처음 일주일은 마치도 저승에 온 장로님처럼 기분이 좋았습니다. 날씨 좋고 싱싱한 과일에 채소 등 먹을 것이 싸고 풍부하고, 어디에 가도 길이 막히는 일이 없고, 인사성 밝고 예의 바른 백인들 사이에서 기분이 좋았습니다. 그런데 일주일이 지나니 모든 것이 달라지기 시작을 했습니다. 날씨는 덥게만 느껴지고 밖의 분위기는 조용하여 졸립기만 합니다. 매일같이 먹는 맛이 밍밍한 음식, 하루 종일 앉아 있어도 대화할 사람도 대화할 일도 없습니다.

차를 타고 나가도 밝고 더운 햇빛아래 갈 곳도 없고 바닷가에 나가도 뜨거운 햇빛과 모래밭만 있을 뿐 해변에 사람들이 별로 없어 할 일이 없습니다. '이런 곳이 서울에 있다면 사람의 물결에 휩쓸릴 텐데…' 생각해 보지만 여기는 몇 사람이 바닷가를 거닐 뿐 조용하기만 합니다. 이 년 전에 갔던 양양 낙산사 근처의 해변이 생각납니다. 양양시 전체가 피서를 나온 사람들로 꽉 차고 바닷가의 모래밭은 서울의 종로만큼 복잡거리고 바닷물은 서울의 공동목욕탕보다도 혼잡했습니다.

그래도 사람들이 복잡거리니까 사먹을 것도 많고 재미가 있었는데 플로리다의 바닷가에는 사람들도 별로 없고 사먹을 것도 없고 구경할 것도 없습니다. 더운 햇빛과 모래바닥이 너무도 단조로워 나온 지 30분도 안되어 다시 집으로 돌아왔습니다.

서울의 수영장은 공중목욕탕처럼 붐비는데 우리 집이 속해 있는 클럽의 큰 수영장에는 사람이 한 사람도 없습니다. 서울에 가면 골프장 부킹하기가 힘이 들고 골프장마다 만원인데 여기 골프장은 아침에 나가 골프를 치고 싶다고 하면 한 시간 안에 치도록 해주고 골프장도 한가

하기만 합니다.

아마도 내가 "주님 이곳이 어딥니까?" 하고 물으면 주님은 "여기가 바로 지옥이라는 곳이야."라고 대답을 하실는지 모릅니다.

그렇습니다. 비록 사람들의 물결에 밀리고 어깨를 부딪치고 길에서 피우는 담배연기가 맵더라도 서울이 좋습니다.

여기의 비프스테이크보다 서울의 냉면 한 그릇이 좋고 기름기 많은 양식보다는 콩나물 국밥 한 그릇이 좋습니다. 내 차를 몰고 끝도 없는 플로리다의 길을 달리는 것보다는 지하철에 기대어 서서 고개를 가누지 못하고 졸고 있는 젊은이나 숙녀의 자는 모습을 훔쳐보거나 옆 사람이 들고 있는 신문을 새치기해서 보는 것이 더 재미있습니다.

아무도 없는 극장에 혼자 앉아서 팝콘을 먹는것 보다는 젊은이들 속에 끼여 앉아 군오징어와 옥수수를 먹는 것이 더 재미있습니다.

옆집의 아저씨와 '하이' 하고 몇 마디 하는 것보다는 서울의 친구들과 밤이 깊도록 수다를 떠는 것이 좋습니다.

오래 전 누군가 서울을 '재미있는 지옥'이라고 하고 '미국을 재미없는 천국'이라고 이름 지었다지요.

아마도 나는 재미없는 천국인 플로리다보다는 재미있는 지옥인 서울의 체질인 듯싶습니다.

# 서울이나 미국이나

　사람들은 자기가 누리고 있는 행복을 꼭 남들과 비교해 가면서 자기의 행복을 확인하려고 합니다.

　처음 서울에 갔을 때 한 친구가 점심을 사먹이고는 자기의 아파트로 데리고 갔습니다. 강남의 이름 있는 75평의 아파트를 구경시켜 주면서 친구는 부엌 창문으로 자기 손수건보다 작게 보이는 한강을 가르치며 "저기 보이는 곳이 한강이야. 우리 집이 전망이 좋거든 그래서 값이 좀 비싸지." 하고 자랑을 했습니다.

　친구들의 모임에 나가면 "야, 너도 이제는 서울로 이사 와라. 요새 미국에서 살다가 서울로 이사 오는 사람들이 많다. 서울이 미국보다 살기 좋다고 하더라." 하고 권합니다. 친구들이 늙어 가며 같이 모여서 살자고 하는 데는 정말 가슴이 찡하도록 고마움을 느낍니다.

　그렇습니다. 서울은 살기 좋은 도시입니다. 서울의 아파트는 살기 좋게 설계되어 있습니다. 겨울에는 따뜻한 온돌이 들어오고 여름에는 창문만 열어 놓아도 시원하게 바람이 불어옵니다. 물론 에어컨 장치도 잘 되어 있지만……

TV마다 케이블이 연결이 되어 있어서 한 달에 만원(약 10불)도 못되는 돈이면 수십 가지 채널에서 하는 프로그램을 볼 수 있습니다. 베란다와 목욕탕에는 수도와 하수구가 연결되어 있어서 호스로 물을 뿌리고 바닥을 닦으면 순식간에 깨끗하게 청소할 수 있습니다.

아파트의 건물마다 경비원이 있어서 도움이 필요하면 구내전화만 들면 언제든지 달려와서 도와줍니다. 아파트에 드나들면서 경로당 앞을 지나가게 되는데 창문으로는 할머니들이 둘러앉아 오순도순 고스톱을 치는 모습이 보입니다. 경로당에서는 매일 무료로 노인들에게 점심을 대접하고 여러 봉사 단체에서 노인들을 도와주러 옵니다. 일주일에 한 번씩 아파트에 있는 앞마당에는 장이 섭니다. 이 장에서는 식료품이나 과자들, 의류에서 일용품에 이르기까지 없는 것이 없이 옛날과 비슷한 장이 섭니다. 한 달에 두 번은 영화도 상영하고 아파트마다 공원이 있고 공원에서는 운동도 할 수 있습니다.

미국의 아파트에서는 볼 수 없는 편의시설들이 정말 잘되어 있습니다.

서울의 지하철은 깨끗하고 친절합니다. 지하철역은 대개 상가들과 연결이 되어 있고 역에 있는 입간판에는 시화가 그려져 있는 곳도 많이 있습니다. 기차가 들어오고 나가는 것도 자세하게 안내를 하고 기차안도 깨끗합니다. 그리고 65세 이상은 무료 경로권을 주기 때문에 노인들에게는 정말 효자 노릇을 합니다. 며칠 전에 뉴욕의 지하철을 탔습니다. 뉴욕의 지하철은 어둡고 더럽습니다. 지하철을 타러 내려가는 계단은 어두침침하여 으스스한 기분이 들고 42가나 36가의 지하철 정거장에서는 지린내가 납니다. 기차 안도 더럽고 낙서로 유리창들이 많이 긁혀져 있습니다. 지하철역의 벽도 헐고 벗겨져서 마치도 영화에서 보던 공장건물같이 우중충합니다. 표를 파는 흑인 여자는 불친절하고 무엇을 어떻게 하라는 설명은 할 생각도 안합니다. 누구에게 물어 보아도 서울의 지하철이 뉴욕의 지하철보다 깨끗하고 편하고 친절하다는데 이의가 없습니다.

서울의 예술의 전당은 훌륭합니다. 클래식 음악을 하는 심포니 홀과 오페라를 하는 건물, 국악을 하는 건물이 따로 있습니다. 건물 안에는 깨끗한 음식점이나 간식을 먹을 수 있도록 편의시설이 들어 있습니다. 뉴욕의 카네기 홀처럼 음악 발표회를 하는 작은 홀들이 여러 개 있고 밖에도 분수와 조각들이 있는 큰 정원으로 조경되어 있습니다. 아마 뉴욕의 링컨센터와 카네기홀을 합쳐도 예술의 전당과 비교가 안될 정도입니다.

이밖에도 이런 문화적인 건물들이 많이 있습니다. 광화문에는 세종문화회관이 있고 또 용인 가는 곳에는 호암 홀이 있고 분당에도 아트센터가 있습니다. 일산에는 어울림종합예술 센터가 있어 곳곳마다 문화적인 건물들이 많이 있습니다. 물론 값이 비싸서 웬만한 서민들이 돈을 주고 들어가기는 부담이 되기는 하지만…

서울에는 먹을 것이 풍부합니다. 어디를 가든지 식당 간판이 없는 곳이 없습니다. 심지어 아파트의 입구에도 식당들이 있고 오피스텔에는 건물 안에도 식당이 있습니다. 어디에 살든지 5분 정도만 걸어 나가면 김밥이나 떡볶기, 전골이나 한정식에 이르기까지 다양한 메뉴를 즐길 수 있습니다. 그리고 내가 좋아 하는 진짜 된장찌개나 냉면들을 먹을 수 있습니다. 좀 피곤하다 생각이 들면 아파트에서 전화만 들면 자장면이든지 냉면이든지 20분 안에 배달이 됩니다.

아내가 미국에 들어가고 혼자 몇 개월씩 살아도 무엇을 먹을까 하는 선택의 어려움은 있지만 먹을 것이 없어서 고생을 한 일은 없습니다.

세탁기가 미국에도 있고 서울에도 있지만 다림질은 하기가 힘이 듭니다. 그러나 서울에서는 전화만 하면 세탁소에서 셔츠를 가져가고 세탁하여 다림질까지 잘해서 저녁에 집으로 배달을 해줍니다.

서울에 가서 처음에는 '어떤 곳을 찾아가 머리를 깎아야 하나' 하고 혼란스러웠지만 좀 살다 보니까 모범업소라고 써붙인 이발관을 찾아 가면 된다는 요령을 알았습니다. 이런 이발관에서는 친절하고 기다릴 필요 없이 빨리 이발을 해주고 머리를 감겨주고 잘 빗어 주고 요구르트까지 한 병 주고도 만원(10불)이면 해결이 됩니다. 며칠 전 플로리다에서 이발을 했습니다. 머리는 기계로 드르륵 드르륵 하고 5분 정도만에 깎아주고 머리를 감겨주지도 않고는 10불에 팁까지 12불을 주어야만 했습니다. 아마 머리를 감고 손질을 했으면 25불을 주어야 했을는지 모릅니다. 뉴저지의 포트리에 있는 한국 이발관에서는 머리를 감겨주지도 않고 22불을 받습니다. 그렇습니다. 서울이 살기 좋습니다.

몇 주 전에 서울생활을 끝내고 미국으로 돌아 왔습니다. 친구들이 고생(?)을 했다고 저녁을 대접한다고 집으로 초대를 했습니다.

"야 서울서 고생 많이 했지? 내가 서울에 가보니까 정말 못 살겠더라. 거리는 먼지투성이에 공기는 탁해서 몇 시간 있으니까 눈이 쓰리고 목이 매캐하고 사람들은 가는 데마다 꽉 꽉 차서 막 어깨를 치고 지나가고…. 사람들이 왜 그렇게 거친지 말 한마디 잘못했다가는 싸움이 나겠고…. 물가는 비싸서 뉴욕에서 20불이면 실컷 먹는 갈비가 서울에서는 10만원(100불) 어치를 먹었는데도 배부르지 않더라. 이북의 김정일은 계속해서 공갈을 쳐서 2주일 정도 가있는데도 겁이 나더라니까. 그리고 교통이 얼마나 복잡한지 우리 친척이 사는 강남에서 모임이 있는 서울 시내로 들어오는데 2시간이나 걸렸어…."

정말 이 친구는 서울에서 재미를 보지 못한 것 같습니다. 친구가 본 서울의 인상이 하나도 거짓말은 아닙니다. 그러나 그것이 서울의 전부는 아닙니다. 서울에도 미국처럼 아름다운 곳이 많이 있습니다.

저녁을 먹고 친구의 거실에 서서 창밖을 내다보았습니다. 푸른 초원에 골프 코스가 넓게 펼쳐져 있고 멀리는 플로리다의 바닷물이 보입니다. 그리고 앞마당에는 분수가 솟아오르고 있습니다. 아무리 부자라고 하더라도 서울 같은 도시에서는 쉽게 볼 수 없는 전망이고 분명히 강남 친구의 아파트의 전망과는 비교가 안 되는 아름다운 전망입니다.

그렇습니다. 거짓말이 아니라 사실입니다. 그러나 역시 서울도 살기 좋고 미국도 살기 좋습니다. 저는 무어라고 할 말이 생각이 나지 않아 장콕도의 말을 인용했습니다.

"나는 천국이나 지옥이 어떻다고 비판을 하는 것이 적절하지 못하다고 생각을 한다. 천국에나 지옥에나 내 친구들이 살고 있을 테니까."

# 만고강산 유람할 때

　세상 사람들은 무슨 일이든지 줄을 세우기를 좋아합니다. 누가 제일 예쁜 여자인가 하여 "엘리자베스 테일러다, 진 시몬즈다, 재클린 스미스다, 데미 무어다, 오르넬라 무티다, 오드리 헵번이다, 아니다 송혜교다, 김태희다."고 하다가 한 사람을 고르기가 무엇하니까 금세기의 미녀 10명 또는 50명이라고 화보를 만들어 팝니다.

　또 어디가 가장 아름다운 경관을 가지고 있느냐고 줄을 세우려 합니다. "중국의 황산이다, 그랜드 캐년이다, 금강산이다, 이태리의 나폴리이다." 하고 토론을 하다가 세계의 경관 10경 또는 50경이라고 화보를 만들어 팔기도 합니다.

　그런데 내가 아둔해서 그런지는 몰라도 이렇게 나온 화보를 하루 종일 보고 앉아 있어도 누가 과연 제일 예쁜지 어디가 가장 아름다운 경관을 가지고 있는지 정할 수가 없습니다.

　물론 나는 화보에 실린 아름다운 여자들을 직접 만나서 얼굴을 관찰할 기회도 갖지 못하였으니 말할 것도 없고 혹시 만났더라면 얼이 빠져서 얼굴은 관찰을 하지 못하고 침만 질질 흘리면서 눈을 비벼대다가 판단을 할 기회조차 잃어버릴는지 모릅니다.

아름다운 경관을 가졌다는 명소는 몇 군데 찾아볼 기회가 있었습니다. 많은 사람들이 제일 웅장하고 멋있다는 그랜드 캐년을 본 날은 날씨도 좋았고 저녁에는 서편에 뉘엿뉘엿 지는 해까지 볼 수 있었습니다. 나는 아름답다고 표현하기보다는 이런 장관을 지은 창조주 앞에 무릎을 꿇고 항복하고 싶은 심정이었습니다. 그 곳은 그저 어디가 아름답다거나 지구의 역사가 몇억 년이 되었다거나가 아니라 장엄한 모습에 압도되는 느낌이었습니다.

지난해 가을에는 황산에 다녀왔습니다. 소주, 항주를 보지 않고는 말을 하지 말라는 말에 오기가 났다고 하면 웃겠지만 동창들과 중국의 항주와 황산을 가게 되었을 때 '흠 나도 이제는 말을 할 수 있게 되었구나.' 하면서 흐뭇했습니다. 그런데 막상 황산에 올라가 아득한 산들과 골짜기들을 보면서 '야! 굉장하구나.' 하는 감탄은 했지만 까마득한 하늘 속을 매달려가는 케이블카 속에서 현기증만 났습니다.

구름 위에 깎아 세워 만든 것 같은 산과 절벽들 그리고 절벽에 어설프게 이어 놓은 계단과 계단 사이로 내려다보이는 까마득한 절벽과 골짜기를 보면서 어지럽고 다리가 떨려 오줌이 저절로 마렵기만 했습니다. '이런 깎아 세운 절벽 길을 걸어가면서 사람들은 어째서 이렇게 위험한 곳에 올라와야 기분이 좋은 것일까.' 하고 나는 오히려 기분이 좋지 않았습니다. 70여 개가 넘는다는 봉우리와 골짝들은 아름다웠지만 내가 서있는 바위가 언제 부스스 부서져 천 길 낭떠러지로 떨어질까 하여 경치를 구경하기보다는 어지러웠던 것입니다.

리스본 바닷가의 절벽도 절경입니다. '여기가 세상의 끝이고 저기 보이는 저 선을 넘어서는 지옥이다.'라고 믿었다는 절벽 위에서 맑은 날씨와 끝없이 밀려오는 푸른 파도를 보면서 죽음의 선을 넘어 도전하던 콜럼버스와 마젤란, 바스코다마스도 아마 저 아름다운 바다의 유혹에 넘어 간 것이 아닐까 생각을 했습니다. 멕시코의 아카폴코의 바다와 언덕도 아름답고 그 언덕위에 지은 부자들의 화려한 집들도 황홀했습니다.

지난번에 다녀온 바하마의 천국의 섬도 아름다웠고 그곳에 큰 집을 짓고 사는 부자들이 부러웠습니다.

많은 사람들이 찾아가는 나이아가라 폭포는 우리가 살던 오하이오에서 4시간 반의 거리입니다. 그래서 우리 집에 손님만 오면 즉석 투어 가이드가 되어 나이아가라 폭포에 모시고 가곤 하여 아마 열 번도 더 가보았지만, 갈 때마다 그 웅장함에 말려들어 쏟아져 내려오는 물속에 휩쓸려 들어가는 듯한 느낌을 갖곤 했습니다.

알래스카에 여행을 했을 때는 이회백 형의 환대와 배려로 훼어뱅크에서 시작하여 내륙의 빙산들을 구경하며 엑손 발데즈를 구경하고 바다에서 강으로 거슬려 올라오는 연어 떼를 보면서 환호를 올렸습니다. 내 일생에서 그렇듯 많은 물고기 떼들을 본 건 처음이었을 것입니다.

그리고 데나리의 산맥과 맥킨리 산을 바라보며 기차를 타고 여행하면서 아직도 사람의 때가 얼마 묻지 않은 자연의 아름다움에 감탄을 했습니다. 그리고 씨 워드에서 호텔처럼 큰 배를 타고 내려오면서 경적을 울리면 무너져 내리는 많은 빙산들을 보며 어쩔 줄 몰라 했습니다. 캐나다의 로키산맥을 따라 내려오면서 재스퍼의 산 위에서 내려다보는 장관, 컬럼비아 빙산에서 몇백 년간 얼었다가 막 녹아나는 얼음물을 마시면서 10년은 젊어진다고 낄낄댔고 빙산에서 녹아나 신비스러운 색깔을 띠우고 있는 루이스 호수, 성벽을 이루고 있는 듯한 Mt. Castle 과 겨울의 도시 캘거리를 보면서 세상은 참 아름답구나 느꼈습니다.

젊어서 한국을 떠나 미국에 와서 공부하고 일 하느라고 한국의 아름다움을 보지 못한 동창들이 한국의 경치를 보자고 하여 속초와 하조대를 지나서 통일전망대까지 올라가서 어두운 이북 땅을 바라보고 설악산으로 올라갔습니다. 마침 단풍의 계절이어서 갖가지 색깔의 옷을 입은 산봉우리들의 모습은 정말 아름다웠으며, 산길을 은은히 울리는 목탁소리가 우리의 마음을 사로잡아 '아하 이래서 머리를 깎고 스님이 되는구나' 싶었습니다.

다시 차를 타고 내려오면서 양양 낙산사가 있는 언덕에 올라가 바다를 보아도 아름답고 외도의 아기자기한 아름다움, 거제도를 거쳐 여수와 해남도 목포의 유달산을 올라가 보면서 '그러니까 금수강산이라고 했지.' 하고 고개를 끄덕이었습니다.

그리스의 델피와 알람바카의 높은 절벽 위에 세워진 수도원과 그 수도원 속에서 성경을 복사하며 수도를 하는 수도승들을 보며 정말 지상의 경치 같지 않은 아름다운 선경에서 신앙의 길에 정진하는 그들이 부러워지기까지 했습니다.

충무시에서 보는 다도해도 아름답습니다. 푸른 물속에 무수히 떠 있는 많은 푸른 섬들과 그 섬들 사이로 떠다니는 배들이 아름답고 나폴리의 빨간 지붕을 한 집들이 들어 서 있는 산등성과 그 앞에 펼쳐진 바다, 푸른 바다와 저 앞에 우뚝 선 쏘렌토와 카푸리 섬, 푸르다 못해 검푸른 에게해 바다를 내려다보는 포세이돈 신전, 뜨거운 햇빛 속에 우뚝 선 불가사의의 마야족들의 신전과, 그 앞 절벽 밑으로 밀려오던 푸르고 맑은 파도가 있는 멕시코의 칸쿤 바다도 아름답습니다.

일본의 닛꼬는 절벽인 꼬불꼬불한 산길을 44번이나 돌아서 올라가 1,200미터의 산꼭대기에 올라가자 눈앞에 펼쳐진 바다처럼 넓은 호수가 우리를 감격하게 했습니다. 도무지 산꼭대기라고 느껴지지 않는 높은 지대에 있는 연못이었지만 내려올 때는 오줌이 찔끔찔끔 나오는 모험을 다시 해야 했습니다. 그리고 백영민과 오유경이가 사랑의 여행을 했다는 아쯔미의 바다는 아름답기도 했지만 그들의 사랑의 이야기를 다시 음미하며 생각에 잠기게 했습니다. 그리고 조개 껍질의 모양을 한 환상적인 오페라하우스를 배경으로 하는 시드니의 바다와 빠삐용이 뛰어 내렸다는 절벽도 푸른 바다와 햇빛이 조화가 되어 아름다웠습니다.

물론 중국의 계림, 곤명의 석림, 베트남의 하농베이, 캄보디아의 앙코르와트, 노르웨이의 해협, 덴마크의 공원들, 러시아의 세인트 페더스버그, 샌프란시스코의 다리도 아름답습니다. 서울의 밤거리 특히 한강의 야경, 제주도의 성산 일출봉이나 용두암의 바다도 아름답습니다. 그러다 보니까 어려서 본 청류벽 푸른 이끼 스치며 을밀대와 부벽루를 흘러 내려오는 대동강도 아름답고 얼마 전 보고 온 뉴질랜드의 바다나 산들도 아름답습니다.

나는 아직도 마음속에 간직한 많은 경관들을 생각해 봅니다. 그러고 보면 나는 지조가 없는 주책입니다. 좀 예쁜 여자만 보면 헬렐레 하고 침을 흘리며 주책을 떨고 아름다운 경치를 보면 어떤 곳이 가장 아름답다고 평을 한마디도 못하고 또 헬렐레 하기를 반복하기 일쑤이니 말입니다.

그런데 내가 여자 꽁무니를 따라 다니면 아내가 화를 내고 많은 사람들이 흉을 보겠지만 아름다운 경치를 찾아다니며 헬렐레 하는 것은 아내나 세상이 용납할 것입니다. 나는 남은 삶을 아름다운 경치나 찾아다니며 아버님이 가끔 부르시던 '만고강산 유람할 때'를 부르면서 살아가고 싶습니다.

# 죽는다는 것

　사람이 죽는다는 것만큼 분명한 것은 없습니다. 그러나 언제 어디에서 어떻게 죽느냐 하는 것만큼 확실하지 않은 것도 없습니다. 누구나 다 죽습니다. 가장 오래 살았다는 무드셀라도 죽었고 예수님이 죽은 사람들 가운데서 다시 살리셨던 나사로도 죽었습니다.

　우리 세대의 사랑을 받았던 미녀였던 데보라 카와 오드리 헵번도 죽었고, 신이 주셨다는 고운 목소리를 가졌던 루치아노 파바로티도 죽었습니다. 사람이 태어날 때는 수억 분지 일의 확률로 태어나지만 태어난 생명은 확률의 계산이 필요 없이 모두 죽는 것입니다

　그러나 사람들은 자기 자신만은 예외이려니 생각을 합니다. 죽음은 모두 남의 것이고 나는 억년 만년을 살 것이라고 생각합니다. 그래서 지구의 종말을 걱정하고 돈을 쌓아 놓으려고 애를 쓰고, 권력을 가진 사람들은 권력을 놓지 않으려고 애를 쓰는지도 모릅니다.

　종교나 철학은 사람이 태어나면서부터 죽음을 준비하라고 가르칩니다. 그리고 우리는 죽음을 준비한다고 다른 사람들에게 말을 하고 있지만 정말 죽음을 준비하고 있는 사람은 거의 없는 것 같습니다. 간혹 말

기 암에 걸려 죽음을 앞둔 사람들이 재산을 정리하는 것과 장례식 준비를 하는 것을 본 일은 있지만 건강할 때 마음으로 죽음을 준비하는 사람은 아직 보지 못했습니다.

어떤 왕이 99세에 죽음의 사자가 찾아 왔을 때 "나는 아직 준비가 안 되었는데…" 하며 저항을 했습니다. 죽음의 사자가 그러면 누군가 대신 가야 된다고 하니까 5세 된 손자가 "그럼 내가 할아버지가 대신 갈게요." 하며 기꺼이 죽었습니다. 그는 다시 95년을 더 살았습니다. 또 다시 죽음의 사자가 왔을 때 "또 나는 아직 준비가 안 되었는데…" 하고 같이 가기를 거절했습니다. 다시 손자가 죽고, 이러기를 10번이나 하여 그가 990년을 살았지만 준비가 되지 않았더라고 라즈니쉬는 그의 설법에서 이야기를 했습니다.

제가 존경하는 선배님이 있습니다. 그가 50대 중반 동남아 여행을 갔다가 이질성 간염에 걸렸습니다. 간에 고름주머니가 여기저기 생기고 사경을 헤매다가 회복이 되었습니다. 그때 담당의사인 후배가 "선배님 앞으로 10년은 문제가 없습니다."라고 용기를 주었습니다. 그 선배님은 "앞으로 10년은 문제가 없대." 하면서 만족한 듯이 웃었습니다.

그런데 10년이 거의 되자 선배님은 말수가 적어지고 우울해졌습니다. 아마도 죽음의 그림자가 은근히 걱정이 되었나 봅니다. 그리고 15년이 지나도 건강이 유지되자 이제는 그 이야기를 완전히 잊어 버린 듯이 "이제는 완치되었는가 봐." 하고 웃었습니다.

그리고 20년이 지났습니다. 그런데 신장병이 들어 혈액투석을 하든지 신장이식을 해야 할 지경이 되었습니다. 담당의사가 보장해 준 기한 보다 10년이나 더 살았는데 선배님은 준비가 안 되었던 모양입니다. 이식할 신장을 구하다가 젊은 따님의 신장을 이식 받고 다시 건강을 회복했습니다. 그 선배님은 신앙심이 깊으신 장로님이고 평소의 말씀에 많은 생각을 담으신 분입니다. 그러나 아무리 공부를 많이 하고 생각을 많이 하신 분이라도 죽음에 대한 준비는 쉽지가 않은 모양입니다.

죽음에 대한 공포와 불안 때문에 우리는 죽음이라는 것을 생각하기가 더욱 싫은지 모릅니다. 그러나 죽음에 대한 공포심을 덜어주기 위한 여러 가지 가르침을 종교에서 철학에서 그리고 의학에서 우리는 얻을 수 있습니다. 불교에서는 내세를 이야기하고 기독교에서는 천국을 가르쳐 줍니다. 그리고 의학에서도 죽음이 무서운 것만은 아니라고 이야기를 해줍니다.

레이몬드 무디라는 신경과의사가 쓴 임사체험(Near Death Experience) 이라는 책에서 죽음의 문턱까지 갔다온 100여 명 환자들의 체험을 바탕으로 쓴 책에는 거의 공통점이 있습니다.

1. 평화로운 감정
2. 육체 이탈 경험
3. 터널 같은 어두움을 통과하는 기분
4. 빛의 발견
5. 빛을 향해 가는 단계
6. 아름다운 꽃이 만발하고 황홀한 음악이 들리는 별천지에 온 기분
7. 죽은 가족이나 친구들을 만나고 전능한 신과 함께 이승의 삶을 돌아보는 경험 등.

그러고 보면 기독교의 가르침이나 의학의 경험적인 지적이 거의 일치하는지도 모릅니다. 죽음이란 인생의 무거운 짐을 벗어 놓고 평안한 곳으로 가는 것이니 공포와 불안만을 가지고 바라 볼 것은 아닐는지 모르겠습니다. 물론 이생의 삶을 깨끗하게 살 것을 전제로 하고 말이지요. 그렇다고 내가 죽음의 준비가 끝이 난 것은 아닙니다. 아직 나는 죽음이 겁이 나니까요.

# 독서의 시기

가을은 독서의 계절입니다. 옛사람들은 신량(新凉)이 교외에 들어 등불이 지남직하다고 하여 밤에 책을 읽으며 등잔불 걱정을 했는데 등불 걱정을 하지 않게 된 현대 사람들은 옛 사람들만큼 책을 읽지 않는 모양입니다. 아마 나도 옛사람에 속하여 책을 많이 읽은 사람 축에 속했는데 책을 좋아하기도 했지만 몸이 약하여 밖에 나가 애들과 섞여 놀기보다는 방속에 틀어박혀 책을 읽는 편이 편했기 때문입니다.

내가 자랄 때는 책이 귀하여 읽고 싶어도 읽을 수가 없었습니다. 아주 어려서는 형님이 안 계실 때 형님의 책을 훔쳐보면서부터 책과 사귀었습니다. 그때 형님 서가에서 훔쳐 읽은 책이래야 무협지인 『미야모도 무사시』『도꾸가와 이에야쯔』『쯔가하라 보꾸덴』『도꾜노 하시』 같은 책이고 연애소설이 좀 있었는데 7살짜리가 연애소설을 읽었으니 아마도 내게는 불량끼도 좀 있지 않았나 합니다.

2차 대전이 거의 끝나갈 무렵 목사님이시던 외할아버지의 집에 피난을 갔는데 시골 할아버지의 집에 책이 있을 리가 없었습니다. 할아버님이 가지고 계시던 몇 권 안 되는 책 중에 『성경 사화 대집』이라고 하여

구약과 신약 성경을 이야기체로 엮어 놓은 책이 있었습니다. 나는 이 책과 신구약 성경 그리고 읽어도 이해하지도 못하는 마태복음 강해 등을 읽곤 했습니다. 할아버님은 처음에는 조그만 녀석이 책을 망가뜨린다고 야단을 치셨지만 내가 열심히 읽는 것을 보시고 "그 녀석 참 기특하다."고 하시며 나를 칭찬해 주셨습니다.

그 후 평양에 돌아가서 초등학교 5학년과 중학교 1학년 때, 교회에 나가면서 선배 형님과 누님들의 연애 연락책을 하곤 했는데 그들은 소설책을 서로 빌려 주고 받고 했습니다. 그때 유행하던 책이래야 이광수의『흙』이나『사랑』『무정』『이차돈』『마의태자』박 계주 씨의『순애보』『애로역정』, 심훈의『상록수』, 이무영의『먼동이 틀 때』정도였습니다. 책 심부름을 하면서 개평으로 빌려서 읽곤 했는데 하루나 하루 반에 책을 읽어야 하기 때문에 책을 빌리면 그야말로 밥이 타는지 국이 끓어 넘치는지 모르게 정신을 잃고 책을 읽다가 어머님에게 꾸중도 많이 들었습니다.

대구로 피난을 가서 삼덕동 시장근처 관음사 앞길에서 담배장사를 했는데 바로 맞은편에 어디서 났는지 책을 구루마에 가득 실고 책을 빌려주는 아저씨가 있었습니다.

마주보고 장사를 하는 처지라 인사도 하고 아저씨에게 공작담배나 화랑담배를 한 가치씩 드리면서 책을 빌려 읽기 시작했는데 하도 책을 열심히 읽고 빨리 읽으니까 아저씨가 "그럼 구루마에 있는 것을 다 읽어라." 하고 내버려 두고 나더러 가게를 봐달라고는 돌아다니셨습니다. 구루마에서 빌려주는 책 중 명작이 몇 개 있었겠습니까. 방인근의『여학생의 정조』나『간호부의 고백』같은 애로소설을 비롯하여 김내성의『애인』,『진주탑』(몽테크리스트 백작의 역),『마인』등을 읽기 시작하여 미완성이었던『청춘극장』1. 2, 3부를 책 속에 머리를 박고(우리 아버님의 표현)

읽었습니다. 책이 끝나지 않으면 담배 목판에 등불을 켜놓고 밤이 늦도록 읽었으니 그야말로 등불이 지남직하다는 말이 맞을는지 모릅니다.

한번은 친구가 홍명희씨의 『임꺽정』을 가져 왔는데 내일이면 가져 간다는 것이었습니다. 나는 그 두터운 책 여섯 권을 하루 낮과 하룻밤에 읽었는데 어머님에게 야단을 맞을까봐 철도관사와 군인관사 사이의 외등불 밑에서 웅크리고 앉아서 밤새도록 읽었습니다. 그리고 새벽에 친구의 집으로 뛰어가서 책을 전해 준 기억이 납니다.

그래서 아마 약 4개월 동안에 구루마에 있는 책을 모두 읽어 버리고 미군부대에 취직이 되어 들어갔습니다.

학교에 들어가서 출판사에서 일을 하였는데 출판사에는 출판하고 파지가 된 책이거나 남은 책들이 있었습니다. 나는 여기서 남은 책들을 얻어다 읽었는데 여기서 투르게네프, 도스도엡스키, 헤르만 헷세, 안톤 체홉의 작품들을 만날 수 있었습니다.

한번은 같은 반 친구인 목사님의 아들이 자기 아버지의 장서인 언문 삼국지를 팔겠다고 하는 것이었습니다. 나는 등록금도 제대로 낼 수 없는 주제에 책이 탐이 나서 출판사에서 탔던 월급을 털어 그 책을 샀습니다. 물론 어머님에게 꾸중을 들었지만 책을 빼앗길까봐 책은 친구의 집에 맡겨 두었다가 폭풍이 지나간 후에 집에 갖다놓고 읽고 또 읽었습니다. 아마 이때 읽은 고전 삼국지가 도움이 되었던지 그 후에 국어나 고전 문학공부를 하지 않았어도 좋은 성적을 받곤 했습니다. 대학 입시공부를 할 때에도 소설책을 빌려다 머리맡에 놓고 4시간 공부를 하고는 머리를 쉬는 시간에 30분정도 소설책을 읽곤 했습니다.

이런 내가 의과대학에 합격을 했으니 이것은 나의 실력이 아니라 정말 하나님의 도움이고 요새 애들 말로라면 소가 뒷걸음질하다가 쥐를 잡는 것과 같은 운이라고 할 수 있습니다.

대학생 시절, 나는 방학 때 갈 곳이 없었습니다. 다방에서 차 마실 돈도 없는 처지이고 또 저녁에는 가르칠 학생이 올 때까지 준비도 해야 하니까 방에서 뒹굴며 책을 읽었습니다. 방학 다음날 대여점에서 소설책을 30여 권 빌려 와서는 아침부터 저녁까지, 그리고 밤늦게까지 읽었습니다. 책 읽는 것밖에 할 일이 없었으니까요. 이때 까뮈도 만나고 사르트르도 만났는데 읽어도 잘 이해가 되지 않을 때가 많았습니다.

그런데 요새는 책을 그렇게 계속 읽을 수가 없습니다. 시간도 많고 책을 살 돈도 있는데 책을 두어 시간만 읽으면 눈이 아프고 머리가 무거워집니다. 그리고 그 전에는 책을 읽으면 내용을 거의 다 기억을 하여 친구들을 앞에 놓고 책에서 읽은 이야기를 잘도 읊어댔는데 요새는 책을 읽으면 무엇을 읽었는지 금방 잊어버리고 맙니다. 그래도 하루에 적어도 50쪽은 읽으려고 노력합니다. 그러면 일주일에 한 권, 일 년에 50권은 읽게 될 것이니까요. 그런데 그것마저도 거르는 날이 많으니 특기를 잃어버린 불행한 사람이 되어버리고 말았습니다.

서울에 있을 때, 서울극장에 가면 로비에서 위층으로 올라가는데 표를 주고 에스컬레이터를 타야 합니다. 그런데 그 앞에서 표를 받는 젊은 여자가 있는데 언제 보아도 책을 읽고 있습니다. 서울극장이 단골인 나는 하루에 영화를 두, 세 개를 보고 일주일에도 두, 세 번을 가는데 그 여자는 항상 책을 읽고 있습니다. 표를 받으면서도 책에서 눈을 떼지 않는 모습을 보면서 인상에 깊이 박혔습니다. 그리고 그 열정이 부럽습니다. 그리고 옛날 담뱃가게를 하면서 그야말로 책속에 머리를 박고 지내던 그 시절이 생각납니다.

TV나 컴퓨터 때문에 책과 등진 세대들, 학교를 졸업하고 40년간 책을 한 권도 읽지 않았다고 자랑처럼 이야기를 하는 사람들 속에서 책을 들고 있는 여인의 모습이 참 아름답게 보입니다.

# 반기독교 운동을 보며

2007년은 한국 기독교에 있어 액운의 해였습니다. 어떤 목사님은 "한국 기독교를 쓰나미가 휩쓴 해였었다." "한국 기독교의 전락의 해였다."고도 이야기합니다.

며칠 전 동아일보에는 '한국 기독교는 없어져야 할 것인가'라는 제목으로 반기연(반기독교시민운동연합 WWW: Antichrist. or. kr)의 기사를 실었습니다.

예수님이 태어났던 때의 로마 황제 아우구스트는 로마를 오래 다스렸지만 그 후의 황제가 된 티베리우스와 클라우디우스와 네로 황제로 불리우는 도미티우스 아헤노 바르부스 때에 기독교인들에 대한 박해는 극심했습니다. 그들은 노예로 잡혀가고 투기장에서 호랑이나 사자에게 찢기고 검투사의 연습용 상대로 죽어 갔습니다.

그런데 AD 365년 콘스탄티누스 황제가 기독교를 인정한 후 로마의 국교로 공인이 되자 기독교는 변화했습니다.

천민의 기독교는 귀족의 기독교로 변하고, 예배장소도 지하묘지에서 화려하게 건축한 번듯한 교회 건물이 되었습니다.

예수님의 사도를 계승한다는 교황은 기독교인들을 학대하던 로마인들이 줄을 이어 차지했습니다. 그리고는 사랑으로 예수님의 양을 먹이라는 명령을 따라야 할 교황들은 세계의 제왕들을 다스리고 온갖 사치와 범죄를 자행했습니다. 그리고 암흑의 중세기를 이루었습니다. 물론 한참 이슬람이 세계를 휩쓸 때에 많은 기독교인들이 목숨을 잃었고 일본을 일으켜 세운 도꾸가와 이에야스 때에도 화란에서 온 많은 선교사들과 교인들이 목숨을 잃었습니다.

한국에서도 대원군에게 많은 기독교인들이 양화교에서 목이 잘렸습니다. 그 뿐이 아닙니다. 종교는 아편이라는 공산주의자들 밑에서 북한에서 죽은 기독교인의 수는 얼마나 많은지 모릅니다. 어린 내가 다니던 우리 교회에서도 목사님과 장로님들이 모두 잡혀가 참살을 당했습니다.

그런데 그렇게 기독교인들이 핍박을 받을 때는 기독교인들은 오늘처럼 타락하지도 않았고 일반인들에게서 비판을 받지 않았습니다.

나는 14세가 될 때까지 김일성 정권의 평양에서 살았고 목사님의 손자이며, 기독교 가정에서 태어난 출신성분이 좋지 않은 시민에 속했습니다. 아마 한국전쟁이 없이 우리가 북한에서 계속 살았다면 대학은 물론 못 갔을 것이고 군에 갔어도 장교는 되지 못하고 강제 수용소에서 노동이나 했을 것입니다.

나는 평양에서도 교회에 나갔습니다. 그래서 교회에 나간다고 학교에서는 비판을 받고 야단을 맞기는 했어도 이웃에게는 착한 아이라는 평을 받곤 했습니다.

평양이 한국군과 유엔군에 의해 점령되고 화신백화점의 지하실에서, 사동에 있는 탄광에서, 그리고 평양근처의 동굴에서 수많은 시체들이 쓰레기처럼 쌓여 있었는데 마치 굴비를 엮은 것처럼 쇠사슬에 몇 십 명씩 묶여 있었습니다. 그렇게 희생이 된 사람들은 반동분자라고 낙인이 찍힌 사람들이었는데 대부분은 기독교인들이었습니다.

아마 한국전쟁 때 이북에서 죽기를 무릅쓰고 남한으로 피난 온 사람들 중에 기독교인들이 주류를 이루었다고 해도 과언이 아닐 것입니다.

그런데 기독교인들이 핍박을 받던 시절이 지나고 기독교인들이 사회적으로 혜택을 받는 시대가 되자 기독교인들은 변했습니다. 이제는 교회에 나간다는 것이 사회생활에 득이 될지언정 불이익이 되지 않은 시대가 되자 교회도 변했습니다.

그래샴의 법칙에도 악화가 양화를 구축한다고 하지 않습니까. 기독교를 자기들의 생활의 무기로 삼으려는 많은 무리들이 교회에 침투한 것입니다. 그리고 그런 사람들일수록 교회를 이용하여 치부를 하고 권력을 잡고 사회의 유명인사가 되는 도구로 기독교를 이용하며 조용하고 참다운 기독교인들이 교회에 발을 못 붙이게 합니다.

원래 우리나라는 범신교적인 나라였습니다. 산에 가면 산신령이 있고 고목나무에도 귀신이 있고 좀 이상하게 생긴 나무에도 귀신이 있었습니다.

심청이가 팔려가기 전날 밤 장독대에 정화수를 떠 놓고 기원을 드립니다. "상천 일월성신이며 하지후토 사방제신 석가여래 팔 금강 보살 소소응감 하옵소서." 하고 그러니 해와 달, 별들, 뒤뜰에 있는 여러 귀신, 부처님 등등 있는 대로 다 주워다 붙입니다. 그것은 곧 눈에 보이는 모든 귀신에게 기복을 달라는 이야기입니다.

그런데 기독교가 언제부터인가 이런 기복신앙을 팔아먹기 시작을 했다는 말입니다. 내가 어린 시절 교회에 나갈 때는 교회에 나가면 몸이 건강해지고 출세를 하고 돈을 많이 번다는 이야기를 못 들었는데 요새는 교회에 가면 목사님들이 이런 이야기를 많이 합니다.

그러니 원래 미신적인 신앙을 가지고 있던 사람들이 마치도 무당을 따라 가는 것처럼 이런 목사님들에게 현혹된다는 이야기입니다.

요새는 목사님의 설교 속에 교인들의 세속된 생활을 꾸짖고 회개하라고 하면 교인들의 수가 준다고 합니다. 그저 헌금을 많이 낸 사람들이 성공을 했다고 이야기하고, 교회를 크게 지어 우리들의 세를 과시하자고 하고 병을 고쳐 준다고 해야 교인들이 많이 모인다고 합니다. 목사님들은 교회를 기업으로 생각합니다. 내가 10년 전 전세로 상가에서 교회를 시작했는데 지금은 큰 교회를 짓고 교인의 수가 1500명이 넘는다고 자랑을 하는 목사님들을 많이 만나 보았습니다. 교인들의 양적인 성장은 목사님의 성공이고 어떻게 하면 교회를 크게 짓고 교인을 늘리고 자기의 권력을 장악하느냐가 일부 목사님들의 최대 관심사입니다.

그래서 목사님들은 교회에서 자기 중심의 사람들로 파벌을 만들고 반대파를 몰아내고 부목사님들을 가지고 있는 큰 교회의 목사님은 혹시 부목사가 파벌을 조성하여 자기의 반대 운동을 하지 않을까 노심초사하며 부목사님들이 자기의 경쟁자가 되기 전에 갈아 치우고 부목사나 전도사님들을 가혹하게 취급을 합니다.

또 자기의 지위를 공고히 하려고 목사님과 크게 관계가 없는 목회학이나 교회 심리학 같은 것으로 박사학위를 받는데 지난 여름 신정아라는 여자의 학위위조 사건이 있은 후 조사를 해보니 이런 인정받지 못하는 학위를 가진 사람들 중 목사님들이 단연코 많았다고 하니 부끄러운 이야기입니다. 그러다가 부득이 이사를 가거나 교회를 그만 둘 때는 교회를 팔아먹는 일도 있는데 광고에는 교회가 몇 평이고 교인이 얼마라는 광고도 내 눈으로 보았습니다.

이렇게 기업이라는 생각으로 목회를 하니 자연히 공격적인 교회운영을 하게 되고 기복신앙, 신유신앙을 강조하고, 성령운동, 방언 등등 사회운동을 전개하며 '예수 천당, 불신 지옥'이라는 선교 사업을 하게 되는 것입니다.

"이름 없이 빛도 없이 감사하며 섬기리다." 라는 찬송을 부르면서도 홍수피해의 성금을 몇 십만 원 내게 되면 목사님의 이름을 크게 발표하는 것이 지금 한국교회의 실태입니다.

나도 기독교인으로 장로이며 30여 년을 교회를 위하여 일을 했고 내 일생을 교회에서 보냈다고 해도 과언이 아닙니다. 그러므로 예수님이 나의 구주이고 나의 주인이라는 생각에는 한 치의 의심도 없습니다. 그러면서 나는 세상의 사이비 교인들, 사이비목사님, 장로님들, 권사님들, 집사님들, 그리고 선교를 한다고 떠들어 대며 깃발을 높이 들고 다니는 사람들 때문에 예수님이 욕을 먹는 것에 화가 납니다. 마치도 내 못된 동생 때문에 아버지가 욕을 먹는 것 같아 참을 수가 없습니다.

빈기련은 인터넷사이트를 만들어 "기독교는 마치 모기나 바퀴벌레처럼 세상에서 박멸을 해야 할 대상"이라고 이야기를 하고 이 인터넷사이트에는 상당히 많은 사람들이 참여하여 호응을 하고 있습니다.

회개합시다. 왜 우리들 때문에 사랑을 베푸시려 세상에 오시고 우리를 위하여 채찍을 맞으시고 십자가에서 돌아가시기까지 한 예수님이 욕을 먹어야 합니까.

사이비 목사님들, 제발 교회를 떠나 딴 직업을 찾으시고 교회에서 위선을 행하시는 장로님, 집사님들, 차라리 딴 사회단체를 만들어서 야망을 푸십시오. 나는 당신들 때문에 내가 사랑하는 예수님이 욕을 먹는 것이 슬프고 화가 납니다.

# 못된 남자에서 못난 남자로

얼마 전에는 알파걸이라는 말로 여자 칭찬을 해 주었더니 요새는 그 말에 맞추느라고 그러는지 TV드라마를 타고 줄줄이 남자들의 못난 이야기가 계속 됩니다.

문명이 덜 발달된 시대에는 완력을 가진 남자들이 나라나 사회나 집안에서 힘을 썼지만 지금은 책상에 앉아 손으로 기계만 움직여서 일을 하는 시대라서 손재간이 좋은 여자들이 남자들보다 사회진출을 훨씬 많이 합니다.

실지로 여자 실업자들은 그리 많지 않은데 남자 실업자들이 훨씬 많고 여자들이 일을 할 수 있는 분야가 남자들보다 넓어지고 있습니다. 여자들이 새롭게 진출하는 군인은 물론이고 경찰, 버스운전기사, 택시 기사들이 있는데 여자의 전유물인 남자 유치원 보모나 화장품 가게 점원은 있다는 이야기를 듣기는 했지만 보지 못했습니다. 물론 남자 간호사도 가끔 있기는 하지만 아무래도 여자 간호사보다 효용률이 적습니다.

여자들은 남편이 죽어도 혼자 아들 며느리, 딸 손자들과 잘 적응하며 살아가는데 남자들은 부인이 죽으면 결혼하지 않는 이상 적응을 못하여 몇 년을 살지 못한다고 합니다.

나도 아내와 아들의 집이나 딸네 집에 가면 왕따를 당해 거실에서 TV나 보며 빌빌거리다가 빨리 집에 가자고 해서 아내의 입장을 곤란하게 만듭니다.

오랫동안 남자들은 아들이라고 위함을 받고 자라나서 이제는 물도 제대로 떠다 먹을 줄 모르는 비능률적인 존재가 되었습니다. 더욱이 요새처럼 하나나 둘만 낳는 세대에서 대개는 외아들이고 부모님의 과보호 아래 자란 아들들은 자연히 마마보이가 되어 장가를 가서도 어머니의 치맛자락을 놓지를 못합니다. 요새 방영되는 MBC의 「겨울새」에서도 피부과의사 주경우는 지참금을 안 가져 왔다고 며느리를 핍박하는 어머니가 꾀병을 앓자 아내에게 무조건 어머니에게 빌라고 다그치고 며느리를 모함하는 어머니의 말을 듣고 사기 당했다고 아내를 쫓아냅니다. 그리고 엄마, 엄마 하며 마치도 다섯 살 난 어린애처럼 어머니에게 모두 의지합니다. 정말 못난 마마보이의 전형적인 인물입니다.

드라마가 아니더라도 지참금을 적게 가져왔다고 어머니와 작당하여 아내를 학대하고 내쫓은 의사, 치과의사들의 이야기가 신문에 간간이 보도되지 않습니까.

그리고 시어머니의 며느리 학대는 아들인 남편의 묵인이 없이는 절대로 있을 수 없다는 철칙이 있지 않습니까. 아들이 부모님에게 인정을 받고 스스로 자립할 수 있는 집안이라면 시어머니가 며느리를 좀 못마땅하게 여기더라도 아들의 권위와 아들의 체면 때문에 며느리를 함부로 다룰 수가 없습니다.

MBC의 「사랑하기 좋은 날」도 사장이란 사람이 어머니가 아내를 모함하고 구박하는데 아내를 도와주기는커녕 한술 더 떠서 아내를 학대

하고 바람을 피우다가 파산하고 병에 걸린다는 이야기입니다. 그리고 그 드라마에 나오는 남자들은 몇 사람을 제외하고는 모두 남자들이 여자들보다 한참 모자란 사람들만 나옵니다. 그리고 여자들은 모두 똑똑하고 당찬 여자들이 등장합니다.

옛날부터 시어머니가 며느리를 학대 했다는 것은 아들들이 그만큼 못났다는 것을 역사적으로 증명하고 있는 일입니다.

그뿐이 아닙니다. SBS의 「황금신부」란 드라마에서도 첫사랑을 못 잊어 쩔쩔매는 준우는 당찬 월남 아가씨를 아내로 맞아들이고도 지지리도 못난이 노릇을 계속하다가 아내인 진주의 도움으로 새로운 사람으로 거듭납니다.

SBS의 「조강지처 클럽」이라는 드라마에는 바람을 피며 아내에게 쩔쩔 매는 한원수라는 자동차 판매원과 코피를 쏟으며 아내를 속이는 못나고도 못된 남자들의 이야기를 주제로 하여 남자들 망신을 시키고 있습니다. 요새 인기가 한창 높다는 「왕과 나」라는 드라마에서도 성종은 왕비인 소화와 천둥이의 사랑을 의심하면서 소화에게 네 정인이 천둥이냐고 물으면서 주책없이 눈물을 흘립니다. 나라를 다스리는 절대적인 힘을 가지고 있는 왕이 자기 후궁과 내시의 관계를 질투하며 눈물을 흘리는 것은 감상적이라고 하기보다는 '아이고 저렇게 지질이 못났을까.' 하는 생각을 하게 합니다.

「못된 남자」에 출연하는 꽃미남이라는 윤상현이라는 남자 배우는 바람을 피우며 아내를 학대하는 못된 배우로 출연하면서 이런 이야기가 도리어 인기가 있다고 낄낄거립니다.

그렇습니다. TV드라마도 사회의 현상을 반영합니다.

요새 TV에서 아내에게 맞고 사는 남자들의 이야기가 간간이 나옵니다. 그리고 마치 갑자기 여자들이 조폭이라도 조직하여 남편들을 때리는 것으로 오해하게 이야기를 만드는 수도 있지만 이야기는 그런 것이 아닙니다.

집안에 돈 한 푼 벌어 오지 않으면서 술만 마셔대는 남편들, 집에 있는 돈을 모두 끌어다 도박판에 버리는 남자들, 여자들은 어떻게 하든지 살아 보겠다고 발버둥 치는데 일할 생각을 않고 빈둥빈둥 놀기에 이골이 난 남자들이 아내에게 얻어맞는다는 이야기입니다.

그런 남자들은 내가 여자라도 쥐어박을 것이고 매 맞아 싸다고 이야기할 수 있습니다.

모두 우리들의 잘못입니다. 외아들이라고 너무 '어이 어이' 하며 키웠더니 자생력이 없어지고 차별 대우 받고 자란 야생화 같은 여자들이 지질이도 못난 남자들을 쥐어박으며 사는 세상이 되지 않았습니까.

아내와 저녁을 먹고 나서 TV를 보면서 아내에게 "여보, 한국 남자들 참 지질이도 못났지. 물론 나도 그렇지만." 하고 말을 하고는 아내의 반응을 기다렸더니 "아니야, 당신은 그런 남자가 아닌데 뭘." 하면서 싱긋 웃었습니다.

정말 누가 더 단수가 높을까요?

# 성격 개조

목사님이 어느 날 남편은 장로님이고 부인은 권사님인 가정에 심방을 갔습니다. 기도회를 시작하려고 하자 권사님은 목사님에게 자기가 얼마나 성경을 열심히 읽는지 자랑을 하고 싶었습니다. 옆에 있는 손녀딸에게 "얘야, 할머니가 제일 좋아하는 책을 가져 오렴." 하고 심부름을 시켰습니다. 그랬더니 유치원에 다니는 손녀딸이 쪼르르 할머니 방으로 가서 메이시 백화점의 카달로그를 가져 왔더라는 이야기입니다.

사람들은 자기가 고매한 인격의 소유자이고 고상한 취미를 가진 사람이라는 것을 과시하기 위해서 위장하고 허풍을 떨지만 가면을 벗고나면 정말 유치한 얼굴을 가지고 있는 경우가 많습니다.

학생들에게 취미가 무어냐고 물으면 독서나 음악이라고 하는 사람들이 많은데 그런 사람들이 학교를 졸업하면 일 년에 책을 한 권도 읽지 않는 사람들이 많이 있습니다. 그래서 헤밍웨이가 누구냐고 물으면 "오! 후링크 시나트라와 패티 김이 부른 마이웨이."라고 대답을 하는가 하면 죄와 벌을 읽었느냐고 물으면 "얼마 전에 신문에 난 거? 연쇄살인을 한 유모라는 사람이 재판을 받는데." 하고 엉뚱한 소리를 천

연덕스럽게 합니다.

한동안은 셰익스피어의 『로미오와 줄리엣』을 읽어 보았느냐고 물으면 숙녀들이 로미오는 읽었는데 줄리엣은 아직 읽지 못했다는 말이 유행하기도 했습니다.

그래도 명품의 이름은 모두 외워서 구찌, 앤 테일러, 샤넬, 세인 존, 에스까다 등은 뚜루루 합니다.

옛날 군의관으로 있을 때입니다. 친구인 군의관이 연애를 하려고 하는데 책하고는 담을 싼 친구였습니다. 그런데 여자에게 좀 유식하게 보이려고 나에게 의논을 해 왔습니다. 나는 그 친구에게 까뮈의 『전락』이라는 책과 파스칼의 『팡세』를 옆구리에 끼고 다니라고 권했습니다. 그리고 그 두 책에 대한 소개를 간단히 해 주었습니다. 물론 중국집에서 탕수육과 자장면을 얻어먹으면서 말입니다. 그런데 그 책 때문인지 아니면 이 친구의 근사한 몸가짐 때문이지 몰라도 연애가 성사되어 결혼까지 한다고 한 일이 있습니다.

물론 남자들도 마찬가지입니다. 이웃이나 친구에게 내가 얼마나 고상한 취미를 가지고 있는지 자랑하려고 성장을 하고 심포니와 오페라에 간다고 이웃에게 자랑을 하고 나갑니다. 그리고는 음식점에 나가 배불리 저녁을 먹고 음악이 시작이 되기도 전에 마티니를 한 잔 하고는 음악이 시작이 되면 처음에는 고개를 약간 숙이고 묵상을 하는 자세를 하다가 고개는 점점 수그러지고 무대의 음악과는 톤이 다른 코를 골기 시작합니다. 옆에 있는 부인이 옆구리를 쿡 쿡 찌르면 깜짝 놀라 앞을 보다가 금방 또 수면운동이 시작되곤 합니다.

집에는 대영백과 사전이나 금박이 붙여진 세계명작들을 서가에 꽂아 놓았으면서도 책이 더러움을 탈까 그런지 책을 싼 셀로판도 벗기지 않은 채 진열해 놓은 사람도 보았습니다.

돈이 좀 있는 친구들 집에 가면 이것이 누구 그림인데 몇 호짜리라고 하면서 지금 몇 천만 원이나 억대가 가는 그림이라고 자랑을 하는데 나는 그가 그림이 좋아서 걸어놓은 것인지 아니면 돈 자랑을 하기 위하여 걸어 놓은 것인지 알 수가 없습니다.

사실 나도 미술을 모릅니다. 그래서 갤러리에 미술품을 감상하러 가도 그림과 제목과 작가의 의도가 어떻게 어울리는지 알아보려고 애를 쓰지만 마치도 난해한 시를 읽는 것 같아 대강 돌고 나오기가 일쑤입니다.

우리 집에는 비싼 화가의 그림이 없으니 누가 방문하면 상놈의 집인 것이 대번에 판단이 될 것입니다.

가끔 외국 여행을 할 때마다 느끼는 일이지만 여행은 외국의 역사의 발자취를 살펴보거나 좋은 경치나 풍물을 보러 간다고 생각을 하는데 대개의 사람들은 여행을 하는 나라의 이름이나 알 정도이고 그 나라의 역사나 풍광에는 별로 관심이 없고 쇼핑장소에만 가면 그동안 버스 속에서 졸던 태도에 생기가 나고 힘이 솟아나 먹이를 본 솔개처럼 달려드는 것을 봅니다. 그래서 약은 투어 가이드는 투어는 아침에 한두 시간 하고 쇼핑센터에서 몇 시간씩 풀어 놓곤 합니다. 그러나 여행을 하고 오면 그 나라의 지명을 들춰가면서 여행이야기들을 하는 것을 들으며 나는 가끔 놀라곤 합니다.

그렇습니다. 인간은 사실 별 차이가 없는 존재들이 아닐지 모릅니다. 보통 상식인이 그림과 음악과 문학과 역사에 모두 통달하고 또 유행에 맞춰가며 살 수가 있겠습니까.

그러나 사람이 살아가면서 아는 척 하다보면 알게 되기도 하고 점잖은 척 하다보면 점잖게 되고 얌전한 척 하다보면 얌전해지는 일이 많지 않습니까. 그래서 괴테는 이런 말을 하지 않았습니까. "훈련을 해라 그러면 습관이 생기고 습관은 성격을 낳고 성격은 운명을 만든다.”고….

오래 전에 명산에서 몇십 년 수도를 하던 관상쟁이가 산을 내려가 길을 가다가 어느 부잣집에 들러 하룻밤 지내기를 청했습니다.

그런데 부잣집 주인을 본 관상가는 깜짝 놀랐습니다. 주인의 관상은 그야말로 밥 빌어먹을 거지의 관상이었기 때문입니다. 관상가는 “내가 수십 년을 공부를 했는데 나의 공부가 헛되었단 말인가?” 하고는 다음날 아침 주인에게 “이 집에서 머슴을 살고 싶으니 받아 달라고 간청을 했습니다.” 그래서 이 관상가는 3년을 그 집의 머슴을 살면서 주인의 관상을 뜯어보고 연구를 했지만 자기의 이론과는 맞지 않았습니다.

3년이 지난날 관상가는 주인에게 작별을 청하면서 사실 대로 고백을 했습니다. “나의 관상 이론에 의하면 주인님의 얼굴은 이런 부자가 될 상이 아닙니다. 그런데 현실은 나의 이론과 맞지 않으니 나의 공부가 헛된 것입니다.” 그랬더니 주인이 웃으면서 세수 대야에 물을 떠오라고 하더랍니다. 그리고 얼굴을 물에 비춰보이면서 수면에 나타나는 긴 용수를 가리키면서 다시 보라고 하더랍니다. 관상가는 “이제야 알겠습니다.” 하고 무릎을 꿇었습니다. 빌어먹을 거지의 관상을 타고 났지만 하도 부지런히 일을 하고 성실하게 사니까 신령님이 내려와 양쪽 볼에 용수를 붙여 주어 부자의 관상으로 고쳐 주었다는 이야기입니다.

그렇습니다. 우리도 우리의 성격을 새로이 만들 수 있고 우리의 운명을 새로이 만들 수 있습니다.

거룩한 척 합시다. 고상한 척 합시다. 얌전한 척 합시다. 그러면 습관이 생길지도 모르고 이런 습관은 우리의 거룩한 성격으로 정착을 할지 모릅니다. 그러면 우리의 운명도 거룩하게 바뀌겠지요.

# 결혼을 해야 할까 말아야 할까

요새 친구들이 모여 손자들 자랑을 하다보면 대개 한두 친구는 한숨을 쉬는 것을 보게 된다. 그들의 사정인즉 나이가 든 자식들이 결혼을 하려고 하지 않는다는 것이다.

걱정을 하는 친구들의 사정이야 거의가 다 뻔하다. 아들이나 딸들이 하버드대학이나 예일을 나오고 코넬이나 MIT를 졸업한 영재들이고 얼굴도 잘 생긴 얼짱 몸짱들이며 직장도 남들이 부러워하는 좋은 직장에 근무하고 있다. 어떤 친구는 골드만삭스 회사 본부에서 일을 하고 있는가 하면 어떤 친구는 워싱턴의 큰 법률회사에서 유능한 변호사로 일하고, 어떤 친구는 신경외과 의사로서 이름을 날리고 있다. 그런 친구들이 40이 넘도록 결혼을 생각하지도 않는다고 걱정이 태산이다.

이런 친구들이 하나 둘이 아니라 거짓말 좀 보태서 거의 세 집에 하나씩은 자식들의 결혼문제로 고민을 하고 있다.

옛날 우리 아버님 세대에는 17살이면 결혼하여 자식을 낳고 40이면 손자를 보는 사람들이 드물지 않았는데 이 친구들이 40이 넘어 아직도 결혼은 안한다고 하면 이는 노총각이나 노처녀가 아니라 쉰 총각이나 쉰 처녀일지도 모른다. 이런 친구들이 마음을 바꿔 지금 결혼하여 자식을 본다고 하더라도 자식들이 다시 40이 넘어 결혼을 한다고 가정하면 웬만큼 명이 길지 않으면 손자를 품에 안아보기는 애당초 틀렸다.

어떤 친구는 아예 단념을 하고 결혼한 작은아들에게 장자의 권리를 물려준다고 고전에나 나오는 선언을 한 친구도 있고 어떤 친구는 아직도 단념을 하지 못하고 누가 중매를 들어 주지 않나하고 고개를 두리번거리고 있다. 그러나 지금이 어떤 시대인가. 인터넷으로 보고 싶은 여자나 남자들의 얼굴이나 이력을 한 시간이면 수십 명을 둘러 볼 수 있는 시대인데 누가 선을 보러 나간다고 식당에 나가 웅크리고 앉아 있는단 말인가.

그러면 요새 젊은이들이 결혼을 기피하는 이유가 무엇일까. 물론 생활이 편해져서 여자가 빨래나 밥을 안 해 주어도 스위치만 누르면 밥을 해주고, 여자들 역시 좋은 직업을 가지고 있어서 구태여 남자에게 반말을 들어가며 의지하지 않아도 독립해서 살 수 있다. 도리어 남자의 존재가 여자들의 사회생활에 불편을 주고 거추장스럽다는 생각인지도 모른다.

내게 자랑스러운 조카딸이 하나 있는데 50이 넘어서도 아직 결혼을 하지 않고 큰 병원의 과장으로 근무를 하고 있다. 내가 "야, 빨리 바지씨 하나 물어야 노년에 손이라도 잡아 주지." 하고 놀리면 "고모부, 지금 내가 시집을 가서 남자 양말이나 빨게 생겼수?" 하고 반격 한다. "아니 네가 왜 남자의 양말을 빠냐. 그 바지씨가 네 양말을 빨아주면 되지." 하고 다시 공격하면 "그런 남자가 오죽 하겠수." 하고 돌아선다.

한동안 골드걸이란 말이 유행을 했다. 공부를 하고 사회생활의 터전을 잡느라고 결혼의 시기를 놓친 여자들을 가리키는 말이다. 그런데 요새는 프레티넘걸이라고 부르는 부류도 있더니 다시 알파걸이란 말이

다시 생겼다.

알파걸이란 그리스 알파벳의 첫 자를 따서 남녀 공학인 대학에서 수석을 하거나 사법고시나 외무고시에 수석한 여자들을 말하는데 요새 웬만한 학교에서는 1등에서 5등 사이에는 거의 여자 이름으로 채워져 있단다. 이런 알파걸들에게 남편이라고 군림하려는 남자들이 같잖게 보일 것이 아닌가. 또 이런 콧대 높은 여자들과 같이 사는 남자들도 스트레스가 이만저만이 아닐 것이다.

어제 세계에서 제일 오래 살았다는 우크라이나의 그레고리 네스토르는 116세를 살고 죽었는데 사람들이 장수의 비결을 물으면 결혼하지 않고 혼자 산 덕이라고 대답했다 한다. 결혼은 그렇게 스트레스를 주고 건강에 나쁜 것일까.

이어령 선생은 미혼은 돛이고 결혼을 닻이라고 했다. 미혼인 사람들은 돛에 바람을 안고 전진하지만 결혼을 하면 닻을 내리고 항구에 안주를 한다는 말이다. 그래서 예수님은 결혼을 안 하셨고, 석가나 공자는 결혼을 파기했으며 소크라테스는 부인을 유기했다. 미켈란젤로나 라파엘도 집안일을 버려둔 채 일에 매달렸고 빈센트 고흐는 결혼을 했는지 안했는지 모르지만 혼자 떠돌아 다녔다.

그러면 똑똑한 영재들은 결혼을 하지 않고 나 같은 둔재만이 결혼을 하여 자손을 퍼트린다면 인류의 장래는 둔재로 세상을 채운단 말이 되지 않을까.

그래도 결혼은 해야 할 것이다. 앙드레 모르와는 행복한 결혼은 죽을 때까지 따분하지 않는 대화의 상대를 만난다는 것이라 했고, 소크라테스는 결혼을 잘하면 행복한 돼지처럼 살고 잘못하면 불행한 철학자가 된다고 하지 않았나. 사람들은 돼지처럼 살더라도 누구나 행복해져야 할 테니까.

# 포동포동 살찌는 소리

우리가 가난할 때는 배가 불룩하게 나온 것이 자랑이었다. 이렇듯 잘 먹고 살이 찔 수 있게 돈이 있다는 과시였기 때문이었을 것이다. 그래서 배가 나온 것을 인격배라고 불렀나 보다.

대학에 다닐 때 그리고 원주기독병원에서 수련의로 있을 때 친구들이 나를 갈비씨의 약자로 KBS라고 불렀다. 체중이 40㎏에서 45㎏를 왔다갔다 하고 바지의 허리둘레가 26인치였으니까 아마 갈비씨라는 별명에 반박할 수 없었다. 옷을 벗으면 아우슈비츠 강제 수용소에서 나온 것처럼 갈비뼈 열두 대가 나란히 사열을 받으러 줄을 서 있는 것이 보였다. 그때는 살이 한번 쪄 보았으면 하는 것이 소원이었는데 살이 좀 오르는 것 같다가도 워낙 먹는 것이 없을 때이었으니까 어쩌다 보면 도루 체중이 내려가곤 했다.

그래서 바짝 마른 얼굴에 째진 눈이라 장모님이 나를 처음 보시고 "얘! 그 남자 성질이 사납게 생겼더라. 신경질적으로 보이고…. 하여간 조심해라." 하고 아내에게 경고하셨다고 말다툼을 할 때마다 아내는 전가의 보도처럼 장모님의 첫인상을 꺼내들고 나온다. 나와 고등학교와 대학을 같이 지냈던 경학이라는 친구는 나를 새우라고 부르기도 하고 며루치라고 부르기도 했다. 그러면 나는 "왜 며루치냐? 고등어나 비린내 나기는 마찬가지 생선인데…" 하고 대꾸를 하면서도 워낙 작은 체구에 콤플렉스를 안 가질 수 없었다.

한국에서도 Small Size이었던 내가 미국이라는 대인국에 오니 그러지 않아도 왜소한 체구는 더 왜소해 보여 오하이오의 내가 살던 도시의 동료들은 나더러 Tiny라고 불렀다.

어쩌다가 사무실에서 일하는 여직원이나 간호사와 인사를 하고 허그를 할라치면 얼굴이 그들의 가슴에 미치게 되어 나를 곤혹스럽게 하곤 했다. 물론 필리핀 의사들이나 중국의사들도 작기는 했지만 나처럼 작지는 않았다. 그래서 살이라도 좀 붙었으면 했는데 바쁘게 일을 하다 보니 끼니를 찾아 먹지 못하는 때가 많아 체중이 늘 사이가 없었다.

아침 7시부터 수술을 하니 6시 30분에서 40분 사이에 병원에 도착을 해야 하는데 그 시간에 병원에 갈려면 새벽부터 서둘러야 한다. 잠이 항상 모자란 나는 아침을 먹을 시간이 있으면 좀더 자야지 하는 생각에 아침을 먹는 일은 없었다. 낮에는 수술을 하다가 늦는 날이 많고 외래 진료시간에 맞추어 오기도 쉽지 않았다. 그러면 아침 점심을 거르고 저녁이나 먹어야 하니 하루에 한 끼를 먹는 날이 많아 체중이 불 새가 없었다.

나는 누가 체중을 줄여야 한다고 걱정을 하면 "그 까짓것을 가지고 걱정을 하다니. 며칠만 굶으면 저절로 내려갈 텐데…. 체중 줄이는 것보다 쉬운 일이 어디 있다고…" 하면서 큰소리를 쳤다. 그래서 오하이오를 떠날 때까지 체중이 50kg는 넘었지만 55kg까지는 어림도 없었다.

그런데 변이 생겼다. 서울에 취직이 되어 명지병원에 갔는데 점심을 거르도록 수술을 하는 일이 없어졌고 그런대로 8시에서 5시라는 규칙적인 생활을 하게 되었다.

아침은 커피 한 잔으로 만족하지만 점심때만 되면 '과장님' '교수님' 하면서 점심을 하자는 친구들, 동료들이 그칠 사이가 없었다. 병원의 주위에는 식당도 많고 맛있는 음식을 찾아다니는 친구들도 많아서 점심과 저녁을 계속 나가 먹게 되니 이 작은 체구에도 살이 붙기 시작했다. 그런데 서울에는 맛있는 식당과 먹을거리가 어찌도 많은지 그 많은 유혹을 이길 수 없었다.

장소도 없고 시간도 없어서(물론 핑계지만) 운동도 안 하니까 배에 기름이 찌기 시작했다. 어느 날 입고 있던 바지가 끼이는 것 같아서 허리가 32인치의 바지를 사 입기 시작했는데 친구들이 만날 때 마다 "야, 너 재미 좋은가 보다. 체중이 점점 느는데 그래도 보기 좋다."라고 아첨하는 말을 해주어 그런 줄 알았다.

그런데 사진을 찍어 보니 '이런, 이런 이게 아니올시다.'이었다. 불룩 나온 배가 분명히 보이는데 임신 6개월의 임신부와 다름없지 않은가. '이것 큰일이로구나.' 하고 음식을 조절하려고 했지만 옆의 친구들이 가만 놓아두지 않는다. 더구나 서울을 떠난다고 송별회니 뭐니 하여 맛있고 살찌는 음식만 사 먹이니 체중이 줄기는커녕 늘기만 했다. '에라 서울서 살 날이 얼마 남지 않았으니 맛있는 것 실컷 먹고 미국에 가서 다이어트를 하자.' 하고 주는 대로 먹었더니 마치 얼굴이 부은 것처럼 살이 올랐다.

이제는 할 일이 별로 없어 플로리다에서 아내하고 TV 앞에 앉아 있는 시간이 많아졌는데 아내는 「요리보고 세계보고」를 비롯하여 「대가의 맛보기」같은 요리를 하는 프로그램을 열심히 본다. 아내와 TV 채널을 가지고 싸울 수는 없고 맛있는 음식만 보고 있으면 언제 배웠는지 아내는 점심이나 저녁에 TV에서 본 요리를 해 놓고 나 더러 시식하라고 강요를 한다.

맛이 없는 표정을 하거나 먹지 않으면 "어째 맛이 없나." 하기도 하고 "어쩌면 당신은 남의 정성을 그렇게 싹 무시하지." 하면서 시골의 머슴꾼처럼 퍼먹기를 강요한다.

그러니 체중이 줄지를 않는다. 오늘도 TV에서는 오징어 두부조림과 도라지 무침을 가르치며 프로그램에 등장한 예쁜 여 배우는 "참 맛이 담백하고 입맛을 돋우네요. 밥반찬으로 안성맞춤이에요."라고 하니까 아내는 "오늘 저녁은 저것을 만들어 봐야지." 하면서 부엌에서 덜그럭거리기를 시작한다. 지금 55kg를 넘어 60kg를 향해 달리는 나의 체중을 어쩌라고 그러는 걸까.

내가 제일 보기 싫어 하는 세 가지 타입인 키 작고 대머리 까지고 배나온 노인의 3대 조건을 모두 갖춘 사람이 내가 되는 것이 아닐까 하고 고민을 한다.

# 쥐띠의 해를 맞으며

사람들은 해가 뜬다고 하고 해가 진다고 하지만 해는 바다에서 뜬 일도 없고 해가 바다 속으로 들어가 진 일도 없다. 벌써 오래 전 갈릴레오가 증명했듯이 우리가 사는 지구가 자전하면서 태양의 주위를 공전하고 우리가 사는 태양계가 무한한 우주 속으로 끝없이 여행을 할 뿐이다.

그런데 사람들은 무슨 일에나 정의를 내리기를 좋아하고 마디를 정하기를 좋아하여 달력을 만들고 지구가 한번 자전할 때마다 날짜를 정하고 지구가 태양의 주위를 한번 돌 때마다 햇수를 매겼다. 물론 과학이 발전되기 전에는 절기의 변화에 따라 날짜를 정하고 그 마디에 이름을 붙여 역사를 만들고 해마다 이름을 붙이기도 하고 재미있게 만들기도 했다.

사람들은 1월을 January라고 부른다. 이는 라틴어의 Januaris에서 나온 말인데 야누스의 신의 이름에서 따왔다고 한다.

야누스는 그리스의 오래되고 권위가 있는 신이며 세월의 신이라고 하여 두개의 얼굴을 가진 신인데 한 얼굴로는 과거를 보고 한쪽으로는 미래를 본다고 한다. 또 한 얼굴로는 집으로 들어오는 사람을 보고 한 얼굴로는 나가는 사람들을 보아 건물을 보호하는 신이라고도 한다.

어떤 의미는 전쟁과 평화의 신이라고 하여 한 얼굴로는 전쟁을, 한 얼굴로는 평화를 본다고 하여 전쟁 때는 야누스 신당의 문을 열어 놓고 평화로운 때는 신전 문을 닫는다고 하였다.

그리고 인간 첫 번째의 통로인 출산을 도와주고 새해의 준비를 관장하므로 새해 첫 달을 Januaris로 명하였는데 영어로 변하며 January로 되었다던가.

그러나 세월이 흐르면서 앤토니 애슐리 쿠퍼는 야누스는 두 얼굴을 가진 이중인격자라고 정의를 하기도 하고 모리스 튀베르는 두 얼굴을 가진 정치가의 심벌이라고 이름 지었다.

하여간 야누스의 이름 그대로 새해 1월에는 두 가지의 얼굴을 본다. 잉크의 냄새가 나는 새 달력을 벽에 걸 때에는 지난해의 쓰라림을 잊고 새로운 희망을 가지려고 하지만 날이 갈수록 달력의 종이가 퇴색하는 것처럼 우리의 희망은 색이 바래고 새로운 해가 다가오는 연말쯤 되면 우리의 희망도 너덜너덜해지고 만다.

하여간 새해를 맞으면 으레 지난해의 일을 돌아보고 새해의 해야 할 일을 정하기도 한다. 새해에는 담배를 끊는다고 결심을 하고 술을 안 마시겠다고 결심을 하여 한 일주일 가지만 며칠이 되지 못해 결심은 흐지부지해지고 다시 추운 아파트문 밖에 쫓겨 나와서 담배를 꼬나물게 되고 참이슬 병마개를 따게 된다. 아마도 새해의 결심이 도루묵이 되는 사람들이 많기 때문에 지구가 돌아가지 모든 사람이 담배를 끊고 술을 끊고 결심대로 실행을 한다면 지구는 돌아가는 게 아니라 직선으로 어디로 향해 돌진을 할지도 모른다.

내가 자못 엄숙해져야 별수 있을까만 그래도 책상 앞에 앉아 금년에는 무슨 특별한 일을 할까 생각을 해본다. 얼마 전 목사님이 설교 중이런 말씀을 했다. 50대에는 한 해가 새롭고 60대에는 한 달이 새롭고 70대에는 하루가 새롭고 80대에는 한 시간이 새롭다고 한다.

그렇다면 나의 인생도 해가 뉘엿뉘엿 저무는 늦은 오후인데 금년에는 나의 인생에 어떤 발자국을 남길까 생각을 해본다.

얼마 전 서울 라디오의 장미선 선생이 이 쥐띠의 해에 쥐띠에 태어난 사람으로 어떤 느낌이 드는가를 묻기에 얼른 정신이 났다.

정말 내가 쥐띠지. 엄마도 참 원망스럽지. 키도 요렇게 자라다만 난장이를 겨우 피할 정도로 작으마하게 만들어 놓으시면서 왜 하필이면 쥐띠에 태어나게 했담. 한 해를 먼저 났으면 돼지띠요, 한 해 더 있다가 났으면 소띠가 되어 띠라도 좀 큰 짐승으로 행세를 할 텐데 쥐띠가 뭐람. 쥐띠가.

그러니 나는 음으로 양으로 큰 인물이 될 팔자는 아예 단념을 해야할 운명일지 모르지 않나. 세상에 쥐를 좋아하는 사람은 없다. 쥐만 보면 때려죽이고, 옛날에는 쥐를 잡아 꼬리를 잘라 학교에 가져가면 상도 주었다지 않는가. 그리고 쥐는 병을 전염시키고 인류의 역사를 바꾼 페스트를 전염시켰다고 쥐만 보면 진저리를 치지 않는가.

오래 전 오하이오에 살 때 우리 집에 쥐가 한 마리 들어왔다. 밖에서 살던 쥐가 가을이 되어 추워지니까 세탁기의 하수구를 통해 들어 온 모양이었다. 아내는 아우성을 치고 야단을 쳤으나 사실 나도 쥐는 싫다. 잡기도 싫고 만지기도 싫었다. 우리는 이웃집 아저씨를 불러다가 한참을 난리친 후에 쥐를 잡았다. 우리는 아저씨가 들고 나가는 축 늘어져 죽은 쥐를 보며 진저리를 쳤다.

그날 저녁 아내 더러 "여보, 쥐띠 남편하고 살면서 쥐를 그리도 싫어하는 것을 보니 아마 나도 싫어하는가 보죠." 하고 시비를 걸었더니

"글쎄 애당초 쥐띠인 줄 알았으면 사귀지도 말 것을… 내가 속았지. 속아도 단단히 속았지." 하면서 눈을 흘겼다.

그래서 나는 뱀을 지극히 싫어하는 아내를 아는지라 "여보, 그래도 뱀띠보다는 낫지 않아." 하고 이야기를 했더니 아내는 "사람들은 띠를 만들려면 왜 아름다운 짐승들로 띠를 만들지 그런 흉악한 짐승으로 만들었는지 몰라." 하고 수그러들었다.

얼마 전 신문에는 이 쥐띠를 좀 잘 표현하려고 사향 쥐의 이야기를 하고 사향 1g이 몇 만원을 하는 값비싼 약이라고 소개를 했지만 사진에 나온 사향 쥐도 머리를 쓰다듬을 만큼 아름답지는 않았다.

하기는 용띠도 실존하지 않는 동물이니 우리도 그냥 집의 부엌이나 시궁창을 뒤지는 쥐가 아니라 디즈니 월드의 미키마우스처럼 사람들의 귀여움을 받는 동물로 둔갑을 해야 하지 않을까 생각을 한다.

물론 잘 생겨야 귀여움을 받겠지만 사람들에게 유익한 일을 하고 사회에 공헌을 하고 사람들을 사랑하면 정말 미키마우스처럼 어린이들과 사람의 귀여움을 받는 동물이 되지 않을까.

금년에는 이웃을 사랑하고 사람들을 사랑하자. 그래서 우리도 사람들에게 사랑을 받는 미키마우스가 되자.

# 왜 쓰느냐고 묻지 마라

오늘 아침은 Ft. Lee의 중앙일보사 문화센터 문학교실에 참석을 했습니다. 고향을 떠나 문화가 다른 곳에 살면서도 한국의 문학을 공부하려는 사람들을 모아서 시인 김정기 선생이 문학을 지도하고 인생을 이야기하는 소박한 모임입니다.

저도 뉴저지에 올 때마다 참석하여 현대 시에 대한 가르침도 받고 문학에 대한 폭 넓은 이야기도 듣습니다.

오늘 아침 "나는 조숙아입니다. 일곱 달 반에 태어난 덜 떨어진 사람입니다. 나는 모자라는 두 달 반을 채우기 위하여 글을 씁니다."라고 <현대문학>에 실린 어떤 젊은이의 이야기를 소개하면서 "현대문학은 결핍에서 시작한다. 자신의 모자라는 것을 채우기 위해 승화된 노력이 문학의 힘이다."라고 김 선생은 이야기를 했습니다.

나는 어쩌면 "나의 생각과 이리도 비슷한 사람이 있을까." 하는 생각을 하면서 '열등의식을 가지고 세상을 살아가고 또 글을 쓰는 사람이 나 혼자만은 아니구나.' 하고 생각을 했습니다.

가끔 친구들이나 친지를 만나면 "언제 다음 책이 나와?" 하고 묻곤 합니다. "아마 다음 달에는 책이 나올 겁니다."라고 하면 방금 전 마치 내 책 나오기를 기다렸던 것처럼 묻던 사람이 금방 "그래 또 책이 나와? 참 열심히도 쓰네. 어떻게 그렇게 써?" 하고 말을 합니다. 그럴 때마다 어떻게 대답을 해야 할지 난감합니다.

그렇습니다. 내가 왜 글을 쓰는지에 대한 이야기를 여러 번 했지만 나의 열등의식을 발산시키기 위하여 글을 씁니다. 나의 모자라는 것을 채우려고 말입니다.

어머니가 나더러 조숙아라는 말씀을 안 하셨으니 내가 일곱 달 반에 나온 것은 아닐 것입니다. 아마 그 시대에 일곱 달 반 만에 나왔다면 인큐베이터도 없고 우유도 제대로 없을 때였으니까 아마도 살아남지 못 했을 것이고 아직까지 살아서 글을 쓴다고 꾸벅거리지도 않았을 것입니다. 그러나 '덜 떨어진 놈'이라는 야단은 많이 맞았으니 조숙아처럼 속이 꽉 차지 못한 것은 틀림이 없었나 봅니다. 그러니 속이 꽉 찬 김장배추는 못되고 줄거리 몇 개만 있는 풋김치꺼리의 인생을 살아 왔는지도 모르겠습니다.

나는 어려서 몸이 약해 많은 잔병을 치렀었습니다. 감기를 앓고 나면 설사를 하고 이질을 앓고 나면 학질을 앓고…. 부모님이 어린 저를 보고 "저놈이 사람구실을 할까." 할 정도로 아랫목에 누워있기가 일쑤였고, 아버님이 병원에 근무하시지 않았더라면 아직까지 살아 있을지가 의문스러울 정도로 앓았다고 합니다.

지금도 어린 나이에 이질을 앓을 때면 변소를 독차지 하고 어두운 밤에 지금의 화장실이 아닌 뒷깐(재래식 변소)에 혼자 쭈그리고 앉아 무서움을 떨치노라고 노래를 부르던 기억이 납니다. 혼자 가기는 무섭고 누구더러 같이 가자고 할 사람도 없어서 어머니에게 구박을 받으며 촛불을 얻어 가지고 초가 녹는 것이 아까워서 촛불보다 나의 애간장이

타들어 가던 어린 시절의 기억 때문에, 그리고 어머님의 근심과 연민, 또 '어머니가 나를 귀찮아하는구나.' 하는 아픈 가슴의 추억 때문에 글을 씁니다. 나 때문에 그리도 근심을 하고 고생하신 어머님이 그래도 그 자식이 의사가 되고 돈을 벌고 어머님을 고급 식당에 모실 수 있게 되었는데 그때를 기다리시지 않고 나를 '덜 떨어진 놈'으로 남기신 채 가신 어머님이 원망스러워 글을 씁니다.

유난히도 키가 작아 초등학교, 중·고등학교 때는 1번을 면치 못하고 대학에 가서도 툭하면 친구들에게 '쪼끔만 놈'이라고 불려야만 했던 과거가 억울해서 글을 씁니다. 인물도 별로여서 감수성이 많던 사춘기의 시절에도 남에게 칭찬을 받아 보지도 못한 미운 오리새끼로 자란 시절이 슬퍼서 글을 씁니다.

남들은 해방이 되어 기쁘다는데 며칠을 참지 못하여 피난을 한다고 집을 비우고 충청도의 할아버지의 집으로 갔다가 삼팔선을 넘지 못해 해방이 된 후 9개월 만에 돌아오니 집도 재산도 모두 알지도 못하는 사람들이 차지하고, 공산정권의 평양에서 누구에게 호소할 수도 없어 가난의 구덩이에 빠진 후, 이 구덩이에서 헤어나지 못한 채 허우적거리던 한 많은 청춘이 서러워 글을 씁니다.

남보다 죽어라 하고 공부를 했는데, 그리고 남보다 죽어라 하고 일을 했는데 고향과 부모님, 친구들과 사랑하는 사람들을 두고 고국을 떠나야 했던 운명이 서러워서 글을 씁니다.

일 년 내내 고생을 하고 타작마당에서 곡식을 털어낸 후 지주에게 주고 공출로 빼앗기고 남은 게 별로 없이 빈 멍석과 가마니를 터는 농부처럼, 나도 일생동안 남보다 열심히 일을 했는데 내가 추수한 것은 별로 남지 않고 주위의 잘사는 친구들 사이에서 좁아지는 어깨가 심술이 나고 화가 나서 글을 씁니다.

사대 독자로 남보다 정성을 들여 키운 아들이 장가를 가고 손자들이 생기더니 요새 돌아다니는 농담처럼 사촌이나 팔촌이 아니라 사돈처럼 거리를 두고 사는 게 편치 않아 글을 씁니다.

일이 끝이 나고 소위 은퇴라는 것을 하고는 그나마 내가 가졌던 병원의 성형외과 과장자리도 교수님 자리도 없어지고 병원이나 사무실의 성주 노릇을 하던 지위가 없어지더니 그저 동네의 노인으로 전락한 것이 서러워 글을 씁니다.

달마다 월급을 타서 아내에게 건네주며 아내의 좋아하던 얼굴을 바라보는 호기심도 없어지고 하루 종일 할 일 없는 놈팽이로 집안에 어슬렁거리는 처지가 답답해서 글을 씁니다. 내가 본 영화이야기나 책에서 본 감동을 이야기하고 마음에 닿는 음악에 대한 이야기를 주고받을 벗이 없어서 글을 씁니다.

이렇듯 부족한 것이 많고 채울 것이 많다보니 열심히 글을 써서 인생의 허기증을 채워보려고 몸부림을 치고 있는 것입니다.

그렇습니다. 상처 받은 사자는 그 상처를 핥으면서 '내가 아직도 살아 있다는 것'을 인식하고 있듯이 나는 삶의 아픈 상처를 핥으면서, 작은 키를 매일 거울로 보면서 나의 모자라는 것을 채워보려고 글을 씁니다.

나의 글들은 남에게 자랑할 글은 아닙니다. 그렇다고 남에게 동정을 구하는 글은 더욱 더 아닙니다. 동정을 구했다면 괴나리봇짐을 지고 부모님도 잊어버린 채 피난길에 철로변이나 한강 백사장에서 잘 때 필요했지, 내 집에서 내 밥 먹고 살며 좋은 자동차를 타고 다니는 지금 동정 따윈 필요 없습니다.

다만 내 글을 보며 '나처럼 험한 세상을 살아온 사람도 있구나. 나처럼 외로운 사람도 있구나.' 하고 위로를 받고 그의 삶에 맛있는 양념을 칠 수 있는 동료가 있다면 나는 기쁠 것이고 글을 쓰는 보람을 느낄 것입니다.

그런 사람이 없어도 좋습니다. 그냥 바람에 흔들리는 나뭇잎이나 내가 앉아 있는 벤치 밑에 굴러가는 낙엽이 나의 독백을 들어 주어도 나는 글을 쓰는 보람을 느낄 것입니다.

# 선해야

청산별곡에 "어디라 더디던 돌고 누구라 마티던 돌고 믜리도 괴리도 업시 마자서 우니노라 얄리 얄리 얄랑셩 얄라리 얄라" 하는 대목이 있지.

누구가 던지는 돌이냐? 누구를 맞히려던 돌이냐? 미워야할 사람도 사랑할 사람도 없이 맞아서 운다라는 이야기지. 그렇다.

우리에게 불행을 갖다 준 2차 대전이, 한국전쟁이 어떤 사람이 우리가 미워서 우리에게만 향해 던진 돌이었겠느냐만 애들이 장난삼아 던진 돌에 더러는 맞아 죽고 더러는 한쪽 다리가 부러지는 개구리가 있는 것처럼 역사의 장난 속에 우리는 무척 고생도 하고 우리의 운명이 공생스럽게 바뀌기도 했지.

여덟 살의 어린나이에 부모님도 잃어버린 채 눈이 쌓인 피난길을 가면서 너는 그렇게도 나에게 매달렸지. 그리고 남의 집 외양간에서 서로 엉켜서 잘 때면 나에게 꼭 매달려 떨어지지 않았지. 그러면서도 나에게서 떨어질까 봐 열심히 걸었지….

그런 너를 두고 부모님을 찾는다고 안성을 떠날 때 마치 너를 고아원에 두고 떠나는 것처럼 가슴이 아팠단다. 아마 너희들이 있었기에 나는 삶을 포기하지 않고 살아남았는지도 모른다.

　평양의 제 4국민학교 1, 2학년 때 또 그리고 서울에 와서 한남초등학교때도 너는 공부를 잘했지. 그러나 아무도 너를 칭찬해주는 사람은 없었지. 너보다 못한 옆집의 S를 칭찬해 주면서도……

　그것이 몰락한 집에서 태어난 죄이고 애들이 던진 돌에 맞은 개구리의 운명일지도 모른다.

　오빠들은 물에 빠진 사람이 자기만 허우적거리는 것처럼 자기만 살려고 애를 썼지 옆의 동생을 돌볼 여유가 없었구나. 어린 마음과 섬세한 감정을 가진 너는 오빠들에게 실망을 하고 삶에 실망을 하고 좌절했을 것이다. 너만 소위 대학에 다니지 못하고 생활 전선에 뛰어 들었구나. 이 오빠들만 소위 세상에서 출세를 했다고 명함에 뻔들한 이름을 새기고 다녔는지 모른다. 더욱이 이 오빠는 공부를 끝내자마자 나만 잘 살겠다고 미국으로 빠져 나와 어렸을 때처럼 이기적인 삶을 살았구나.

　미안하다. 이제 인생의 황혼 길에 너에게 미안하다고 한들 버스가 떠난 후 손을 흔드는 것처럼 무슨 소용이 있겠느냐만 하나님은 고생을 한 너에게도 아름다운 열매를 주셨구나.

　민경이도 성희도 모두 성공한 삶을 꾸려 목사님도 되고 미국에서 행복한 가정도 꾸미지 않았니……

　근 40년이나 되는 시집살이를 하면서 지방으로 전근을 다니는 남편을 외조하면서 자식들을 잘 키웠다. 어쩐지 한주먹에 쥐어질 것 같이 바짝 마른 몸매에 항상 어딘가 아픈 것 같은 너를 볼 때마다 나는 가슴이 아리고 목구멍이 뜨거워진다.

　이제 우리 모두 돌이킬 수 없는 인생의 길목에서 말로 할 수 없는 미안한 마음으로 너에게 이 글을 쓴다. 미안하다.

무자년 연초에 오빠가